U0857219

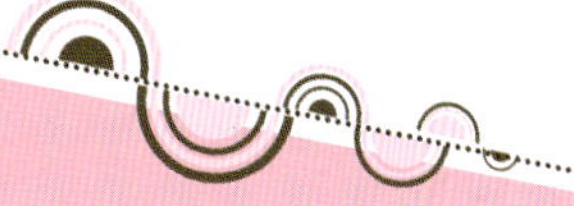

票选电影版杜拉拉

零距离接触徐静蕾

◎ **活动时间：2009年6月25日至2009年7月25日**

◎ **活动规则：**

在下面所列出的候选人名单中，选出你认为最适合扮演电影版杜拉拉的演员，并将选票邮寄至指定地址。

如果你所选出的演员中有两个及以上与电影方最终确定的结果相同，你将有机会：

⋆参加七月底或八月初在北京举行的电影开机仪式，与徐静蕾及电影主创人员零距离接触（5～10名）

⋆在电影拍摄过程中探班（5名）

⋆获得《杜拉拉3》一本

***以上费用均由杜拉拉出版方承担**

杜拉拉 候选人

?

◎ 新人

◎ 李冰冰

◎ 小S

◎ 孙俪

◎ 徐静蕾

王伟 候选人

◎ 孙红雷

◎ 吴彦祖

◎ 李亚鹏

◎ 王力宏

◎ 陆毅

玫瑰 候选人

◎大S

◎莫文蔚

◎徐静蕾

◎孟广美

◎梁咏琪

海伦 候选人

◎侯佩岑

◎曾子墨

◎陈鲁豫

◎某五百强公司高管

满意（电影中杜拉拉的男闺蜜）候选人

◎黄晓明

◎邓超

◎文章

◎李晨

◎宋宁

＊请填写您的个人详细信息

姓名:…………………………　　年龄:…………………………

邮箱:…………………………　　电话:…………………………

地址:………………………………………………………………

请将此页邮寄至：北京市朝阳区曙光西里甲1号东域大厦（第三置业）B-501 蔡明菲收　邮编：100028

此次活动结果将于7月25日在博集天卷公司网站（www.booky.com.cn）及公司博客（http://blog.sina.com.cn/bjtj）公布

我们的杜拉拉

WE ALL COULD BE LALA

蔡明菲◎编著

她的故事比**比尔·盖茨**的更值得参考！

陕西师范大学出版社

每个人的心底都住着一个杜拉拉

2007年9月，《杜拉拉升职记》出版；

2007年12月，《杜拉拉升职记》销量突破十万册；当当网、卓越网小说类销售排行榜第一名；

2008年5月，日本第二大报《产经新闻》专题报道，《参考消息》全文转载；

2008年6月，《杜拉拉升职记》当选当当网终身五星书；

2008年10月，繁体版《杜拉拉升职记》金石堂文学类图书销售排行榜第一名；

2008年12月，《杜拉拉升职记》销量突破60万册；

2009年1月，《杜拉拉2华年似水》出版；

2009年4月，话剧《杜拉拉》上海首演，完美谢幕；

2009年5月，《杜拉拉升职记》销量突破100万册；

……

当我将关于杜拉拉的成绩罗列出来的时候，此刻我几乎有点得意了，哼哼，这么了不起的书居然每本上都印着我的名字，也就是说，我的名字和作者一样，至少被印了一百多万次了。不过，这种得意并没有持续很长时间，我便又有些垂头丧气，我想大部分看这本书的人不会注意后勒口的小小的“蔡明菲”三个字，我还是老老实实低调做人吧。

闲话少说，说说为什么会有这么一本书吧。

《杜拉拉升职记》是2007年9月出版的，做这本书之前就有个美好而忐忑的愿望：希望看这本书的读者能够在享受阅读乐趣的同时得到一点启发，本意是分享职场经验。注意哦，我这里用的是“分享”两个字，不是“灌输”。

大部分人是要谋生的，逃脱不了给人打工的命运，不论你的教育出身如何。我本人就是接受了七年的高等教育，本来对自己的学历颇有些没来由的优越感，但进入职场后我发现，学校的课本里并没有教给我更多的谋生的本领。也就是说，我的学历并没有让我有更多的优势，而且通常高学历的人会表现出EQ不太高的特点来。不得不承认，中国的高等教育是有缺失的，很多东西，是要从实践中学习和总结出来的。而职场小说的知识和技巧正是来自实践的总结，这些经验的分享，恰恰是高等教育的有效补充。

杜拉拉系列畅销以后，曾经有很多人问我，这本书为什么能卖得好？不同的人看了这本书会有不同的答案：在校大学生看了会觉得提前了解了职场是怎么回事，对于他们毕业后选择进入什么行业很有帮助；工作了一两年的职场新手会说，杜拉拉教会他如何处理与同级、上级的关系；工作了三五年的人会说杜拉拉让他开始意识到了职场规划的重要性；中层管理者说，他们跟杜拉拉学习如何培养和激励下属；也有女孩子说，她们被杜拉拉和王伟的爱情感动……

又要重复那句老话：一千个人眼中有一千个哈姆雷特。同理，一千个人眼中也有一千个杜拉拉。

在这里跟大家透漏一个秘密，我每天都会去网上看一看关于这本书的评论。豆瓣网、当当网、卓越网，一些blog，基本上每一篇评论我都会仔细地看过。一方面呢，是满足我的虚荣心（看看我做的书多么受人欢迎），另一方面，我发现从不同的角度来看这本书会有不同的收获。在看这些真实的读者评论的时候，我自己也经常会深受启发，“我怎么没想到”这句话用在这里真是再恰当不过了。我想，这也是分享经验的另一种方式。

既然《杜拉拉升职记》的出版初衷就是分享，那么把它延伸开去，让更多的人一起分享读杜拉拉后的感受、心得、感动，不是可以有第二次的收获吗?

这便是做这本书的缘起。

所以在这本书中，读者阅读“杜拉拉”后的经验分享占了相当大的篇幅。这些读者中间既包括柳传志、徐静蕾、姚晨，更多的是普通读者读书后的心得与体会。在这里，我可以保证每一篇都真真实实由看过书的读者所写，而且让人读后有新的启发。

除了让喜欢杜拉拉的人能够一起分享感动与收获外，这本书还要与你分享作者李可的独家访谈和李可写给大学生的一封信。而且，读者可以参加“票选电影版杜拉拉活动”，你将有机会参加电影版杜拉拉的开机仪式，与徐静蕾零距离接触，并在电影拍摄过程中探班。

精彩还在继续，让我们一起期待杜拉拉3的出版吧。

蔡明菲
2009.5.18

CONTENTS目　录◎

ABOUT李可◎

只是开头难一下◎

他们眼中的杜拉拉◎

◎向杜拉拉学习

◎影视全记录

◎杜拉拉经典语录

◎杜拉拉大事记

从我个人的角度讲，

我属于绝对不愿意凑数的人，

要做就做到最好，

至少**自己要认为是好。**

不论你怎么写，

一定要有人叫好。

——李可

ABOUT
李可

我不愿打搅读者的想象

李可看经济危机

写作是漫长的穿越甬道的过程

编辑手记：有鸡蛋吃，为什么一定要知道下蛋的鸡是什么样的呢？

自从《杜拉拉升职记》热销以来，杜拉拉的塑造者——李可，便引起了很多媒体和读者的关注。李可多大年纪？她是做什么？她所写的是自己的亲身经历吗？……这些问题常常不绝于耳。

接下来会有人猜测，她是不是 ×× 公司的？李可是不是有一个策划团队？她是不是故意搞神秘？……

在这里要跟读者分享作者所做过的为数不多的访谈，在这几篇访谈里，相信大家可以更多地理解作者的价值观，也会对她为何如此低调有更为深刻的理解。

其实，有鸡蛋吃，为什么一定要知道下蛋的鸡是什么样的呢？

◎我不愿打扰读者的想象

你的作品写了职场，写了年轻人的爱情，特别贴近当下的读者。尤其是写出了职场的细节，太真实了，而且很有趣。这些细节从何而来？有多少是你自己亲身经历？

李可：小说是虚拟的。如果读者觉得书写得真实，不是胡说八道生编硬造，那说明书在概括性和经典性方面做得还行。

“有人说杜拉拉的作者是一个写作班子，到底是不是真的？还是就你真刀真枪一个人？有人帮你一起策划吗？

李可：王总经常鼓励我，我在杜 1 的前言里谢过他的。责任编辑小蔡很耐心也很辛苦，以后我也要在前言里谢谢她。

写长篇是个体力活，也是孤独者的事业。没点信念和理想，很难坚持到胜利。

你曾经说，在写作前，到书市上扫描了一圈职场小说后，觉得自己很有把握。究竟是哪些书，让你有了如此自信？你觉得之前的职场书，究竟败在哪些环节？

李可：市场上的职场书各有所长。

好比跑步吧，长跑，我常常能赢过其他人，短跑，我则多半傻眼。于是校运会，我一直都报长跑项目，基本都能进入女子组前六名，偶然还拿过第三。

小说选题的时候，我就是按校运会报名的思路来选择切入点的。

别的职场书，应该由市场以及时间来评价，我不能因为偶然红了本杜拉拉就胡说八道起来，那会让喜欢杜拉拉的人扫兴，呵呵。

杜拉拉火了，目前已经出到杜拉拉 2，有人反映，没有 1 那么好看了。你自己怎么认为？还有，你的写书计划是什么，准备写到几就打住了，是写到卖不动为止吗？

李可：杜拉拉 2 的知识性比起杜拉拉 1 确实颇深了一些。

传递信息要分阶段，一下给予太多，难度偏大，会使接受者的兴趣受点挫折——这个我是很能理解的，我在杜拉拉 2 中也传递了这个观点。

但是，我不希望把杜拉拉系列拉得很长，所以知识性的东西在杜拉拉 2 中就比较集中一些。这样的设置，对作者不见得讨巧，对读者反倒是合算的。

从我个人的角度讲，我属于绝对不愿意凑数的人，要做就做好，至少自己要认为是好。不论你怎么写，一定有人叫好有人叫骂，假如人人说你好，你不是作者而是妖怪了。我觉得关键是要有自成体系的观点。好书能经得起时间的考验，过两年，我们可以再看一下杜拉拉2在这方面的情况。

人需要成就感，有的人特别需要，而我就属于这种类型，这不是缺点或优点，这只是一个特点。这种特点使得我希望达到比较高的目标，所以我本人应该不会写到卖不动为止，我还是希望尽量分享积极有效的内容。

但是写到卖不动为止不该就非受责备，人各有志，我觉得社会应该用开放的心态来看待商业运作，中国是大国，大国要包容，有容乃大。

关于写作计划，我和出版商说过一段诚恳而略具才华的话：写作需要诚意和经历，这些我有，同时，写作还需要灵感，而灵感的来去是不可知的。假如有一天，我的灵感像一个贵族没落了，那就让它成为没落的贵族吧。我需要一颗自由的灵魂。

作为一个职场精英，工作十多年中，你自己换了几个公司？为什么换？你觉得职场成功，几分靠运气，几分靠姿色？

李可：我的运气一般。跳槽频率不太高，不敢说是因为我多长情，主要是因为公司好，待得住。这些公司以欧美跨国公司为主，要求员工的外表体面精神就可以了，主要还是得会干活。有时候加班、开会到很晚，有姿色不顶用，不如有体力实惠。

所以您可以发现，大公司对高潜力人才的界定，往往有HIGH ENERGY（精力旺盛）一条，但是没有姿色上乘的要求，不是不好意思要求姿色上乘，而是姿色这个东西，确实是OK就够用了，当然，咱也别长得让客户看着难过就是了。

运气当然最好也别太坏，运气不好会浪费时间。及早规划总结，能帮助一个人的运气。

兜回来，职场成功，努力是必须的，还得身体好，其实，还需要聪明点，别介意我讲实话。长得好是个加分项目，人家不是白长得好的，但不是必备项目。

除了传授职场经验，大家对你的理财观也十分感兴趣。你在理财方面是否也像职场一样擅长？有什么独特投资经验，可以和读者分享？

李可：想做成任何事情都需要用心和毅力，理财也是如此。关于投资经验，巴菲特说得肯定比我好，也更有号召力。

我只有一个建议，就是做生活的有心人。

我也只有一条亘古不灭的真理可以重复，那就是高抛低吸。

如果不知道哪里高哪里低，至少可以研究历史数据和宏观经济现状，以帮助判断走势。如果还是没有明确的感觉，那就观望。

有人说，大盘在底部的时候也有 10% 的股票创出了新高——确实是事实。但是，我个人会跟随大势，因为比如中国 A 股，将近两千只股票，你认为你属于抓得出那 10% 股票的群体吗？

很少有畅销书作家像你一样神秘。这是一种欲擒故纵的营销手段吗？还是为人低调所致？第一阶段似乎比较成功，引来众人更多好奇。

李可：都不是，价值观罢了。比起娱乐类别，我觉得我的书更偏向社科类出身。其实，我挺期待娱乐版的杜拉拉，等着看话剧啦。

采访既没有见到真人，也没有听到声音。很多人想知道你长的什么模样。请你形容一下自己的长相。在杜拉拉之上，还是在杜拉拉之下？或者就是杜拉拉。请给读者描述一下。

李可：就让读者看书吧，一千个读者就有一千个哈姆雷特，我宁愿不打搅他们对杜拉拉的认为。

全球经济危机下，你对职场的年轻人有什么告诫？在你的成长路上，有没有真正有用的职场书？还是都是靠自己去摸索和体验？

李可：不是告诫，就是一点分享，能力和财富的积累都需要假以时日，定位很重要，搞明白自己要什么样的生活，自己能付出多少，然后及早规划，会受益的。

我确实没有读过真正特别能帮到我的职场书，良师益友是有的，也一直在不断地摸索体验。

在我写书的时候，我会回忆自己曾经非常需要哪些方面的点拨，告诫自己不要写废话空话，要写能帮助到他人的东西。

除了工作还写不写博客？如果写告诉我们大家一个地址。不然有人威胁要发动人肉搜索了。人肉搜索是很厉害的，哈哈。

李可：写博必须热爱才能坚持下去。我太忙了，呵呵。

杜拉拉大卖后，很想知道，你拿到巨额稿费做什么用了？如何犒赏自己？

李可：我特别想学画画，钢笔漫画。但是现在我没有时间，以后我肯定会去学。

我做学生的时候图画成绩一般在60分左右，最低的分数为0分。我很明白艺术需要天分，但我还是很坚定地计划学画画，也考虑学作曲，我喜欢这两样事情，我幻想有一天，我的画能得到大众的喜欢，我的画能很传神。

杜拉拉今年要搬上银幕、荧屏甚至是话剧舞台，全面开花。你最中意的杜拉拉人选是谁？徐静蕾是否合你的心意？还有孙俪？你自己会有兴趣客串吗？

李可：我非常期待他们的作品。

同时我觉得敢于接杜拉拉的制作方和演员，都是对自己有高要求有挑战的，因为杜拉拉并不好演。对王伟的把握，我反而感觉会相对容易一些。

所以，我不该贸然对杜拉拉指手画脚，我只能表达我的敬意和关注。

你对自己的职场小说如何定位？是工具书？还是仅供职场中人减压的闲适读物？

李可：我的本意是工具书。因为我希望为看书的人的财富自由之路多少做点贡献。

至于减压，我是这么看的，减压有几种途径：

假如能有利于加强你解决问题的能力，是帮助减压；

假如能从娱乐的角度让你舒缓情绪，也是一种减压；

能促使管理者简化流程，也是一种对企业和员工的减压，我认为有的企业管理者也关注杜拉拉。

杜拉拉系列比如杜拉拉1，还算休闲吧。但总体说，这样的工具书，应该要起到减压的作用，因为就我本人的角度而言，它的第一目标是让读书人增值。

小说面世后，是否遇到离奇故事？或者离奇读者？

李可：平淡比离奇更好。很多创造奇迹的人，追求的是平淡而不是离奇。这不是一句虚伪的话。但是对有些人来说，也许需要历经岁月的沉淀，才能相信这是一句诚恳的话。我愿意诚恳地追求平淡。

◎李可看经济危机

金融危机的波及，加之中国失业率据说 09 年将会大幅增加，这让很多在职的人员都产生了恐慌情绪，我们不清楚外企受到波及的情况如何，能否告诉我们你所见到的真实情况。

李可：个人观点，虽然作为世界经济的一链难免受到波及，毕竟中国不在金融风暴的中心地区，所以暂时还是会相对安全一些。谈到失业风险，具体的，要视企业所在的行业而论。现在首当其冲的，多为中小企业，其中以出口型企业最为困难。

国人现在口中的外企，其实不是泛概念上的外企，而是指跨国公司中的500强企业，或者是各行业的龙头跨国企业（下文提到的外企均为此概念），这类企业抗风险能力比较好，尤其是他们在中国的运作，比在其他国家良性。

因此，即使某些跨国公司在全球范围内实施裁员，但对中国区的2009年还是保持了谨慎乐观。（这是生在当代中国的幸运。）

表现在两方面，一个是年度加薪上，不少外企将维持其中国区员工每年一度的全体加薪，至于幅度，有的企业比往年低，也有不少企业维持了8%左右的增幅。

另一方面，即使是在看好的行业中，外企2009年的扩张计划也显得比过往两年要谨慎，对销售的增长预期明显适度放缓。

特别需要指出的是，能力和状态都在中上程度的人才，在中国市场仍然处于缺货状态，而不是饱和了。尤其招聘经理时，每当我签出聘用通知书，即使应聘者签回来确认接受，我仍然会对其中的30%感到不踏实，因为我知道他们目前所在的公司一定会竭尽全力反扑，以保留人才，钱并不是应聘者看重的唯一的因素。类似情况，在外企的招聘和保留人才中，有一定普遍性。

说到这里，我想，很多人会关心哪些行业是在2009年相对安全甚至看好的——我不是经济学家，就我有限的认识来看，金融危机已经导致了实体经济踏上衰退之途，走出低谷需要一个过程，这个过程中，人们的生活和需求将从复杂返回简单，举例说，比如美容院，没钱就不去了，自己在家做做护理得了；拖地板，过去用地板清洁剂，以后只用清水拖就是了。但是，有些需求则是刚性的，饭一定要吃，病一定要看，学一定要上。

人民币升值，作为中国经济主要支柱之一的出口深受打击，拉动内需以改善经济是必须的，与此矛盾的是，人们如果对未来没有安全感，没有足够的保障，是不敢乱花钱的，中国现行社会福利保障制度导致很多老百姓不敢大方消费，而中产阶级的流动资产多被深套A股中并大幅缩水，那么，要拉动内需，政府行为就很重要了，显然政府会把五年计划中的原本放在未来几年的大型基础建设项目都提前上来做，照这个思路，铁路建设应该是比较稳妥的行业，再比如涉及能源和通讯基础建设的行业也是看好的。

总结一下，在2009，和刚性需求相关的行业，和基础建设相关的行业，是相对比较安全的行业。

我个人认为，从乐观的一面来看，2009下半年是值得期待的中长期投资买点。

就如同你书中女主角杜拉拉一样，一位草根出身的外企白领，并不具有“纯种”的外企血统，起初似乎也没有明确的职场生涯规划。这样的人，在外企的金融危机动荡中，是否是最有可能最先被裁员的人?

李可：纯正的外企血统，我猜是指管理培训生出身? 我个人的观点，从结果看，管理培训生制度在FMCG（快速消费品）行业实施得比较好，但是在科技含量比较高的行业意义不大，起码以中国的情况看是这样，在杜拉拉2中也体现了我本人的这个观点。所以，我认为血统不是问题。

最先被裁员的，有两种情况，一个是员工所处的职能不太重要，没了你，企业运作没有大碍；另一个，是更重要的裁员原因，即员工的态度和能力都不怎么样。

至于您提到员工没有职业规划，就我所看到的，在28岁以前，70%的人缺乏明确的职业规划。这一点不是大问题，坦率说，比较容易纠正，容易到他只要有心，看一遍《杜拉拉》就能获得职业规划的科普常识：)

至于小说中的杜拉拉，她是一个非常努力的员工，聪明度也很说得过去，判断力和驱动绩效的能力都有中上程度，只是影响力一般些，总体说来，算不错的员工，这样的人不太会被裁，就算公司要裁她的职能，也会给她转岗。

如今很多人将你的书奉为“宝典”，尤其是你提出的“你辛辛苦苦做了很多事，老板却不待见你；工作了很多年却依然在普通员工的位子上转悠；不爱 or 不敢跟老板沟通，例如公司会餐或者搞活动什么的一定不会坐在老板身边”等情况都是大家遇到的，但想改变却很难，比如增加与老板的沟通，从何下手？

李可：职场中常用到一个词叫“曝光”。每一次让其他同事或者让老板注意到你，都是你的曝光。

曝光有好有坏，你是以一个什么样的形象特点让人家记住你的，这个很重要。所以，吃饭的时候坐在老板身边，这只是一个形式罢了，不是沟通的根本问题。毕竟能坐在老板旁边吃饭的机会很少，而且，假如你说话不得体，就成了“坏的曝光”，那还不如不坐在老板边上为妙。除非你有把握有需要，否则还是不要刻意往老板边上坐。精明的老板也总是把这样的荣誉给予那些出色的员工，以示认可。

那么怎样的原则才是和老板保持恰当沟通的原则呢？杜拉拉 1 中有一段，我知道很多读者都注意过的，题目是“受累又受气该怎么办？”其中杜拉拉的日记以事例说明了沟通的方法，属于职场初级版，工作不超过三年的人可以看看；到了杜拉拉 2，有一段题目叫“授权的依据和程度”，其中讲到老板为什么能信任一个员工并授权，这和员工的主动性等级相关，这一段是上述杜拉拉 1 中片段的升级版，它系统地阐述了如何根据自己的能力经验等来确定与老板的沟通中能达到多大主动级别，属于非常自然的方式，员工不会受到“敢不敢”的困扰，只看你“爱不爱”了，一个人到了 28 岁应该能理解这样系统的方法论了。

都说职场是有规则的，对于中国的国企和民企，如今很多管理和外企有相近和相似之处，你认为外企职场的这套方式适合它们吗？会不会因为中国的“特殊国情”而使得这套方法没有用武之地？

李可：企业只要做大了，就需要规则。而人性是共通的，市场也是公平的，比如不管你在国企、民企还是外企，官僚主义无国界，都是遇到困难的时候授权，需要决策的时候思考，也不管老板是谁，开公司就是为了盈利不是为了做慈善，否则就不能称之为“企业”。

中国早已加入WTO，比起“有中国特色”的说法，更UPDATE的说法是“与国际接轨”：）

有人说《杜拉拉升职记》是励志类小说，教人如何“曲线达到目标”，你赞同这种说法吗？

李可：我受到的教育是先有目的，再谈方法，方法是服务于目的的，在杜拉拉2里有一节叫“WHY比WHAT更重要”，就是这个意思，7 HABITS里讲的“以始为终”也是类似道理。

我觉得我提倡的手法是正规手法，目的就是为了达标。

需要指出的是，欧美企业，其实，主要是美国企业，信奉的是有正确的过程，就会有正确的结果。说到底，所有的过程、规则和技巧都是为了正确的结果。

有的人不喜欢做事情目的性太强，但那只可以是个人生活的价值观，在职场中，不能作为企业的价值观，因为企业开门是为了盈利，而我相信绝大部分人打工也是为了谋生，如果打工一定要谈工资，实际上也就没有不谈目的的资格。

你给北大学子的建议信件我看了一部分。据说最早是缘于你认为“中国高校教育与实际联系还不够，技巧性的东西教得少，职场小说可以在这方面做些补充”，但我们也得到一些消息，关于职场小说有许多跟风作品，过多叙述企业中的各种黑幕，看了之后有读者产生了负面感受，对现今职场有一种过激的认识，产生思想负担，你怎么看？

李可：有人的地方就有矛盾。就算你不喜欢政治，你不可能没有观点。

不管人的思想有没有负担，房价总在涨，CPI 该怎么运行就怎么运行，而竞争客观存在，不以人的过激认识为转移。

我们生活在一个湍急的时代，淡泊从容成为一种奢侈。以前，也许丈夫一个人工作就能养家，现在已经很难了，一般夫妻二人都得工作，做太太的不想工作也不成。

环境不会因为人的思想负担而改变，不妨调整心态，提高 EQ。不夸大也不盲目，以乐观积极的心态做好自己。

看一本书，只要其中 10% 的内容是有益的，这次阅读就成功了，对书中内容,则需要做出独立判断。至于太黑暗的东西,既然管不了,就别管它了，重新努力找一个亮堂的去处好了。世上的事，有做得到的，也有做不到的，做得到，就努力坚持积极争取，做不到，就达观地放弃。

西方世界有很多优秀的商业小说或传记，对商业社会进程的推动起到不可多得的作用。你怎么看待这种作用？也有人说中国缺少商业故事,《杜拉拉升职记》是难得的一本。你认为自己算不算中国商业小说的一位启蒙作者？

李可：我希望我写的东西，具有一定的专业性和思考高度，同时，对人们的生活能有一些现实的意义。这是我对自己的写作要求。

说实在的，我不太热衷纯理论性的研究，我信奉的是科学技术只有转化为生产力才能最终实现其价值：）

关于推动商业进程，相对于西方的商业小说或传记，经济学家对推动商业进程的作用才是主导的——首先是以经济学鼻祖亚当·斯密的《国富论》为奠基石，他倡导自由经济和“看不见的手”；后凯恩斯推陈出新，他是强调国家宏观调控的第一人；咱们的革命导师马克思，则把经济学引向政治领域，非常牛！不服不行呀。

现在许多年轻人，对09年的失业率关注度很高，坊间也都流传09年日子难过，裁员增加。在之前，国内企业的裁员经验不多，所以恐慌得似乎更厉害一些，在这种情况下，有没有什么好办法来解决，或者来调节？

李可：第一，裁员应该主要是在中小企业发生。出口型的企业尤其困难。

第二，所处的行业也决定了裁员的概率有多大。与基础建设相关，与刚性需求相关行业是相对安全的行业。

第三，员工所处的职能在企业中有多重要。离实现利润的核心环节越远的职能越容易被裁减。

第四，员工本人的价值观和企业文化是否一致。

第五，员工的能力。

对比上面的五大风险因素看一看，就能评估出自己的风险有多大，也能知道往哪个方向努力了。即使过去做得不够好，现在马上去做也不晚。

个人的力量是渺小的，左右不了行业和企业的兴衰。

能做到的是树立正确的主流的价值观，提高自己的职业竞争力，以求往好的行业流动，往行业中的龙头企业流动，往核心业务部门流动，别无捷径。这个过程需要计划、行动和毅力，同时也需要达观。

杜拉拉的原型是很多人关注的重点，包括你在书中所讲的 DB 是哪家真实的公司都很多人猜测，就好像《浮沉》似乎是说微软一样，这本书是你的自传吗？有多少真实性？

李可：稍微关注一下《杜拉拉》的读者书评，会发现很多人都表示书里那些事儿就像发生在自己身边——杜拉拉是综合体，DB 是虚拟的公司，《杜拉拉升职记》则是一本小说，它的好处在于它表现了职场的典型心态、常见困难以及经典的解决方案，否则怎能像你像我又像他：）

书籍作家搞神秘的这两年也不少，比如像慕容雪村，以前做公司高管的时候，也不露面；像《藏地密码》的作者何马，据说身家过亿，至今也不露面，你对这种“大隐”现象怎么看待？是怎么想的？

李可：我觉得不见得是为了搞神秘，价值观的取向不同罢了。

好比有人和你说他没有时间所以不能参加小组会，其实，每个人每天都有 24 小时，他没有这点时间，是他认为另外的事情比小组会更重要，他要把时间花在那件更重要的事情上。

有一个假设，假如你明年失业了，你会怎么办？

李可：我的情况也许不具备典型的参考意义，因为估计提问的读者八成是比较年轻的人群，而我已经工作了比较长的时间，并有幸经历了中国经济辉煌的黄金十年。

建议是及时反思为什么会失业；然后扬长避短，并适当修补短处；至少不重复相同的错误，为新工作做好准备。

举例说，有的人因为文凭不够，升不上去了，那他就得想明白，是不是很想升？想升，就必须拿下文凭；有的人因为和老板闹矛盾被炒了，要想明白，既然自己不是老板，今后就得首先当好下属。

对于大学生，你的经验应该在学校提早做哪些准备？

李可：按重要性从最重要的开始排序：

一是让自己会做人，做一个能影响他人的人，比如知趣识礼、乐于助人、体谅包容、换位思考等；

二是学好逻辑，做一个思路清晰、判断正确的人；

三是锻炼承受压力和挫折的能力；

四是学会充分得体地展示自己，比如大方的仪表，得体的身体语言，专业的用词；

五是关心宏观经济和行业动态；

六是要到外企的话，不妨学好英语。

新人只要勤快，懂事儿，脑子清楚，承受压力的能力好一点，找工作的难度会小很多。

外企的人际关系很复杂吗？假如美女遇到性骚扰怎么办啊？（呵呵）

李可：翻开历史，我们会发现，几千年来，人性的变化不大。只要掌握了游戏规则，外企的人际关系可能比国企更简单更容易驾驭，因为外企的企业文化很强调驱动绩效，结果导向（就是不管谁来做老板，生意要做好是一定的，生意做不好就得走人，不可能先撤职过两个月给换到另一个地儿去当官了）。

什么叫驱动绩效？包括给自己设立高目标并努力达成，还包括为他人创造一种有利于达成业绩的工作环境。

因此，从文化上来讲，提倡的就是解决问题达成目标，大家都为一个共同的目标：把生意做好！并且尽量在身心愉快的情况下解决问题——实际工作中做不做得到是一码事，起码大家都以那个为正确方向。

美女遇到性骚扰，在外企的比例很低。对这类问题的处理非常严厉。

这么说吧，一般不会。实在遇到，可以找主管或者HR谈，如果骚扰者是直接主管，也可以找二级经理谈。如果有证据，绝对处理。如果没有足够的证据，可以给当事人调整工作岗位，断绝骚扰机会。我相信这是非主流的问题了。

◎写作是漫长穿越隧道的过程

写杜拉拉的由头是什么？为什么会想到用小说的形式？

李可：杜拉拉系列的主要写作意图是分享职场经验，关注现实问题，并提供解决问题的专业工具和思路。

美国人或许有很多缺点，但他们在流程方面我个人认为还是比较专业的，不少东西值得借鉴。

举一个例子，做菜放调料，咱们中国人是这么说的：盐少许，味精少许，花椒若干。老外会对少许、若干这样的词感到迷惘，他们的说法是盐多少克，糖多少克。这样，就量化了，对烹调没有经验的人，会觉得操作更容易。

把抽象复杂的东西，量化规律化，从而化难为易，使得经验不是足够丰富的人，以及虽然有一定经验但判断仍不够清晰的人，在较短时间内提高水平和能力，这就是专业技巧的力量。

我希望能够做出这样的分享。

采用小说的形式是为了方便读者记忆和理解，出于 USER FRIENDLY 的考虑，小说总比教科书更不费脑子。

杜拉拉有原型吗？还是一个综合体？有你自己的影子吗？你认为她的经历在白领中具有代表性吗？一些外企的白领觉得现实生活中他们没有杜拉拉那么好的基础和运气，你怎么看？

李可：杜拉拉是综合体，正因为如此，很多读者都能从她身上找到自己的影子。DB 是一家虚拟的公司，财富 500 强类型，我的设想中，它在全球企业中的地位，就相当于中国移动或者联想在中国国内的地位。所有人物均为虚构。小说中设计的人物和情节，主要考虑表现职场共性的需要。

关于运气，如果工作地点是在上海或者北京，概率上人们应该有比杜拉拉更好的职场运气。杜拉拉的运气很一般，做到了该做的，却需要何好德搭救她一把才得到该得的。如果人是在广州，那么杜拉拉式的运气还算 OK，不过也谈不上多么的好。

谈到基础，那个要靠自己。如果现有的基础没有那么好，35 岁以前，都该通过学习设法提高，还来得及。我对边工作边念书的人总是深怀敬意，顺便提醒一下，不要随便抓个什么专业什么课程就学起来，要问一问自己，学这个专业对自己的未来是否有帮助，另外，边干边学是最好的学习方式。

还有一个问题是聪明不聪明的问题，这个是爹妈给的，没办法。聪明的人，28 岁提经理，不够聪明的人，通过沉淀和积累，到 32 岁后，也有希望获得机会，确实会晚一点获得提升，这个要认，人家不是白聪明的。太年轻就获得提升也有一些问题的。

如果暂时还没有获得满意的机会，我的建议是，积极地准备，足够的耐心——当今中国正处盛世，机会还是比较多的，不少行业的年均复合增长率都达到了 30% 以上，而发达国家的同类指标很多都在 5% 以下。

你的文字很轻松、幽默，这是你个性的体现吗？

李可：我的性格有一个短板，就是不够放松，幸好我能认识到自己这方面的问题。我不知道这点自我认知算不算有一点幽默感。

你个人怎么看待杜拉拉引起的阅读热潮？你对国内的职场小说了解吗？

李可：关于国内的职场小说，当前主流的几本书是知道个大概的。

杜拉拉 1 中提到，在设定目标的时候，需要运用 SMART 原则，其中的 A 是 ATTAINABLE 的缩写，“可达成”的意思，就是目标要高，但是不能太高，高度以他努力后跳起来正好能够得着为宜，如果太高太难，人们就会对这样的目标失去信心和兴趣。

杜拉拉是个普通人，姿色中上一点罢了，但凡看着顺眼的人都够得上这个姿色等级，她的聪明程度也谈不上出类拔萃，在高等教育普及得不错的年代，拿个大学文凭也很应该。她能做得到的事情，一般人就有可能做得到。当然，她是个努力的人，大家也要通过努力才能有那样层级的收获。

说到这里，我想我已经说了为什么杜拉拉能在读者中获得较好的认同。

未来你有没有可能专职做畅销书作者？

李可：写作需要诚意、体验，还有一定的智慧，这些我有。同时，写作需要一颗自由的灵魂，需要灵感，而灵感的来去是不可知的，俗称“不确定因素”。这就好比你赶上了 2006—2007 的大牛市，但你不要以为你的一生能遇到几次这样的大牛市。那就乐观得盲目了。

我所希望的，是做自己想做的事情，并且能以从容不迫的节奏去做，把它做得非常好。

看你的个人介绍，你做过多年的人力资源，书中李都说拉拉，好好的一个蓝裤子怎么干整人的行当。拉拉自己也说你不会喜欢我干的这行。你个人对这个职业怎么看？

李可：HR 这个职业不错。中国市场需要优秀的 HR 人才。但是我也知道有的人不喜欢 HR。我想，这不怪大家，HR 同行们继续努力就是了，做好核心业务的战略伙伴。

销售和人力资源在你的职业生涯中分别让你获得了什么？

李可：我个人对销售职业怀有很高的敬意。我喜欢销售们所表现出来的乐观、开明、礼貌、善解人意，我也十分钦佩他们寻求解决方案和承受压力的能力。他们有资格作为收入最高的人群。

HR 培养了我的一些习惯，比如及时总结、勤于思考、归纳共性、寻求规律。一个好的 HR，应该是一个能提供工具，帮助和引导他人获得正确原则与方向的人。

你曾经说自己写第一部时中途有一种厌倦感和孤独感，为什么会产生这样的感觉？写第二部时遇到相同的问题了吗？

李可：写作的过程，是一个人的灵魂独自穿越漫长黑暗的隧道，有时候我感到不知道那一头是什么，我只能等待。

以我个人的体会，写长篇是一件需要毅力的事情，当然，写好长篇还需要很多别的特质，但耐心和毅力是肯定需要的。

话说回来，所有的成功都需要付出毅力和耐心，别无捷径。

对结局王伟一年没音讯，很多人觉得不合理、不理解，你曾经说或者可以等到 35 岁以后再来看这个问题，还是请谈谈你的理由。

李可：有个笑话，说一位妇产科医生耐心不好，每次产妇喊疼，她都要训斥：喊什么喊，谁生孩子都是这么疼的！轮到她自己生孩子的时候，她的喊声却盖过了所有产妇。同事们都笑她，她辩解说：你们不知道！我的疼和别人的疼不一样，我疼得特别厉害——人们失恋的时候也很容易这么认为，以为自己的感情最特别，自己的失恋比别人的都痛苦。

生活的元素很丰富，你活得越久，就越明白这个道理。年长的人都知道，失恋不是个问题，问题是没有其他合适的人顶上来，生活总是在继续。

关于王伟为什么消失一年。

我觉得一个是他已经反复地向杜拉拉求和过了，杜拉拉既然还想和王伟好，她在这个问题上没有拿捏好分寸，过分考验了王伟的耐心，矫情了些，弄得王伟搞不清楚她心里到底怎么想。现在的人，耐心是有限的，我已经认错一百次了，再认下去，兴趣都没有了。这一点，王伟消失后，杜拉拉已经认识到了。即使是占理的一方，适当的时候也要明智地结束战斗。

两个人在一起，任何一方都不愿意以战败国的姿态或者被贴上犯过错误的标签生活下去，夹紧尾巴一阵子是应该的态度，谁叫自己错了呢。但一辈子给你捏个短，就没有意思了，这也是王伟会离开的原因之一。

还有一个很现实的因素，两人在北京明确关系的时候，杜拉拉向王伟表明过 DB 的职位对她的重要性，她非常看重这份工作，到了王伟那么不愉快地离开 DB，实际上，只要杜拉拉继续待在 DB，他们的关系就不太好办。杜拉拉必须做一个取舍。

你曾说你比较关注具有现实意义的话题，比如房子、教育、看病、就业、养老，还有投资理财，这些在续集中得到体现了吗？你认为一部好的畅销作品具有哪些元素？

李可：杜拉拉 2 仍然是一本职场小说，同时，它具有超越职场的现实主义态度，除了职场内容外，小说还涉及了择偶、买房和投资理财等内容。

个人观点，一部好的畅销作品，内容是第一的，能引起回味和思考，对人们的思维和行为模式产生一定影响冲击，而不是以夸张的姿态或者华丽的词藻出位。否则，其畅销经不起时间的考验。内容能经典一点共性一点就更好了。

说白了，经得起时间考验的畅销书是有点实际意义的书，能引起共鸣，能解决问题，人家读了你的书觉得有点用处，此外，读的时候也别让人觉得太累，能给点阅读的快感。

只是开头难一下

李可应北大就业指导中心之约写给大学生的一封信

编辑手记：让梦想照进现实

新华网曾经根据 2008 年所有大学生用户在卓越亚马逊的购书记录，按照作者排名，以销售册数为统计标准，对当代大学生的阅读做了调查。

在这项调查中，《杜拉拉升职记》名列第二。随着就业压力和竞争越来越激烈，大学生对择业、职业规划越来越重视，职场小说中来自实践的心血总结，正是对大学生课本的有效补充。

2008 年，李可应北大就业指导中心之约写给北大学生的一封信，对于求职、择业给出了中肯的建议。

同学们，大家好。

又到了临近毕业的日子，年复一年，在这个梦想周期性遭遇现实的季节，对一代又一代的莘莘学子而言，在精神上和身体上准备好奔赴新生活，是一个不容易的过程。

由于即将自负盈亏，很重要的一个思考是对经济收益的权衡：房子的首付款在哪里？如何分享中国经济高速增长的盛宴？

说得直白点，就是什么样的前程是好前程？怎样才能获得一个好工作？

现实与定位

定位是个很没有趣味而又不讨巧的词，但这是一切的终点和起点。比如这牵扯到为什么要考研，为什么要出国？

虽然借鉴历史很重要，但考研和出国，不该仅仅是因为之前的师兄师姐们这样做，也不是因为别的同学这样做——更重要的原因应该是你本人的下一个人生目标需要你这样做。我们应该明确出国或者考研能带来什么益处，并且这个益处是优于本科毕业后直接就业的。就好像跳槽不该仅仅因为现在的工作不够好，而更应该因为新工作是你更满意的。

对于求职而言，首先是需要清楚自己为什么选择某家单位，然后要同样清楚为什么这家单位要选择你。(它能给你什么？你能给它什么？)

在采取行动之前，我们不妨问自己四个问题：

——我想要什么样的生活?

——我选择的工作，能赖以谋得我要的生活吗?

——我喜欢做这份工作吗?

——我的能力足够做好这份工作吗?

节奏越来越快的今天，淡泊从容的简单生活越来越成为一种奢侈的愿望，面朝大海春暖花开，从明天起关心粮食和蔬菜，这样的生活不仅仅健康简朴，同时埋伏着昂贵，假如没有足够的储蓄和保值能力，那就需要生活在强大完善的福利系统保障下，而这是目前尚未具备的。

我们生活的时代已经大大不同于我们的父辈，平静的水面下，处处是湍急的暗流，你需要快速高效地出漂亮成果，否则你就很容易出局。比如当今的中国，每年都要出版几万种读物，但是上架后那些不能迅速上位的书很快就会被毫不留情地撤下来，这为人们推测出版商出版 80% 的书籍是因为他们能靠 20% 的书籍盈利提供了依据。

而这，就是我们面临的现实。

有些应届生告诉我，找工作最大的困惑是不知道什么工作是适合自己的，怎样才能找到一份既符合自己的专业兴趣又提供不菲收入的工作。

先谈行业

在现实中，一方面，用人单位为找不到合适的人填补重要岗位的空缺而头痛，另一方面，大量的求职者在苦于找不到满意的工作。在那些发展迅速的行业，这种矛盾越发凸显。

有的人认为好的行业不容易进入，我个人持相反的观点。

人才的繁殖和成长需要一定的周期，一定时期一定范围的市场上，就是那么些合乎要求的人。如果行业的增长较快，人才的供应往往不能满足行业快速增长的需求。

于是用人单位就必须面对现实，降低用人要求，比如过去有的职位根本不考虑应届生，现如今没有那么多上来就能出活的熟手高手，大家就不得不正视现实，考虑接纳应届生了。这时候新人处于一个相对合算的位置，能获得一个好的起点，这也是你的好专业好教育出身发挥作用的时候了。

我个人观点供大家参考，在中国，比如互联网、教育、医药、通讯、能源等，都是看好的行业，持续盈利能力强，附加值高，一定的抗周期性通货膨胀冲击的能力。

有个笑话，说有一个小妞给她的同乡发短信，说是这儿：“钱多，人傻，快来。”有时候我们同行之间开玩笑说，现在这个市场上就有这么个味道，钱多（行业经济效益增长迅速），人傻（足够 QUALIFY 的应聘者越来越难找，因此雇主不得不降低要求，确实感觉人员的平均素质下降，虽说谈不上“人傻”，可和五年前已不可同日而语）——收入高，发展好，还能符合你的专业志向，所以可不是“快来”吗。

再说说专业、兴趣和收入

大学里主要是培养思考的方法。

我但愿你的专业是你喜欢的，并且是符合宏观经济的大趋势需求的；

否则，这更是得慎重选择职业的时候了。

专业这个东西，比如学化学，进一家化工公司应该算是专业对口了，那么你进去后，做销售，还是市场，还是 R&D 呢？三个职能的收入都不错的。

市场部的职位是最理想热门的职位之一，同时具备了收入高、权利大的职业特征，那么有志者需要了解到，几乎所有的市场经理都做过销售，并且做销售的时候是 TOP SALES。

而且有一点，假如你想要安逸淡泊的生活，市场部是最不合适的，虽然它没有每个月承担指标的压力，也不用求人，还老被销售求。做市场，需要那种天天带着振奋的精神状态，满怀 SHAPE THE MARKET 的激情追求理想的人，对逻辑和战略思维高度的要求自然也很高。

虽然不是所有的人都适合做销售，我还是很愿意推荐新人从销售开始职业生涯，让我给大家几个做销售的理由。

一、超过 70% 的 CEO 出身销售；

二、假如你能好好地做个三年销售，以后你转行做什么都不浪费，你将属于最强大的群体，具有战胜一切困难的勇气和能力；

三、销售是晋升机会最多的职业，大大多于其他任何一个职能，比如财务，比如 HR；

四、销售是靠打工能带来最丰厚收益的职业，尤其在职业起步阶段，它能帮助你迅速完成资本的原始积累；

五、销售是最容易找工作的职业，到处都需要销售，而且职业生命周期长，可以 HAPPY 地干到五十岁，等于变相地增强职业安全感。

举例说吧，一个新人，假如能进一家五百强公司，起薪不外乎是 3000 到 6000 元，技术奇才的话，MAXIMUM MAXIMUM 给你 8K。（外企年薪大多 14—16 个月不等。）

没有获得升迁的话，每年结合你的业绩表现，主要还是参照 CPI 的上涨速率获得加薪，这些年 8% 是很多外企采用的平均加薪幅度，因此你很容

易算出三年后、五年后，你能拿到多高的薪水。（北京或者上海的房价我就不说了）

假如你做销售，你的收入将 DOUBLE，因为你有可观的奖金。同时，你获得晋升的概率将至少翻倍。

换位思考，学习得体

人有四种出身：家庭，长大的地方，教育，职业。

作为北大的毕业生，你已经证明了学习能力和你的见识。

从概率上说，你的 IQ 应该多少高于平均水平，英文应该不错，看过相对多的主流书籍，有机会听到更多的主流观点，因此更了解和宏观趋势有关的信息，从而有更好的见识。所以在新人群体中，概率上说你应该更有挑选好职位的优势。

但是，教育出身仅仅是一张门票，让我们来看看你还没有证实的是什么：你的影响力，你的适应能力，你的承受压力的能力。

总而言之，你的生产力要能高于平均生产力对用人者才有意义，到那时候，你将不是企业的人力成本，而是人才，否则你的教育出身只是你的事情。

好的职位总是存在的，关键是你是否是潜在的人才。这个问题就说回来了，你未来能做什么？你现在能做什么？

总体上我个人感觉，现在的应届生成熟度还是有所提高的，早两年，新人来面试，简历上时髦说“给我一个支点，我能撬动地球”，或者“给我一个机会，还你一个惊喜”。

去年我忽然意识到大家现在都不撬地球了，也不提供惊喜了。

有时侯我在面试中向新人要录用他的理由，对方往往把学习能力和人际交往能力作为主打优势。

这显然是一种进步。不论你打算进国家机关，还是事业单位，或者知名外企，哪里都喜欢要聪明得体的人。当你去面试，或者你刚到一个单位工作的时候，得体是很重要的基本游戏规则。

如果你要一份体面的前程，首先你需要明白一些得体的小规矩：

——面试的时候身体不要乱动，语速语调适中

——男生穿着黑皮鞋就别穿白袜子

——学会倾听

——诚恳和礼貌

——知道自己的强项是学习能力、逻辑，以及激情，并且展示自己正常的人际关系

——了解自己需要在承受压力和面对挫折方面让对方放心，并备有实例准备说服面试者

——了解行业的累积对自己很重要，而且 HR 通常对一份不到两年就跳槽的简历有 CONCERN，除非那份工作太烂，或者新工作真的好。

——新人喜欢问你们公司提供什么样的培训？但是其实 70% 的知识来自于实践而不是课堂

——最后一条是，要知道人们喜欢新人的激情和冲劲，但并不欣赏没有根据的勇气和信心（比如对一份 15 万的年收入嗤之以鼻；不重视很多人一辈子也挣不到一千万的客观事实，或者以为那是因为“那些人比我蠢”；或者把 IBM 和 MS 的 OFFER 贴到学校的 BBS 上并告诉全世界“我 DECLINE 了他们的 OFFER”。）

管理培训生

总观知名外企录用的管理培训生，他们都有共同的特点：IQ 绝对高，EQ 更加高。

志存高远就不用说了，为人处世都非常得体。

我曾经分别和几位管理培训生交谈过，我问他们是否了解，他们可能

是在一个虚拟的友好环境中成长，他是否了解一个BUDDY（“伙伴”，企业指定专人，在日常工作中帮带管理培训生，通常此人本身业绩表现较好，而且乐于助人）对他意味着什么?

结果这几个人都微笑着告诉我，他们了解并非所有的人都对他们友好，除了不少员工对他们的特殊待遇感觉心理不平衡以外，部分经理内心也不接受管理培训生，这主要有两方面的原因：一是企业内部有很多员工经过长期的工作历练，经验和能力都不错，这些人是一步一个脚印为企业立下汗马功劳逐渐成长起来的，经理们往往认为这些人才是企业应该下本钱重点栽培的人才，如果转而投资在没有一点贡献的管理培训生身上，对普通员工是不公平的。另一个原因是，管理培训生再聪明，EQ再高，毕竟是新人，需要一个成长过程，在这个过程中，新人的诸多书生气的行为想法，让原本心理不平衡的其他员工更加看不上眼。

此外，他们都清楚地意识到BUDDY为他们的成长付出心血，如果没有一个人在一开始就不离不弃地陪伴着你，告诉你公司附近哪里有好吃的午餐，提供合租的信息，当你第一次遭遇客户用厌恶的口气大声呵斥着把你赶出门去，你再也不想去见客户的时候，他帮助你修复受伤的自尊，同时激励你的斗志和勇气，这非常重要，MENTOR会教给你行业发展的趋势，但是假如没有BUDDY的陪伴，只怕不等你看明白方向，你就已经没有勇气走下去了。

坦率地说，不论在生活上还是在职场上，人们时常听到对80后的批评和担忧，但是职场不可能把80后剔除出去，70后和60后也有很多自己那一代人的毛病，我有个朋友就和我说，80后自我，70后自私，60后不少已经没干劲了。80后的优势也明确存在，比如创造和想象。

当我听到管理培训生们坦然诚恳而感恩地评价客观世界，最重要的是他们有一个清醒的自我认知，我感觉到对80后的担忧是多余的，这一代自会有这一代的领袖。

关于物质上的准备

我就说三条供大家参考吧。

一是睡眠要正常。

二是要会过日子，比如知道什么样的房子性价比最高，什么时候买入是最合适的，否则光知道傻挣，挣的可能还赶不上房价涨的。

三是要了解伴随着你的实力的积累，财富的积累需要假以时日。

只是开头难一下

最近我遇到一件事情，有一位销售要离开公司，因为有更好的发展。小伙子是三年前应届毕业的时候被招进来的，他的教育出身很普通，毕业于一个普通得不能再普通的高校，当年为了找工作小伙子和大部分应届生一样颇经历了茫然与苦恼。不过短短三年，在得到较好的培养和磨炼后，他这么快就被竞争对手挖走了，我确实惋惜，但也为他高兴。事实上他的年收入已经达到了 18 万，我只能设想竞争对手用 20 万以上的收入来挖他，同时让他的工作强度低于目前。

我想说的是，找工作不是件容易的事情，但也就是难那么一年，最多两年，假如你正确地努力，并且，这份努力，算不上什么惊天动地的努力，也就是一份说得过去的努力，只要你开始入对了行。

因此，这个夏天的奔波或者挫折，你都可以坦然面对，它是必定要过去的阵痛罢了。

祝

前程远大，

生活幸福！

他们眼中的杜拉拉

编辑手记：人人心中都有一个杜拉拉

一千个人的眼中有一千个哈姆雷特。

中国企业家教父柳传志也会迷上杜拉拉?

才女徐静蕾青睐杜拉拉，首次试水商业片锁定杜拉拉；

因《潜伏》而大热的姚晨声称自己与杜拉拉很像；

以写感情见长的作家赵赵也被杜拉拉的爱情感动；

郎平回国的购物清单第一项就是《杜拉拉升职记》；

……他们都对“杜拉拉”赞赏有加，他们都是以何种角度来看这本书的呢？“杜拉拉”带给他们怎样的启示呢？与普通读者有何不同？一起分享他们的读书感受吧。

◎柳传志迷上“杜拉拉”

柳传志的阅读名言：

阅读对于我跳出问题去深入思考，是很有好处的。

读书不是为了消遣

2 月 4 日，联想创始人柳传志宣布重新接任联想集团董事局主席职务，消息一出，这位已是 65 岁的“联想教父”在度过了四年休闲的退休生活之后，再次被推到了舆论中心。

有一次，爱读书的柳传志跟媒体说迷上了《杜拉拉升职记》：“作者的很多想法跟我一样，但更条理化，因为她更多站在员工的角度思考。作为企业的管理者，只要眼光经常往下看，就会发现很多你所忽视但很有用的东西。”随后哈哈一笑，“只是我已离开联想集团，没机会实践了。”当时还有很多人不解，为什么大名鼎鼎的企业家会喜欢读这种“闲书”，而不是经典的经管类著作。直到他重新执掌的消息传来，才让疑惑的人恍然大悟：原来喜欢商战小说的柳传志仍然有未泯的企业家情怀。

柳传志曾经给“未来10年中最有竞争力、最有希望成功的人士”画像：首先是年轻（45岁以下最好）；其次是上进心极强（不屈不挠），胸怀大志；然后是责任感、诚信，有工商管理或者法律、经济的背景以及英语能力等是最基本条件；最后就是要具有极强的学习、总结能力，善于从书本上、实践中、自己身上和别人身上学习。由此可见，柳传志认为阅读是成功人士的基本特征。

柳传志从小就养成了阅读习惯，还在上小学的时候，他喜欢听评书《水浒传》，后来把整套《水浒》的小人书翻了个遍，以至于能把108将背下来，他觉得这本书对他性格的形成有一定的影响。上中学之后，他看的书就很杂了，那个时候主要看苏联小说，像《钢铁是怎样炼成的》、《牛虻》之类的。后来参军之后，浸染了不少军人的风气，以至于他后来很爱看与军事相关的人物传记和小说，像《战争风云》、《战争与和平》、《曾国藩》等。

2008年，柳传志喜欢的书有《崛起的四大国》、《圈子圈套》、《明朝那些事》等，他喜欢看历史，而且善于从历史故事中汲取企业管理的灵感，“看书对我退出问题本身去深入思考，是很有好处的。以史为鉴、以史为镜，保持清醒，不能糊涂，把事情看得更透彻，更明白。”联想分拆之前，柳传志从《康熙大帝》中领悟出“交班要趁早”的道理。

小说成为了柳传志在2008年的抗御失眠的“安眠药”。他承认自己平时很少看纯管理的书，但施振荣的《再造宏基》、讲组织结构的《道路只有一条》和《只有偏执狂才能生存》却是他比较偏爱的枕边书。除此之外，因为很多纯管理的书写得太绕口，看起来比较费劲，而不受他待见。

来源《中国图书商报》

◎徐静蕾青睐杜拉拉，这次要玩真的了

读聪明女人的书是种享受。会心，不累。书中所讲述的白领生活、职场规则，颇为生动有趣，同时实用得很——虽然我并没有经历过真正“职场”，但仍笃定地这样认为。

——徐静蕾

“职场倔驴有才”，从杜拉拉到徐静蕾

郝　健 / 文

那天上午正在北大口腔医院整理牙齿，突然接到头儿的电话，说是徐静蕾大概下午三点多要到公司想和大伙聊聊《杜拉拉升职记》，有关拍电影的各种打算。边和头儿说着下午的时间，俺脑袋里的杜拉拉已经完全变成了徐静蕾，徐静蕾就是杜拉拉，以前那个“姿色中上，典型的中产阶级代表”

似乎一下从书里蹦了出来，老徐要演杜拉拉，绝对靠谱。

作为智联招聘的代言人，徐静蕾来我们公司在四惠的办公室已经不是什么稀奇的事情了。但每次都是很短的时间，一直没缘分碰上。当我下午三点多走进公司C座咖啡厅的时候，徐静蕾正啃着不知道哪买的煎饼，和她的几位美女助手及智联市场公关部门的MM们在沙发上围坐一圈讨论上了，俺赶紧边和老徐打着招呼，边拉过一把单人沙发挤进美女堆。也许因为我帮博集天卷当初出版《杜拉拉升职记》做过推荐的原因，大伙也希望我能一起聊聊。一切都很自然，只是我称呼“老徐你好”的时候，怎么也不能把“老”字和眼前青春四溢、玲珑可爱的徐静蕾对上号。

屁股还没在沙发上坐稳，我先问谁演王伟，能和徐静蕾演办公室恋情，那一定是让人嫉妒的角色。其实要是能混演一把那个拉着杜拉拉的手不放，乱喷发家史的小老板阿发也是不错呢。出乎意料的是，徐静蕾没确定她要演杜拉拉，而是要把这本书拍成电影，她要做制片人或导演。至于那个杜拉拉的第一个小老板“阿发”已经被大家刚才从电影情节里给毙掉了。这个光脚穿拖鞋骚扰杜拉拉的小老板阿发不简单，《杜拉拉2华年似水》里面，他已经发达成上市公司某某汽配的董事长了。

和徐静蕾谈到为什么这本书这么火，我当时说了几点：首先这是关于一个姿色中上的白领女性，一个纠缠办公室恋情的故事；其次这是一个典型大型外企的政治斗争故事，里面横跨中外文化冲突，纵向上下级纷争：以上两点都是职场上的热点。另外，全书是一个很真实的讲故事过程，而不是西单图书大厦一层职场书架上那些葵花宝典、求职大全、职场圣经什么的真假无法辨别的手册工具书；最后，这是一个从底层一路打拼，特别容易引起读者共鸣的过程。从读者的角度，它既道出了朝九晚五，每天挤地铁的一线打工一族的酸甜苦辣，也迎合了有一定管理责任，每天周旋于上级下属之间，苦于处理复杂人际关系的中层白领；从管理学的角度上，它也是一本行政和人力资源管理的实用工具书，如SMART原则、STAR

沟通方式，SOP 流程和 360 度全方位评估手段的实际应用等，如果拍成电影的话，目标观众无疑是第一类人群。还有，相对于《圈子圈套》（我也出席了作者王强在王府井书店的签名售书仪式）和《浮沉》等火药味十足的市场销售大战，这本书离大多数职场女孩子更近。白领、外企、女性又有点小资的爱情故事让《杜拉拉升职记》成为很多女孩子的枕边书。更有不少职场中人把“倔驴”、“有才”的杜拉拉提炼成职场版的“不抛弃不放弃”。

那天下午大家在一起讨论了很多，人物上从海伦到玫瑰，从王伟到李文华，从周亮到帕米拉，当然主要还是围绕杜拉拉。从职场上，杜拉拉的成功，我认为离不开三个气：**志气、力气和运气。**实现财务上的自由无疑是大多数职场人的志向，人的成功也肯定离不开运气，但运气往往像约会时要考验你成心来晚的女孩子，总是在你付出足够的力气之后才到来，设想如果干活有倔驴之称的杜拉拉没有经常加班到很晚，又如何能引起总裁何好德的注意和青睐？

那天下午徐静蕾在智联从两点半一直聊到四点半，完全没有明星的架子，完全沉浸在电影情节的构思讨论中而又不拘泥于原著的情节，大家从乘坐飞机延误到公司邮件的误发，碰撞出很多快乐的经历。我没有吹捧她的意思，但作为智联的代言人，我相信她在广告中传播的快乐工作真是发自内心的。回到电影的话题，她显然不满足简单重复书中的情节，我们苦苦追求的到底是什么？什么是成功？什么是快乐？电影在这方面的探索，一定会给我们一些原始的感动。

后来，听说老徐在她的博客里提到了这次交流是一个很愉快的下午。没有想到的是，她后来真的去了谷歌等很多外企，和做人力资源的人聊，到食堂体验生活，甚至在上海取经的时候引起了“神秘男”事件。她为什么这么认真？由于代言的关系，听朋友聊起徐静蕾，总是用才女形容，像我开始认为她就是出演杜拉拉的绝配印象一样，她们的聪颖、知性，有品味、有生活情趣，在一定程度上还真的有很多共同点。徐静蕾对自己的定位很明确。但她没有在外企做 OL 的经历，此次拍电影，绝对不是简单地出于兴趣和玩的心态，在我们走进电影院之前，徐静蕾自己已经铁了心要走进杜拉拉的世界，因此，老徐这次要玩真的了。

◎姚晨：我与杜拉拉很像

4月8日，根据小说改编的话剧《杜拉拉》先于影视版在上海美琪大戏院首演，由何念导演，姚晨主演。

姚晨版杜拉拉,会是什么样子？自我归类为“极其没有目标型”的她说：“我不是白领，但我可以根据我的个人奋斗史来感受她——我们都是没有背景、完全靠个人努力一步步走过来的,能走到今天,50%靠命运,30%靠努力,还有20%，则是为人。”

天赋不够，弃舞蹈学表演

杜拉拉的奋斗：从民营企业辞职,跳槽至美资500强企业；姚晨的奋斗：离开福州歌舞团，报考北京电影学院。

姚晨的简历上写着：1993—1997年，就读于北京舞蹈学院民间舞系。

学舞蹈出身的她，后来怎么会改行学了表演？

姚晨是福州歌舞团在北京舞蹈学院定向培养的学员，但学了一段之后，她对舞蹈越来越没有自信，“舞蹈对天赋的要求太高了，我完全达不到那些要求，因为跳不好，我有一段时间迷茫而绝望。这时候，我的一位贵人跳出来了。”

这位“贵人”是解放军艺术学院老师牛娜，她教了姚晨台词、表演等基本功，后来，姚晨考上了北京电影学院，并重新开始自己的职业生涯。

这段学舞蹈的经历，似乎没有给姚展现在的生活留下太多痕迹，“功力都废了，早就还给老师了。我有一位同学，前两年主演过舞剧《雷雨》，但前段时间她告诉我，现在的体力已经跳不了《蕾雨》了——这才几年啊，舞蹈就是这么残酷。表演就不同，就算五六十岁了，也能演戏。”

新人被欺负，片场也敢提意见

杜拉拉的奋斗：升职为行政主管；被上司欺负姚晨的奋斗：当上女一号，但享受不到相应待遇。

大三演第一部戏，第一部戏就当上女一号，姚晨无疑是幸运的。也是这部戏，让她真正开始了解复杂的影视圈，“像杜拉拉那样人际关系复杂的环境，之前我根本没遇到过。”

这部戏是根据冯骥才小说《神鞭》改编的电视剧。姚晨说：“我虽然是女一号，但因为我是新人，完全享受不到女主角该有的待遇，我这个女一号是挂名的，简直连打杂的都不如……”

尽管如此，新人姚晨却一点也不怯，拍戏时依然较真，“哪怕会得罪人，该说的我还是会当面说——我让你舒服了，但戏糟了，这可不行。当然，我那时候不成熟，很多看法也片面，因此最后意见也没被采纳。只要导演不管我说得对不对，先听了之后再婉转告诉我我的错误，我完全能接受。”

“堕落”去演情景喜剧，红了

杜拉拉的奋斗：兼任上海总部行政经理；大展身手姚晨的奋斗：接拍《武林外传》，开始走红。

“一次我去云南元谋，那是穷乡僻壤，山上只有一两户人家，结果他们看到我，直喊‘排山倒海——’我很惊讶，对着山头向他们直喊‘哇——你好厉害’。我这才知道，的确有很多人认识我了。”

看一个人是否成名，有一个标准是是否会被狗仔偷拍。姚晨举了两个例子：第一个，是在北京被跟踪了三四天，毫不知情，登出来的照片把她的家曝光了，“看到那张我在窗口打电话的照片时，我手脚冰凉”。第二个故事，则是在大街上，“我没吃饭，饿得要死，拎了个破塑料袋准备吃里面的火烧。助理怕我被拍，让我别吃，幸亏忍了没吃——第二天就被报道了，如果拍到我狼吞虎咽吃火烧的照片，天，那肯定丑死了。”

这一切,都是发生在《武林外传》大热之后。《武林外传》的人物和故事，起源于尚敬拍《都市男女》时和演员们边吃盒饭边聊天的过程，而和尚敬结缘,则是一个“恶俗”的故事,“我陪一个同学去面试,结果要了我。天哪,我居然要去演情景喜剧，当时觉得自己挺悲壮的，为生活所迫都沦落到这个份儿上了。”《都市男女》之后就是《武林外传》,“稀里糊涂的,谁知道《武林外传》会火成这样，那时候，好多人都还不愿意演情景喜剧呢。”

回到舞台，演一个喜剧杜拉拉

杜拉拉的奋斗：升任人事行政经理；姚晨的奋斗：选择剧本的空间大了。

姚晨在北电读书时演过话剧,演的角色是《麦克白》中的麦克白夫人、《暗恋桃花源》中的云之凡……等等，怎么好像和姚晨现在的形象截然相反呢？

她哈哈笑："都是些特装、特严肃的角色。别看我现在这样，那时我演戏可出名了，传今晚有姚晨的戏，连外校的都会跑来看。"

可如今，她却为《杜拉拉》愁得脑袋一个变成两个大："以前一学期排一个话剧，现在只有一个月，还叫做商演。第一天拿到剧本，回家一看我就失眠了——这些没人性的，就尽在别的地方使劲，我的角色一点都不好玩……"目前，剧本还在边排边改中，并给杜拉拉加上更多喜剧成分，"是积极向上、乐观的，而不是教你削尖了脑袋怎么对付别人。有时候，你越这么做，反而离你的目标越远。我和杜拉拉不同的，应该就是这一点——我是个极其没有目标的人。"

姚晨的身边，有什么白领朋友可以指点她白领生活的吗？她说："有，我的同班同学，就是我陪着去和尚敬面试的那个……现在她已经挺像白领的了，规规矩矩，离演员的感觉越来越远了……"

◎赵赵看闲书

《杜拉拉升职记》

《杜拉拉升职记》先在网上看，两天就看完了。谈不上文采，但真实，真就像白领盆友（朋友）面对面和我聊天，快人快语，干净利落，有理有据，不服不行。语感、常用语、节奏，全对。我对畅销书一贯有点偏见，看谁在榜上，就懒得看了，要过个一年半载才愿意拿来扫一眼。这本好，畅销得有道理。杜拉拉可爱的基础是能干、不自恋，事业观恋爱观还真有粤女的务实劲儿。我向好多外企的盆友推荐让他们好好学习学习，甚至还一脸怀疑地问：不是你化名写的么？看对方愕然，心里更升起大大的问号。

《杜拉拉 2 年华似水》

《杜拉拉升职记》中，杜拉拉似乎把爱情放在不很重要的地方。对一个爱情的发生发展，都有非常实际的考虑：是否影响事业。分手也干脆，受不了拎不清的状况。2 中索性没有爱情，倒让人看出女孩气了。1 是摆出个硬扎扎的架势，有点像小孩装大人。2 中很多事遇阻，不再是有斗志就可以取得理想的结果。不谈爱情，因为旧有的太根深蒂固，原来是长情，日中无爱，天天午夜梦回，爱情简直附体。也可以说没有遇到新的好爱情，但选定了的就舍不得忘，还是老实人。

里面有些别人的爱情。60 后的，80 后的。可能写的时候也就随机选取手边熟悉的案例，并不是特设的典型性格。不是所有的 60 后阴郁的心田都渴望美女的滋润却又生怕程度太深带来各种影响，也不是所有的 80 后都二得盲目冲动但有狗屎运。一个这样的时代，充斥各色人等才应该。

不是所有人都愿意总结，杜拉拉愿意，且忙不迭地把经验与需要的人分享。越来越清晰地看到作者务实却古道热肠的广东面孔。广东好人。

◎郎平的采购清单

郎平感叹在土耳其寂寞，回国采购图书 DVD 打发时间

6 日抵达北京，10 日又将启程再赴安卡拉，因此，在北京的这有限几天里，郎平忙得不可开交，准备“物质文明”和“精神文明”的重任就落到了她的几个好朋友身上。

而按照“榔头”的指示，这几天里，不断有方便食品、美味调料、畅销图书和热播的电视连续剧光碟运抵郎平在北京的家中。

“只要不超重，我都带走！到那儿这些可都是我的宝贝！”每天忙回来，看着一大堆的“洋插队”物资，郎平一边感叹寂寞的日子将要开始，一边兴致勃勃地往大旅行箱里塞。

【食品】阿香婆香辣牛肉酱 2 瓶、双汇王中王火腿肠 20 根、李锦记蒜蓉辣酱 2 瓶、方便面 6 包、王致和腐乳 5 瓶、橄榄菜 3 瓶、鱼泉榨菜 2 包、北京酱菜 2 包、浓汤宝 3 盒、香菇、酸辣汤料 6 包、鱼香肉丝调料 2 包、风味豆豉辣酱 2 瓶、真空装咸鸭蛋 20 个

【图书】《杜拉拉升职记》、《舞者》、《王贵与安娜》、《带我游世界之土耳其》、《Lonely Planet- 土耳其》《异域风情之土耳其》、《读者合订本》

【DVD】《马文的战争》、《绝不妥协》、《我们俩的婚姻》、《宽恕》、《奋斗》、《绝密押运》、《双面胶》、《血色浪漫》

◎俞雷：七十年代人矛盾的工作与生活

杜拉拉，一位草根出身的外企白领，有着七十年代生人“职业的一代”的标本式特点，做着一份不高不低的人事行政经理的工作，拿着一份不高不低的薪水，经历着职场的跌宕起伏。

这就是《杜拉拉升职记》中的主人公杜拉拉，和大多七十年代人相似，她并不具有“纯种”的外企血统。她不是欧美500强的管理培训生，起初似乎也没有明确的职场生涯规划。但在经历过乡镇企业的老板骚扰和港台企业“非人性化的苛刻”之后，杜拉拉终于在欧美500强企业找到了栖身之地。经过自己的不断努力、争取，甚至是钻营之后，杜拉拉终于做到了人事行政经理的位置上。但经理的位置也只能让杜拉拉享受片刻成功的欢娱，这个位置亦是更多职场倾轧和复杂人事斗争的开始。

杜拉拉其实是一代外企人的缩影，他们的所有职业化训练皆源自第一家外企。虽然我始终怀疑，从民企到台企再到外企，杜拉拉的能力有没有真正提升。尽管表面上，杜拉拉能把活都搞定，功课（外企的惯用语，多指那些 PAPERWORK）也做得很漂亮，并且还学会了一些汇报技巧和招聘技巧。但实质上有外企职业背景的人都知道，那些职业素养的提高，大多还只是遵照 SOP（标准作业程序）的规范化，但这很大程度并不是真正的工作能力。SOP 在大多数情况下是让你学会如何在一个公司做一个工作人，并不见得是让你学会解决问题的技术。事实上，杜拉拉或多或少有投机的天分，她的升职，很大程度上也正是因为她并没有傻到完全遵照 SOP 办事，而是打通了高层的关系。外企的职场成功人士，往往都具有那些挑战旧有程序的天分，其实这也并不违反大多数公司的文化。一板一眼地按照程序办事，并不会让你升职，程序的缝隙地带，正是让杜拉拉充分施展投机天分的所在。

投机的褒义词是"充分展示自己",这也是大多数欧美500强的文化之一，事实上也正是蕴含在这些企业中的西方文化。杜拉拉在 DB（在书中她就职的公司）之所以混得不错，我看有很大的原因是她的性格中本身就暗合这种文化。假若杜拉拉在国内企业工作，那这种个性非但不是优势，反而可能就是一个很大的弱势。

杜拉拉的个性强悍，凡事争取，很懂得维护自身的利益，必要时也会挑战（在外企，这词语叫做 Challenge）别的部门，这几乎就是外企出身的人的普遍个性。但要说杜拉拉就此就成为了一个真正的职业人士，那恐怕也很难说，和一个真正的职业人士相比，杜拉拉还是有很大距离的，她还只能算是一个寻常草根找到好工作的典范，离成功，却还很遥远。

从杜拉拉的职位来看，管三个主管的基层经理，也并非是在销售、市场、财务这些核心部门，就算在特定的情况下算是"重要"，也至多是个重要的棋子。杜拉拉有个最大的弱点就是她还是个"有感情"的人，假使她还想继续在外企发展，恐怕这"感情"本身就是一个大忌。职业人士几乎是不能有感情的，至少她要懂得，感情必须深埋在心底。

杜拉拉的故事中，还穿插着和K/A销售总监王伟的恋情，王伟甚至还有段和小区经理岱西、杜拉拉的三角恋情，这件事最终还导致了王伟的被迫辞职。虽然，这样的办公室恋情对于整日忙于工作而圈子不大的白领来说也是见怪不怪。但正如外企普遍的游戏规则，杜拉拉也知道，这种事情的发展最终一定会导致一个人离开现在的公司，所不同的只是方式和时机。这些事情的发生，也正是七十年代人矛盾价值观的体现：幼时所接受的中国传统教育和成年后所接受的西方职业训练之间的矛盾。

如果要我为杜拉拉下个职业前景的预测，我并不乐观。她的今天仅维系于一份工作，而且处境似乎也并非最佳。从既往处看，她显然已经完全否定了她那些民企、港台企业的职业出身，从未来看，她也似乎已经碰到了职业的天花板，很难再有上升空间，尽管她对升职加薪一直是孜孜以求。从婚姻来看，30多岁，也未为自己定下终生——书的最后，她和王伟只是再遇，而并没有交待一定就是结婚。即便是结婚，也有很多矛盾的地方，这意味着她的Base要从她喜欢的广州移到王伟的家乡北京，那并不是她真正喜欢和熟悉的地方。

也许正是这些矛盾，让书的作者要把杜拉拉的故事写出来与读者分享。毫无疑问，这书肯定是熟稔欧美500强职场的人所写，同时，这书也无处不透着这代人的矛盾：公司与外部社会、职业与生活、工作与婚姻。七十年代人，面对割裂的成长方式与社会，也许矛盾正是他们的宿命。

◎米娅：华年似水：在选择中生存

欲望越来越多，诱惑越来越深，选择变得分外艰难。

看完《杜拉拉2华年似水》之后，内心变得沉静。它展现的是人生画卷中最为实际的一道命题：选择。

工作的选择，爱人的选择，管理人才的选择；有闲钱时，到底选择房产？选择汽车？亦或是选择股票？工作不顺心，是选择跳槽，还是选择卧槽？……这些又何尝不是25岁至40岁人生黄金期所要面临的最为重要的选择题？

与第一部相比，第二部显然少了新人在外企生根发芽，为生存而战斗的惊心动魄；也少了勾心斗角之余可以有片刻喘息的爱情。而是增加了草根人物面对选择时，内心的衡量与分寸；增加了经济高速发展之下，无法独立于时代背景的职场人的迷惘与抉择。

英国某报曾举办过一项有奖征答活动，题目是：在一个充气不足的热气球上，载着三位关系世界命运的科学家，热气球即将坠毁，必须选择丢弃一个人减轻载重，使其余两人得以存活。一位是环保专家，他可以拯救人类因环境污染而面临的厄运；另一位是核子专家，他有能力防止全球核战争使地球免于遭受灭亡绝境；还有一位是粮食专家，能在不毛之地种植农作物使数千万人脱离饥荒。请问选择放弃哪一位？最后，巨额奖金的得主是一个小男孩。他的答案是：丢出最胖的那个。当人们在讨论应该舍弃哪位科学家时，每个人都有充足的理由证明自己的选择是对的。然而，气球即将坠毁，最急需解决的是如何减轻重量，小男孩的选择才是最有意义的。

只是，这仅仅是一个假设。孩子是纯真的，他的内心没有那么多人情、物质权衡的杆尺，只需要做出“对”的选择。选择真的这么简单吗？当我们面临每一个选择时，又何尝仅用是非对错的衡量就可以轻易做出？每做出一项选择，特别是人生中的重大选择，会有太多的得失要权衡；太多的利害要取舍；太多的关系要平衡；太多的风险要规避；太多的责任要承担；太多的情结要超脱。只能身体力行，自己去分析、权衡、取舍，不要指望别人能出手帮你。

《杜拉拉 2》中的商业客户部南区小区销售经理田野离职后，杜拉拉要如何选拔出合适的经理人选，无疑是本书值得回味的一个亮点。一名合格的销售经理，需要具备哪些标准？是请猎头公司从外部挖，还是从内部提拔？从外部挖，除了要考察人选的资历、跳槽的动机，还要与猎头公司斗智斗勇；从内部提，除了考虑人选的工作能力外，要平衡备选者的身体条件、年龄、性格、员工关系等诸多实际因素。这样的选择，不是一道“对与错”、“好与坏”的是非题，而是综合多年职场经验与智慧做出的判断与选择。这是本书称得上供 HR 们探究与参考的案例。

“漂亮的老婆不是他自己这样的穷人该想的，至于温顺，既不能当饭吃也不能顶钱使，如今啥都贵，男人要是自己没本事，就更该找个有本事的老婆，否则，就是对家庭、对社会都不够负责了。”书中叶陶关于自己的择偶标准又代表了如今社会一部分人现实的选择逻辑。正如沙当当所认为的：爱人不是问题，问题是房子的产权。

作为旁观者，又如何能说他们这样选择一定是错误的？正如作者在序言中所说的："在明确自己有几两本事、想要什么样的生活后做出的判断，抛开俗气高雅不谈，逻辑上他的判断过程是合理的，强于无根据的自信。"对于人生伴侣的选择，无论是叶陶，还是沙当当，必定是精确计算，权衡利弊后的结果。

房价和股票牢牢地牵动着城市白领的心。孔令仪劝沙当当把钱拿去买房，而杨瑞建议她买股票；拉拉在粤电力和万科两只股票中徘徊不定……到底选择什么，除了从他人处得到启发外，更多的还是需要自身对大环境和实际做出最终判断。

杜拉拉在薪酬宽带体制中受到了不公平待遇后决定跳槽，漫漫求职之路并不如所想的那样顺利，无奈却又现实。当工作不顺心，经济环境不理想时，选择跳槽还是卧槽？如果跳槽，是选择同行业发展，还是换行业换岗？是选择 A 公司还是 B 公司？……这些问题何尝不是现实中千千万万个"杜拉拉"所要面临的选择？

林肯说过这样一句话：所谓聪明的人，就在于他懂得如何选择。很多人的成功或失败除了方法以外，真正起决定作用的，其实是他的选择和决定。每一个选择有大有小，然而每日、每月所有的选择就累积并影响了人生的结果。**一个选择对了，又一个选择对了，不断地做出合适的选择，最后便收获成功的结果**。反之亦然。怎样去降低做错误选择的几率，减少做错误选择的风险？小说已经给了很好的注解：那就是我们必须要预先明确自己想要的结果是什么！并把这种结果融入到每一次重大选择之中。

古罗马大诗人贺拉斯说："抓住那逝水年华吧！抓住！抓住！抓住！"岁月如流水般划过，日复一日。抓住这些转瞬即逝的光阴，在每一个选择之中好好地生存下去。未来，一定蕴藏在我们今天所做的选择之中。

◎张辉：润物细无声——评《杜拉拉 2 华年似水》

一向以为，中国的白领阶层是一个特殊的阶层。因为它对于中国，更多的是舶来品，是历史长河中新的浪花。曾几何时，中国社会中是没有白领的。孩子长大了，顶父母的班，或者在家庭的安排下进入一个单位，继承了家庭的人脉，做一份一辈子的工作。这可能就是那些大我 7 - 8 岁的人的一生。白领阶层即使在今天，也更多地存在于中国的一线城市。光阴荏苒，等到我们毕业了，一下子闯入的是一种新的、激荡的生活。没有父母的经验可以传授，没有以前的知识积累。能够获得我们充分信任，并一起探讨职业发展和未来的人，实在是寥寥无几。我们对这样的人赋予了一个称谓：好朋友，知己。

作为一名在职场沉浮了七载的“老白领”，当我打开《杜拉拉升职记》仔细阅读的时候，一些似乎曾经经历的场景，一些似乎自己曾经也说过的话语在书中缓缓地流淌，不由得会心一笑。我想这本书之所以广受好评，可能它是可以和新入职的白领进行处世哲学和职业发展探讨的书，是白领的“朋友”和“知已”。

《杜拉拉升职记》这本书的成功不在于描述了职场白领的生存智慧，不在于描述了一个爱情故事，甚至也不在于一个鲜活可爱的主人公——杜拉拉，而是在于它把白领们的职场遭遇、典型困惑用一个个小故事串连起来，并间以简单的总结和阐发。读者或者于心我有戚戚焉，或者醍醐灌顶，甚至或者是表示不认同主人公的处理方式，但是谁也不能否认，《杜拉拉升职记》把普通的道理蕴育在了白领们准真实的生活之中。如果非要用一句话来形容的话，我想到了这句人人能颂的诗句：“随风潜入夜，润物细无声。”

其实这句诗曾经是我的座右铭之一了，我常常思索如何才能更好地适应一个公司的文化，如何才能和各种各样性格的同事们搞好关系，得到的结论是：仅仅拍马屁是不够的，同样仅仅努力工作也是不够的，甚至即使你是才华横溢还是不够的。重要的是，如何使得我们赖以生存的小环境为我们发生改变，如何影响你周围的同事去认同你，去认同你的工作。靠说教？我们已经过了“政工干部”的时代；靠事事争先？难免被扣上一个有野心的帽子；靠处处吃亏？岂不闻“升米恩，斗米仇”？最后得出的结论是，靠人格或者说靠人品，靠亲和力。通过日常接触的一点一滴的细节，展示出你的人品，慢慢地去影响他人。职场做人至高的境界应该是如同春风化雨，不知不觉地影响了他人，影响了周边的环境。因此“润物细无声”是一种境界，是一种对人发生潜移默化的影响的最高境界。《杜拉拉升职记》的一个重要特点就在于在DB，以主人公为线索，把白领们日常生活工作中碰到的一些场景引出来，并描述了不同的人的解决方式，在行文中让人不知不觉地加以评论和总结，使得读者更容易认同它的观点，也更容易去继续深思这种观点是对还是错？对于读者的职业生涯有什么启发。

举个小小的例子吧，《杜拉拉2华年似水》中有一个总结：基于事实沟通，说“你迟到一小时”，不说“你没有时间观念”。这个道理基本上大家都懂，但是印象不深刻，我们能够理解这种表达方式的内在原因，以及在适当的时候，我们能够应用这个方式去表达吗？书中通过杜拉拉出差开会，以几个人的讨论过程中不经意地引出了这个结论，使得读者印象深刻，既容易接受，又不容易忘记。而且在这个小段落中，除了这个结论还有一些其他引人思考的总结性话语，例如：“我在认真地听你说话，销售要善于倾听嘛，听比说还重要”；“这管理培训生项目本来是工作，怎么搞得要利用私人交情才能逼着陈丰接下来，像是勉强他来帮自己私人一个忙了”；“一堆人当中陈丰单和田野碰杯并不奇怪，这叫‘给面子’，属于一种常见的简便易行的‘激励’手段，还可以起到‘区分不同业绩表现’的作用”；“你不能留下任何关于他人的文字记录，假如这些内容是你放到桌面上讲出来会感到尴尬的”等等。均是职场的为人处世的重要总结，书中以小故事的方式把这些重要总结行云流水地串连在一起，让人很容易记住和加以联想阐发——“我以前做的某某事是否符合这个原则？”

说了很多赞扬的话，《杜拉拉升职记》这本书当然也有不足之处了。在作者自序里面，作者这样提到：“希望这本小说，能够对人们的生活有一些超越职场规则的现实意义。”我想，这应该是本书的定位了，但是作者在这本突出现实而且意义也在现实的小说里无法避免地加入了一些超越现实或者是违背现实的元素。这不能不成为一些小小的遗憾了。例如在《杜拉拉升职记》中，杜拉拉得到何好德赏识的情节，岱西为了20万敲诈公司的情节等都违背了现实的原则，也容易给读者带来了理解整体小说内涵的干扰。相比来讲，《杜拉拉2华年似水》这样的非现实的、戏剧化的情节少了，也许整个小说的浪漫程度、戏剧性减少了点，但是整体更符合作者的定位了。另外同一相比，简单的说教文字少了，例如杜拉拉给李都的信，我实在看不出来这样简单的一封说教的信如何让与我同龄的李都觉得可以凭借它早做老大。在《杜拉拉2》中这种纯粹说教的情节少了，总结性的语言更多地贯串于字里行间，可信性、可回味性都有了较大提高，显示作者对于文字的把握能力有了较大的提高。

◎柴志强：一本写给想做外企经理人的书

这年头，年轻人就业就爱奔外企。因为，外企几乎是高收入的代名词。

其实，外企也是分三六九等的。

有从销售额划分的，就是500强企业和非500强企业。2007年财富500强企业最低的门槛是147亿美金。500强就是企业规模和实力的象征。进入500强企业，就意味着完善的培训体系和清晰的职业生涯设计。当然你若用KFC和我抬杠，我也无语了。

有从区域划分的，就是欧资公司、日资公司、美资公司和港资公司、台资等公司。限于篇幅，港资公司、台资公司就不讨论了，日资公司相对比较稳定，提倡终生雇佣制。欧资公司相对节奏慢，因为欧洲人喜欢享受生活，但一旦做出决策，行动相当果断。美资公司给人印象就是高工资、高压力和高强度。在许多美资公司内，不论职位高低，彼此一律直呼对方的英文名，感觉很平等、很民主。

当然这些公司印象也只是泛泛而谈，即使欧洲公司，意大利公司、德国公司，或者北欧的公司差别也是很大的。

企业的方法有其共性，更有个性的地方。

外企现在是主流，因此说说外企里面那些事儿的小说也应景成了畅销小说。

《杜拉拉升职记》和《杜拉拉 2 华年似水》就是一个代表。

《杜拉拉升职记》中的 DB 公司是一家典型的美资公司。它可以给新人完善的培训体系以帮助其成长。它也能根据这个职位的市场平均薪酬给出让大多数人满意的薪水。最关键一点就是它是一家典型的外企，高层都是金发碧眼的老外，工作语言是英语；有着中国人看得到，坐不上去的玻璃屋顶。

通过解读 DB 公司,职场新人能更好地了解职场的一些明规则和潜规则，从而更好地完成从职场菜鸟到职场高手的华丽转身。

如果说《杜拉拉升职记》是职场菜鸟的基础篇,《杜拉拉 2 华年似水》就是一个职场新人的进阶篇。

情场上失意的杜拉拉同学在职场上也遇到了更大的挑战。

因为企业战略发展目标能否实现需要 HR 部门去落实。因为这一切都离不开人才。这就是所谓的与战略匹配的企业人力资源管理。还记得黎叔的那句话不？“21 世纪最宝贵的是什么？人才！”

于是我们倔强的杜拉拉同学开始了新的征程。在 DB 公司里，她要帮业务部门建立人才储备体系，招募合适的人才，并帮助他们在新的岗位上成长。

“想做经理的人”占了小说很大的篇幅。因为，不想做将军的士兵就不是一个好兵。

我们可以从杜拉拉这个招聘经理的经历中一窥外企招募经理的幕后故事。《杜拉拉 2 华年似水》又责无旁贷地成为“准职场精英的修炼教材”。

首先杜拉拉告诉我们，要做一个外企的经理人，需要具备以下条件：

★业务能力

★带好团队的能力

★学习能力

★承受压力的能力

The last not the least，需要接受公司的价值观。作者虽然没有在这条上多费笔墨，但我认为这条是面试的时候最重要的一个隐性条件。

GE 公司的传奇 CEO 杰克 · 韦尔奇就是价值观招聘的典型代表。他通过价值观和能力矩阵来选拔员工。一个企业的员工，可以分为四种类型：能力很高的，对公司价值观也很认同的。他认为这样的人是最好的。还有一种人是能力不行，价值观也不认同的，这种人肯定是要淘汰的。能力很强，价值观非常低，这样的人，韦尔奇是不用的。能力一般，但非常认同公司的价值观，这样的人是可以给机会的。

即使满足了这些基本的条件，杜拉拉这个招聘经理还要权衡应聘者的 IQ 和 EQ，性格过度极端的人首先会被筛除掉，而那些缺乏工作激情的员工也会被筛除掉。

有时候猎头也会推荐一些外部合适的人选。招聘公司首先考虑应聘者递交资料的真实性，一旦发现简历上有任何一点可疑，这个人马上就可能被 CANCEL 掉了。

招聘一个经理的成本很高。因此入职者的稳定性也是招聘公司考虑的一个重要因素。招聘经理会花很多精力挖掘应聘者的真正动机。

阅读完《杜拉拉 2 华年似水》，最后让我们用自己的语言来总结一下一家典型外企的经理人入职基本条件吧！

首先，他必须是一个诚实守信的人。

无论在哪里，诚实守信是最重要的一个品质。你可以欺骗一时，不能欺骗一世。有一本职场书《丁约翰的打拼》中，描述了一个比较圆滑的职业经理人丁约翰。他在职场上摔了大跟头才有所转变。这就是一个很好的反面教材。

其次，他一定要有积极的工作态度。

伴随着经理人的高薪，就是更高的工作压力。态度决定行为，而行为左右业绩。只有这样，经理人才能在业绩导向的外资公司中站稳脚跟。

再者，他一定要有很强的领导能力。

经理最大职责就是要最大限度地调动下属的工作积极性。一个经理人若没有高超的驾驭下属的能力，他就不是一个合格的经理人。一个具备领导艺术与人格魅力的经理人才能率领他的团队冲锋陷阵。

当然这些只是基本条件，还是那句话："在学校里靠的是智商，在职场上靠的是情商"。一个优秀的经理人，不仅要具有掌控业务的能力，更需要具备向上管理、向下管理、横向管理的综合能力。

当然招聘经理对应聘者是否符合公司价值观的观察，将贯穿整个面试过程。这也是对招聘经理专业性的一个挑战。

立志于想做外企经理人的人,还是早点读一下《杜拉拉 2 华年似水》吧!

向杜拉拉学习

启示篇_THE POWER OF LALA

激励篇_THE INCENTIVE OF LALA

希望篇_I HOPE

感动篇_MOVED BY LALA

编辑手记：他们的感动，你的收获

自从《杜拉拉升职记》热销以来，有无数的网友在当当网、卓越网、豆瓣、论坛，或者自己的博客里写下自己读书后的感受。尤其是当当网，读者评论已经超过一万多条，在 2008 年 6 月 23 日 8 点，《杜拉拉升职记》当选为当当网终身五星书。

在这些读者的评论中，有启发，有感动，有激励，也有泪水。在这里，我们选取了最精华的读者评论与大家一起分享，第二次向杜拉拉学习。希望在他们的感动中，获得你的收获。

看过《杜拉拉》的朋友，要认真阅读这个章节，因为或许这些读者评论有一篇就是你无意间写下的。

◎启示篇_THE POWER OF LALA_

从杜拉拉变成唐骏

written by tip

最近工作狂比较关注两个人，一个是唐骏，一个是杜拉拉。

工作狂之前对唐骏不是特别熟悉，去年偶然在电视专访节目中看他侃侃而谈，口才极好、很幽默，还多才多艺。于是开始密切注意他。

前一段，她约了唐骏做采访，在做准备功课的过程中，她愈发对他的工作业绩和职场之道心悦诚服。

因为这次采访时间有限，加之是一次“命题作文”，工作狂的BQ周刊这次的封面主题是有关大学生就业难的话题。所以，她只能在有限的一个多小时的时间紧着这个主题问。

工作狂把这个主题又划分为几个层次，比如大学生就业现状、择业取向、面试技巧及职场之道，包括同事关系，与领导相处的艺术，升职技巧及如何选择跳槽时机等。

对工作狂来说，这是一次愉悦的采访，除了完成了自己的采访意图，关键是还因此学到了很多东西。唐骏的表述不仅仅让很多即将毕业的大学生很受用，对工作狂这种有一定工作阅历的人也有很多值得参考的信息。

比如，工作狂不太经常跟领导保持“沟通”，刚工作那会儿，她一跟领导说话脸就红……她一直有一个信条，就是用实力和工作的成果来说话，她觉得常跟领导“沟通”有拍马屁之嫌。

而唐骏则认为与领导经常保持沟通非常重要，当然这种沟通不仅仅是寒暄打招呼……看来工作狂的观念要有一个质的改变。

采访唐骏之后，工作狂找个时间仔细读了时下很火的《杜拉拉升职记》，她早就知道这本书,一直没空看。最近影视剧相继要拍“杜拉拉”,话剧版《杜拉拉》正在上海火热上演，她本着好奇的心理决定好好研读下这部小说。

哪知，一看她就放不下了。她觉得，唐骏讲的更多的是理论和自己的特例，杜拉拉经历的职场变迁则更具有普遍性。

之所以说唐骏是特例，是因为能像唐骏活得那么精彩的人毕竟是少数，连唐骏自己都承认他是属于金字塔之上的人，为数不多。

可杜拉拉们则是普遍存在我们身边的，她姿色中等，家世普通，没有什么背景，靠自己的努力找工作、升职……

被称为“倔驴”的杜拉拉开始也不善于跟领导打交道，后来她逐渐认识到跟自己的直接主管和大老板沟通的重要性。当然这种沟通也是有分寸的,比如越级“沟通”就会让你的部门主管不悦。这里的分寸感只能自己拿捏，拉拉也尝到了能跟大老板直接沟通的方便……

工作狂顿悟沟通的重要性。

但是，人的个性是与生俱来的，有些人天性八面玲珑，有些人生来拘谨腼腆。

工作狂很佩服拉拉适者生存的能力。

“都说江山易改本性难移……”工作狂采访唐骏时曾问到这个问题。

唐骏当场予以否定，还特别传授了“唐氏改性格法”。即：努力寻找别人的优点，哪怕只有一小点，找到之后再把它放大。当优点放大以后，它具有同化效应，慢慢地就会发现自己真的喜欢对方了。当这变成一种习惯的时候，你会发现你周围的人也会很喜欢你……

他特别强调自己在大学时性格就不好，因此吃了亏，后来意识到性格好的重要性，逐渐把性格改了过来。

“性格好具体是指什么呢？”工作狂接着问唐骏。

唐峻答：“简单、阳光、乐观、善良、宽容。”

工作狂之所以追问，是因为唐骏说了只要性格好，搭配勤奋、沟通、机遇任一个都能成功，如果都具备了那就能取得巨大的成功。

工作狂于是比照了下自己，别看她外表温婉柔弱，但骨子里却是个倔脾气和急脾气。于是，遇到看不顺眼的事就爱发火，如果事情没有改观，进而又上火、烦心。用中医的理论来讲属于“肝火旺”一类。

“这还能改？”工作狂一直把其视为遗传基因范畴。

想想拉拉曾是有名的“倔驴”，都能修炼得遇事心平气和沉着冷静。工作狂遂看到了曙光……

她仔细研究了唐骏关于性格好的几个要素。觉得简单、阳光、善良属于她本性中的。乐观，她做得不够，遇到困难容易悲观厌战，甚至放弃；宽容嘛，有时因为太好强，容易跟人家暗自较劲，免不了身心俱疲……

如此这般批评与自我批评一番，工作狂觉得看完《杜拉拉升职记》收获颇丰。她还很佩服杜拉拉在为工作努力付出后，敢于为自己争取利益的劲头。是啊，自己都不为自己争取，还等着别人主动点到你的头上？也许人家以为你发扬风格呢！

其实，**人在为自己争取利益的同时也是实现自我期许的过程。**

杜拉拉正是因为不甘心在民企，于是进入了世界500强的外企。之后又不甘心做个月收入三四千元的外企“小资”，想要做经理级别的“中产阶级”……于是逐步升职为年收入23万的HR经理。

关于目标论在升职中的作用，唐骏有过深入浅出的心得体会：

“在微软，公司高管叫总监，他是我进入微软确定的第一个目标。于是，我就开始观察总监是如何工作的，包括处理文件，处理员工之间的矛盾以及如何做出一些判断……然后再比较自己，这样很容易就看出我和他之间的差距。如果他的方法真的好，我就开始学他，在那几年中我一直不断地学习，一段时间过后，我发现我和他的水平差不多的时候，我就知道机会来了！”

工作狂周末去了海口出差，在从海口回北京的飞机上，她看完了《杜拉拉升职记》。

这个周末她觉得自己过得挺充实。

谁人不生物，何处不江湖

written by 赵之萍

著名的天涯社区近日又绽放一朵奇葩，一篇被誉为“天雷教镇教宝书”的奇书震撼登场。该书的情节大致是这样的：“书中的女主，爱上了一个小子，又被此子的父亲霸占，后来又爱上此子的爷爷。给小子下了毒酒，那小子胃被切除大半，后来也不知道死没死成。此女自然是长得国色天香，沉鱼落雁，闭月羞花，人见人爱，车见车载。”书中充斥着这样的字句，“八千吨情感，火爆在我的喉咙里。”“突然，你冲向我的车窗，保镖追上来，为你撑着伞，你示意他们闪开。你落汤鸡似的淋在雨中，头探进我的车窗，柔情地对我说，'你的眼睛里，美、神秘、激情像煮皂锅一样沸腾。我见过多少勾魂的眼睛，可是从来没有看见一双眼睛这样清澈，这样深邃，把我带进深不可测的海底。'"

对有钱有权势者的意淫，浓郁的自恋，让这些文字超越了白日梦的级别，直接进入臆想症状态，并因此具有了观赏价值。有网友决定每次心情不好的时候都来看看这个帖子，重建对生活的信心：这样白痴的书都能出版，我们还有什么事情做不成？！

《杜拉拉升职记》与这本书正好相反，相映成趣。一本好比薛宝钗的蘅芜苑，雪洞一般，一色玩器也无。"案上只有一个土定瓶中供着数枝菊花，并两部书，茶奁茶杯而已。"另一本好比秦可卿的香闺，浓腻香艳，武则天镜室里的宝镜，赵飞燕跳舞的金盘，西施浣过的纱衾，红娘抱过的鸳枕……相同的是，两本书的作者都是女人，也都在网络论坛上引起强大反响。只不过反响是一褒一贬，高下立见。

《杜拉拉升职记》文字风格非常简练，不事雕琢的写实主义，如同显微镜下观察职场生活，冷静，不带过多感情色彩。因为反映出外企众生相，被称为职场版的儒林外史。无论是菜鸟新人，还是多年浸淫职场的老手，都能从中找到有益的东西。

菜鸟看概念。对外企感到好奇的人，可以从中学到 SMART 原则、360 度反馈等等管理手段，还可以了解外企各级别薪酬情况，以及一些"潜规则"：E-mail 要慎用，全在服务器上存着呢，公司随时调记录；不要轻易越级，越级申诉在得到公正结论的同时也要付出赔上职业生涯的代价……

老手看规矩，学会什么时候该妥协，什么时候该坚持。所谓"场"，就是人与人的关系的总和。杜拉拉的职场生涯，就是摆平一个个麻烦、搞定一个个关系的过程。

"南方女子，姿色中上"，二十出头的杜拉拉初进公司，先是忠心耿耿地傻干，后来发现干了很多活儿，可上司就是不待见。小头儿藏着掖着，为了保住自己的位置不受威胁，关键的业务丝毫不放，关键的知识一点不教；大头儿只想安全退休，不愿承担责任和风险，“该做决定时他思考，遇到困难时他授权”；新招聘的下属一个本事不大脾气不小，一个能力虽强暗藏心计难以驾驭……在复杂的多重关系中，杜拉拉不断进行正面的自我调整，终于百炼成钢。

总的说来，对于职场的心计和暗算，这本书并没有作为重点。虽然那样也许情节更加紧凑跌宕，更像一本好看的小说，但是这本书提供的不是一时的阅读快感，而是能派上用场的、逻辑的、生动的、有效的信息，能上升到常识甚至原则的境界，“以便于人们达观地遵从及现实地获益”。

人在江湖，就要按照江湖规则和江湖心态生存。这是一本解析从小喽啰到舵主的江湖实用手册，不是不按常理出牌的套路，而是给你讲解牌路：这张牌应该怎样打，为什么这样打。确实可以帮助江湖中人理解江湖生物链，提升江湖安全感。不至于挨了飞刀，你还不知道是哪里来的。

四月一书之《杜拉拉升职记》

written by 皮皮刘

推荐之前先插一段对话：

某日深夜，王总同学致电皮皮同学，得知博客开辟每月一书栏目便推荐皮皮看《人体实用手册》，说有利健康，了解自己应该先从了解自己的身体开始。皮皮说现在没时间看，正忙着辞职换工作，另外手头还有一本书叫《杜拉拉升职记》没看完。王总马上回应道：“你怎么那么庸俗啊，天天就想着升官发财。”皮皮大笑回答说：“我就是一庸俗之人，现在根本没空关心我的身体。”

于是，不得不开始介绍这本《杜拉拉升职记》，因为四月从职场的角度讲是变换的季节，谈谈这本书，恰好应景。

书中的女主人公杜拉拉是当今职场中的你我她，她有着你或你周围人在职场的相似经历。努力着，拼搏着，同时也算计着，挣扎着。每个身在职场的人都在高唱着“财务自由”，好像真要财务自由了，人就解脱了。几年前我也这么认为，特别盼望自己能有很多钱，然后啥也不干在家里躺着吃零食、看电视、睡大觉。但这几年我渐渐地开始意识到工作其实并不仅仅以赚钱为最终目的，同时在职场的生活也并非如之前认为的那样让人厌恶。每个人其实都需要一个平台，如歌手通过舞台，作家通过出书，明星通过艳照……大家都需要展现的空间，同时也需要“观众”。职场这个平台与舞台、出书、艳照等平台的不同之处在于后者是一种自我表演的状态，它只偶尔地需要与观众互动。而职场不一样，它是一种从始至终都需要互动的游戏：你、你的下属、你的上司、你的同僚，这几种关系主导了职场的整个表现形式，也就是说你不是一个人在战斗，你是跟一群人在战斗。

《杜拉拉升职记》这本书其实已经雄踞当当网小说类图书销售冠军宝座很久了。以前总没有想购买和阅读的欲望，因为职场这东西太乱太复杂，用一个故事就想表达清楚所有的东西显然是痴人说梦。事实也证明这本书所提及的“外企生活”也仅仅描述了所谓“生活”的冰山一角，现实生活永远比小说更丰富、更精彩、更刺激。只是作者的功力在于将浩瀚的外企故事浓缩成相对短小精悍的一篇小说，用有限的字数表达了用这些字可以表达的极限内容。混迹外企六年，有时候想想自己真的很累，失败的经验远远多于成功经验，当然这不见得就是坏事，年轻的时候多摔跟头代价小、成本低，总好过老了摔跟头一病不起。也不是没有怀疑过自己，走的路多了，总会踩到大便，踩的大便多了，也就无所谓踩到的究竟是什么了，这可能就是老人常说的磨砺吧。

职场里往往需要平衡的是两种心态：吃亏或是占便宜。不论境遇如何，你总会有感觉吃亏了的阶段，也总会有暗暗窃喜占了便宜的时候。就在这算计着吃亏和占便宜的时间里，时间飞逝，等再回头看，那些吃过的亏其实都是今后的便宜，而那些占过的便宜也总会以同种或变种的方式让你吃了亏，应了那句话“出来混，总是要还的”。

主人公杜拉拉的经历如同每个外企人的镜子，照到过自私自利，也照到过用心努力。与老板周旋升职加薪，与同事平衡利益关系，还有偷偷摸摸的办公室恋情和暧昧模糊的三角关系，那些典型的办公室行为让你恍惚觉得杜拉拉就是你身边走马灯轮换过的同事张三李四王二麻子，从这个角度来讲作者李可是有生活且高于生活的。那些堆砌的文字里透露出办公室里的微妙游戏规则，还有集体有意识与集体无意识。书中爆料作者李可本人有十余年外企工作经历，做过销售助理、行政经理、人事经理等，评价销售和人事工作是企业里不错的两种职业选择，我也有同样的感受。我做过的工作种类也很多：客户服务，市场推广，质量管理，销售，培训，招募……甚至还涉及过一点点系统开发。同样感觉销售和人事工作是企业特别好的两个平台，一个是“对外斗争”，一个是“对内斗争”。虽然斗争的方向各为不同，但需要的耐心、信心和决心是不相上下的。当然除了这些正面的词语外，还有一些词不那么美好，但确实真实存在于外企生活中，比如“勾心斗角”“利益集团”“死对头”“干掉”“陷害”“穿小鞋”“孤立”“排挤”……怎么想着想着比美好的词蹦出来的都多？

外企在相当长的一段时间，至少在我大学毕业前后那几年非常让人艳羡，那些所谓有才能和有智慧的人纷纷希望进入跨国企业工作，似乎进入外企是自我最大化的一种体现。说实话，在那个时期确实是这样，虽然赚的没有想象的多，但每天出入最高档的写字楼，和一帮喷着 GUCCI 香水，穿着 ARMANI 套装的精英们一起出入高档场所确实能满足初出茅庐的我们极大虚荣心，好似整个世界都是我的了。对于那些进入了国企或什么研究机构、事业单位的同学朋友简直无话可说，因为他们根本就不知道什么叫 INTERNATIONAL。当然随着自己慢慢地成熟长大，也随着社会的变迁，当大多数人都知道那些低调工作生活在国企事业单位的人虽然长相很 LOCAL，但实际拿着比 INTERNATIONAL 更 INTERNATIONAL 的薪水后，人们终于明白所谓外企终究是资本主义制度下的榨汁机，想从那里多拿一块钱，你就得多脱一层皮。这天底下没有免费的午餐，漂亮的外表下总是藏着难以名状的痛苦，而不那么美丽的屁股下，没准坐着一个金矿。谁都别嫉妒谁，谁也别瞧不起谁，争到死，人人都是一捂灰。

当然灰归灰，咱没变成灰之前还是得认真地活着啊，所以这本《杜拉拉升职记》仍还是值得一看，即便你暂时没碰到书中提及的问题，但本着防微杜渐的心理也是值得看一下的。所谓要看到更高，你必须要站在巨人的肩膀上嘛！

杜拉拉的“Organization Awareness”

written by 初学者

看完了《杜拉拉升职记》，一本很轻松、流畅而有启发的书，有淡淡的白领气。上周地铁里连续三天都看到不同的女孩在看这本书，可见这本书目前还在快速扩散阶段。

在外企工作这么多年，还是第一次看一本这样轻松自然的书，作者是很有经验的，难得的是没有用那种过来人的口吻教育别人。选择杜拉拉这么一个倔牛似的可爱女子做线索，让小说在一种温和有人情味的气氛中，浏览到了外企生活的图景。甚至几个地域的选择可以作为一种隐喻，比如，广州的出身暗示了“平民”身份，主场景在上海对得起上海这个以外企打工为主流生存的城市，后来派来的罗杰来自新加坡，都很符合多数人的经验。

用外企的话讲，作者很会讲故事，把外企生存的“know-how”很自然地带了出来，很有操作手册的意味，就是混迹多年的老鸟，有时也会发现值得提醒的角度。抛开一般评论所提到的拉拉勤奋、沟通能力、处事态度等方面，其实这本书给人最大的提醒在于让人意识“Organization Awareness”的重要性，这几乎是一个企业生存中无止境的学问。权且把这个词翻译成“组织嗅觉”吧，它往往体现为一种对组织变化的理解力和预测能力。

这个词解释起来，不免要回到小说里面的好多“情势分析”，比如何好德后来为什么不决策，为什么美国要派来一个HR总监，人熟一般是获得“组织嗅觉”的基础，但很多人也许在公司里工作很多年，就是没有获得这个东西，小说里对于后半段业绩下滑的描写，就体现了一种组织变化的一般特点，美国公司的业绩驱动，美国人对中国市场的看法，和对本地经理人的防备，在500强的公司里过去十年不知上演了多少故事，很多人事更迭其实都是可以预测的。一个普通的HR经理，可能不用关心公司的全球战略、竞争分析、本土市场的行业趋势，不过，这些稍显宏观的东西，恰恰就是组织嗅觉，人当然可以像玫瑰、岱西那样总是考虑算计公司，但更大的发展，除了聪明、能干以外，组织嗅觉对经理级别以上的升职必不可少。在书的结尾，杜拉拉的那封信，就是一个组织嗅觉的小总结，很具操作性。

要理解一个普通职位和一个组织本身的关系，比做好本职工作难得多，以下东西算是一点个人体会。

大局观：其实书里也有另外的说法，如果一个员工做自己工作时可以用他上级的眼光来看轻重，就具备这个起点了。如果他的对组织的理解可以到达更高的层次，跨部门的沟通就没问题了，这对自己还有保护作用，如果自己的直线老板有问题，还可以寻求其他机会。

解码能力：听话听音，公司的各种沟通信息的背后，都有一些需要去解码的信息，员工可以从中理解到与自己有关的变化趋势，经济的不景气可能预示组织变更，比如上周就听说某美国公司因为美国衰退，讲他们日本公司的人很多换成了美国人。你立刻就可以想想中国公司是否也有可能。

对规则的理解：岱西这样打小算盘的精明人，忘记了她打交道的其实不是一个抽象的公司和一两个 HR 经理，而是一个要靠规则运作的怪物，不理解这点，就会发生很多与农民进城类似的双输的结果。最后她破坏名声，以后也没法混了。

有足够的内部信息：公司里的八卦还是要听的，平常的时候可以当笑话，变动的时候可以作为猜测的依据。当然，在较高层次拥有一个消息来源是很有用的，组织信息从来不是对称的。

人无远虑，必有近忧。在外企职场，远虑的关键在于组织嗅觉。

杜拉拉 2 华年似水——小觑职场一角

written by 小小不然

今天，窝在家里过瘾地把《杜拉拉 2 华年似水》一口气读完了，这一册跟第一本相比，似乎教给读者更多的职场信息，**谁说能力不能在读书中培养呢?**

这本书中的专业知识我倒是没怎么仔细看，心里想着等第二遍划读效果会好一些。但是它的结局倒是给了我很多启发，沙当当跟叶陶婚事未果，每月一万多的房贷还款似乎也着落的不够牢靠，李坤遭下属团队联名“上访”，虽然陈丰和拉拉处理得很漂亮，但真正面对还得靠他自己，不知他能否改正缺点转而做一个称职的好经理。苏浅唱所为到底源自 80 后的性格缺陷还是道德问题，我们不得而知。而我们的主人公杜拉拉，在宽带薪酬制中吃了大亏，跳槽面试又屡屡碰壁，爱人依旧盼不到消息，种种境遇让人崩溃，只有手中的万科A股蒸蒸日上的市值稍稍抚慰了她惨淡的人生。遭遇前途未卜的，还有张凯、梁诗洛、孙建冬、姚杨云云……

其实无需我多加罗列，现实中，但凡人类，谁又能明了自己的前途，但是一般的小说中通常会在结尾给主人公安置一个比较稳定的状态，而相比之下，这也是《杜拉拉2》的高明之处，它指出了每位的难处，同时又给出了曙光。沙当当跟叶陶虽然经济能力相差悬殊，但是沙当当性格单纯，不太在乎这个，她在乎的，是叶陶帅气的外表和对自己的尊重和关心，至于房贷，她沙当当年轻，冲劲足，我们不怀疑她可以把销售做好，多拿些奖金，而且即使真的出现意外情况，还有股票的市值，起码一年内的房贷，我们是不必为她担心的。对李坤而言，拉拉的辅导就是他的曙光，而拉拉这边，她的存在已经引起了总裁的留意，曲络绎似乎也开始考虑给她升等级了，而王伟，或许随时都可能出现……如此结尾的处理方式让我很是喜欢，一来营造了一种“**生活没有中场，只有奋斗中**”的场面，二来给读的人留下了丰富的想象空间，让人读着舒服，人生有上万种可能，与其写出上万种，不如留白来得高明。这三来，是出于我的个人期望，我希望李可是在为《杜拉拉3》埋伏笔，好书不嫌多，一如既往地期盼经典之作。

低头拉车，还得抬头看路

written by minox

三天的时间一口气看完这本小说，其中很多是通勤时间，欲罢不能。书篇幅不大，但给我不少启发。

首先是好书的标准。面对书店里满坑满谷的图书，却常会觉得失落，感慨无书可读，因为好书太少。怎样的书能算一本好书？李可提了三条标准：

能够提供逻辑、生动、有效的信息。

作者说既可以把这本书看作消遣小说，也可以看作职场生存手册，但这本书比以上两类中大部分都卖得好。讲职场生存的书往往太原则，不实用，且面目可憎。只有从实际工作中得来的经验才能令人信服，觉得实用。书中拉拉向李斯特提出要参加培训。李斯特并不认为这个培训有多大用处，他说：“拉拉，事实上，只有10%的知识是你能从培训课程中获得的，还有大约20%则来自于向有经验者的学习，剩下的70%都来自于ON JOB TRAINNING（实践中学习）。这个统计数字说明，实践才是最重要的学习渠道。”

这些鲜活的经验只有以逻辑的形式组织起来才能便于理解和记忆，只有形成完善的体系才能上升到原则，乃至价值观，并且在工作中不断去体验它、修正它，这样形成的原则和价值与来自书本的内容相比，是真正深入人心并能身体力行的，人也在这个不停提炼和完善的过程中不断成长。知识人做的是什么工作？我想至少可以包括对知识的创新、运用、传播和学习。知识的创新又可以分为三种：一是开天辟地的工作，当然完全无所依傍的创新是不存在的，但它确实是能够开拓一个领域、引领一个时代的重大创新，比如牛顿的《自然哲学的数学原理》，如世间锁钥，一扫迷雾，大自然在此书面前透露出最隐秘的面目；二是在前人基础上的重要修正和改进，这是局部创新；三是对旧有知识在理解基础上的组织和勾连，形成一个完善的体系，或者改变旧有体系的结构，这个体系可以解释某些现象，或可以被运用到实际中去，这不能不说也是一种创新，知识结构上的创新，并且这是与知识的运用联系得很紧密的一种创新。人对体系的完整和形式的优美有一种天生的好感。第三种创新是我们每个人都可以做的。GTD的核心是清空大脑，学会忘记，无压工作，葆有碧波上悠然而船行如飞的心境，要实现这一点，最需要的就是定期REVIEW，省思你的工作和人生，真正做到LIFE BALANCE。

这些逻辑的、有效的信息应该以一种生动的形式表达出来。言而无文，行之不远，文字写出来就是要传达信息的，思想的声音要想传得更远，必须是生动的、有趣味的。王小波强调过有智、有爱、有趣的人生，有趣就是要有意思。小说的文字很平实，内容其实也不乏职场险恶，但笔调轻松，时而显现出些许幽默，透露出温和的智慧。作品基调平实含蓄，拉拉和王伟的办公室恋情也如同韩剧般含而不露、瞻前顾后，作为读者，我既欣赏拉拉的聪明和矜持，又为他们现实的顾虑感到无奈。

其次是对职场的思考。书名《杜拉拉升职记》，其实拉拉升到行政人事经理时书才讲到一半。升职之前拉拉是只顾低头拉车、从不抬头看路的傻干型的黄牛，当然这不是说她不聪明，不然她也不会把广州的项目做得那么出色，玫瑰捣鬼生病期间身兼三地主管，把上海的项目完成得那么漂亮，但她在谈身价时就表现得太嫩了，那个可怜的5%甚至让李斯特都有点因此而蔑视她，认为她不专业。没错，这也是专业的重要组成。拉拉成长得很快，聪明人之所以聪明就在于她善于总结，比如她对李斯特官僚作风的定义："该做决定的时候吧，他思考；遇到困难了呢，他授权！"迅速成长的拉拉终于逼宫得手，坐上经理职位。拉拉是个好人，正因如此，她的那些复杂的考虑又让人觉得有些沮丧，感叹职场艰辛。前不久也有人跟我感叹"办公室政治"，其实有人的地方就有江湖，有办公室的地方就有政治，不管是坏人还是好人。人不可能脱离组织独自生存，老霍布斯笔下的自然状态荒凉恐怖，人人自危，令人胆寒。不管出于何种目的，人总要在组织当中生活，既然如此，就必须要有点ORGANIZATION AWARENESS。人与人相处靠的是规则，规则并不一定就是办公室政治，道德也是调节人际的手段，忠恕之道就是仁之方，不管是哪种规则，强制还是自愿，都要有点组织嗅觉，都需要不断体验、领悟，在组织中规划人生。

书中提到的SWOT分析、STAR原则、SMART原则、360度反馈等工具时都举了生动的例子，值得玩味。最后给李都写的那封MAIL更是宝典，给人启迪。总之，思考职场是为了省思人心与人生，使身心不断发展，平衡工作与生活，避免做只顾低头拉车的黄牛和知道分寸的专业阿混，不要自恃聪明，就藐视规则，更不要心术不正。**毕竟，IQ 还有 EQ 管着，规则还有道德为底线。**

动什么别动原则

written by ゆ° 唯衣≈(hard candy)

我想说我很 LIKE 这本书，但是说出来又怕被人笑话。因为这是一本畅销书，一本被速读的、淹没在大量充斥着包装、炒作嫌疑的快销书里面的畅销书。坦率说，我对畅销书就像对快销食品一样，带着一点点鄙薄。

但是我还是要承认喜欢这本书。如果我喜欢却非说讨厌的话，我就是一特找抽的主儿。正如我不得不承认情色片我就是喜欢看一样，如果我非得用处女般的羞涩和娇嗔去回应人家问的“你看过情色片没有”之类的问题，我觉得我该被活剐。当然，如果你是这样的话就最好祈祷别碰到我，就算碰到我也请祈祷我没带刀子。

喜欢的第一点，就是因为这本书做得好，这离不开一个好的编辑。好在哪里？好在它结合了几种图书的特点，以不同于以往畅销书的姿态连续四十周强坐上当当和卓越的宝座。我没有求证这个排行榜是否为真，也没有考察这个排行榜的可信度有多少，但是从内容来看，这本书能连续长时间坐上排行榜，即便这个排行榜不如福布斯那么牛 B，也是有它的价值。

它是经管类书籍吗？不完全是，因为没有经管类书籍还给你讲爱情故事。它是爱情小说吗？我看爱情小说似乎没有必要去讲 SMART 和 SWOT 这些东东，至少琼瑶阿姨教我们写爱情小说必不可少的武器是眼泪和嘶吼，仅此而已。当然，它更称不上是文学书籍。

它只是将现代职场中白领的生存法则用简洁明快的笔法给你描绘出来了，每一节的小标题上也许有归纳和总结的意思，但没有经管类书籍动不动就喜欢给你归纳总结，整很多点，每一点下面又括号又带圈儿地分为更多的点。这本书胜于经管书喜欢作爱总结的老板状的一个明显特点在于，全书有一个情节架构，因此可以纵向地、有背景地、多角度地解析各种人物和事件，每个人依据领悟力和经验的不同，能够得出不同的结论，因而它是开放式的解读。而不像经管书里，常常是一个例子做一个总结，通篇的故事架构没有，只有主题架构。当然，也不能说这样的方式不好，对于有的读者来说，这种方式直奔主题，速战速决，适合他们的口味。但这就跟做爱没有前戏一样，只管吃饱就行。由这本书的排行销量可以看出，人们是喜欢有前戏的。

当然，更为重要的一点是，人类的文化和习俗似乎更偏好于接受叙述的方式。我尚没有研究罗兰·巴特他老人家是怎么来阐述叙述学的，但是叙述的思维和方式在无形当中能够影响着思维、生活、职业、媒体、选票等等，只是很多人不知道罢了。

就个人情感上的喜欢而言，我是喜欢拉拉这样一个既聪明又不失分寸的女子。**她审慎而自知，聪明却适度。**

没听说过聪明还要适度的，是的，我以前也没听说过，这话是我自己告诉自己的。这世上不乏聪明人（当然，天才自然是很匮乏的，这与本议题无关），但总是栽在自己给自己挖的坑，掉进自己给自己埋的陷阱的人也不少。谦虚是品格上的适度，这是EQ，可是有时候IQ就是不服EQ管，认为你自个儿谦虚就谦虚你的，你管不着我，于是趾高气扬、锋芒毕露，于是聪明反被聪明误。

就比如小说里面的岱西，多美丽多聪明的一个女子，要容貌有容貌、要身材有身材、要高薪有高薪、要聪明有聪明，可是她就是EQ没管住IQ，最后的下场比较黯淡，至少在小说的叙述方略里面是这样。当然，现实生活中的岱西类人物未必就很惨，因为她们往往属于会躲到暗处舔舐伤口，一旦有机会又会重出江湖，就算不能雪耻满赚，也要搞个鱼死网破的一类人。

从商业原则上来说，拉拉和岱西属于两种人，前者是遵循游戏规则的，后者是不顾规则的，一旦可能的话，她会破坏规则来实现个人收益最大化，管你其他人死活，所以后来DB的高层李斯特他们被她搞得头大。但是岱西的砝码没有捏好的是，她没料到王伟虽然是一个最讲求利益原则、只要有利益什么都好说的销售人，却也有不按常规出牌的一天。

还有一个比较有意思的人物就是帕米拉。这个怪异又聪明、阴险又阳奉的女人，在险些被FIRE的时候审时度势，态度立马一百八十度转弯。在她使用更为高明而不易察觉的招儿应付上司拉拉的时候，没想到最终还是被发现了。她的失败源于骨子里的傲气和不屑，由此可知，和你的上司相处千万记得要跟上司同一个方向使力，否则最后被压在车轱辘下的很可能是你。

拉拉把帕米拉FIRE掉了，可是我并不觉得她恶。她令人钦佩的一点在于她不会因为个人利益去做违背原则的事情，但这不等于人不可以为个人利益去做损人的事情，只要他没有讳背原则，这个原则自然是指游戏规则了。帕米拉被开掉是因为她诚信有问题，这犯了外企生存的大忌，当然，更为重要的是她总是试图CHALLENGE她的上司。连直接主管都敢这么藐视，这帕米拉也是一个EQ没管住IQ的人。

读这本小说让你会有一个期望，那就是希望职场中的同事都是聪明人，不然跟笨人打交道是件用钝刀杀自己——备受折磨的事情，一点也不痛快。

关于《杜拉拉2华年似水》

written by Sophia

最近看了《杜拉拉2华年似水》。该书被誉为“职场白领‘过冬’最佳读本”，相当的应景。

过冬时期，人人自危。“人力资源优化”，虽然可能是企业的无奈之举，但是，也正是大家反省自我的好时机。某日听到朋友说，要培养自己的核心竞争力，乍一听，有点好笑，平时听得比较多的是企业的核心竞争力，如今个人的核心竞争力也冒出来了！

说到企业的核心竞争力，涵盖了很多方面，但是比较重要的一点是“不可被复制”。这种能力是竞争对手难以模仿的，并能为企业带来超过平均水平的利润。那个人的核心竞争力呢？也是如此吗？理应说是。

但是《杜拉拉2》里的案例，却又让我看到一些新的东西，**关于“影响力”和“驱动力”的取舍。**从两个优秀的TOP SALES里挑选一个做TEAM LEADER，“甲是影响力不错，在小组里的威望比较高，亲和力跟号召力比乙胜一筹；缺点是不够OPEN，观察不到甲将自己的经验形成系统的书面信息，以便现成地推广运用的行为，这是乙优于甲的地方”；“乙是驱动力非常好，结果导向意识很强。弱点是不够大气，有时过于固执，会在细节上纠缠不清，抓重点的能力不如甲，在小组里的威望也比甲逊一筹”。从这个描述看，我认为甲比乙更拥有核心竞争力，在整个团队中更为出众，更有可能当上TEAM LEADER。事实上呢，最后胜出的是乙，而且是HR和直接领导的共识。这下我疑惑了：难道像乙那样，将自己的能力、特长变成可复制的，可被他人模仿的，甚至是把自己变成一个完全可替代的人，就是核心竞争力吗？

员工的核心竞争力，到底是可替代还是不可替代？到底是做整个组织里的唯一且不可替代，还是普遍而可替代？如果是前者，那为什么企业会选择冒着失去前者的风险选择提拔后者呢？按照理性的思维，企业的决策要遵循效益最大化原则，更何况是锻造了杜拉拉这等优秀人才的DB呢！

如果你离开这个团队，团队继续正常运转，好像你不曾存在过一样。那你怎么可能是有核心竞争力的人？可是，再想想，地球离开了谁还不是照样转？唐骏离开微软，微软好好的；唐骏离开盛大，盛大也没因此没落。难道唐骏就没有作为员工的核心竞争力吗？

也许员工的核心竞争力不在于所谓的“唯一性”“不可复制”。那到底是什么呢？

我开始寻找关于个人核心竞争力的答案。有个案例说员工的核心竞争力是和企业文化紧密联系在一起的。企业文化是造就员工核心竞争力的平台，没有这个平台就没有员工核心竞争力提升的动力；反之，员工核心竞争力的提高又推动企业文化的发展。打个比方，某企业的核心文化是“CUSTOMER FOCUS、OPEN COMMUNICATION、INNOVATION、INSPIRE、WIN TOGETHER”，那么这五个词就很明确地概括了员工自我发展的方向，是员工的行动准则。关于员工的绩效考评，就按照这五个标准来衡量。这是企业文化与员工核心竞争力的一种最佳融合状态。

再来看《杜拉拉2》里关于员工对自身工作经验的总结和推广，培养团队其他成员的能力发展一事，如果没有提拔TEAM LEADER这个契机，候选人乙的做法是否值得借鉴呢？候选人乙算不算拥有更胜一筹的核心竞争力呢？更简单一点讲，候选人乙的做法，是不是照顾了管理层的做法呢？是站在管理层的一种需要？从管理的角度讲，一个团队不可以只注重一两个核心人物的作用，而更应该注重其作为整体的成长性。那么对于个人来讲呢？成为核心人物，是利是弊？短期来讲，肯定是好的，作为整个团队的核心力量，谁敢不给三分薄面？那长期来讲呢？如果不能把握好某些尺度，带动整个团队的进步，那么一会因为“能者多劳”被累死，二会因为“傲视群雄”被孤立……这样的日子，对于个人来说，会是长久的好日子吗？

人在职场，需要 INSPIRE，更需要 WIN TOGETHER。再来看候选人甲和乙，就有了更深刻的感悟。要学习候选人乙的做法，已经不单单是为了照顾管理层的需要；从更深层次的管理角度，已经衍变成员工自我管理的需要了。

培养自己的核心竞争力，就是为了更长久地生存。如果要为此下一个最简单的定义，我想应该是：**员工要学会自我管理，顺着企业的管理思路去管理自我，提升自我，真正将自身融入企业文化。**

I Hate HR。I LOVE 杜拉拉。

written by 曾小成。囧。（北京）

作为一个在充满快速消费品读物的世界中生存的中国人类来说，我认为《杜拉拉》系列是一部跨时代的经管题材读物。

对于“会思考”的年轻人来说，这本书更像是一场前所未有的职场 RPG 游戏。重点不是你学会了“如何进行战略性人力资源规划”这样的问题，而是你将拥有了一种从未见识过的职场体验，在脑力激荡中获得纵横职场的原动力。李可是用心的，无招胜有招地把一种叫做职场逻辑和青春激励的东西带到了大家的身旁。

而对于混迹外企多年的“小白”来说，《杜拉拉 2 华年似水》恰是一本职场人士的青春纪念册，杜拉拉就是每一个曾经在外企中起早贪黑的工作狂们的缩影。于是，在爱因斯坦已死，时光机还未出现的时代，这本书至少可以陪一些职场人士回顾那个再也回不去的青春了。

作为一个 HR 学生，I HATE HR。除了中国教育产业化导致的 HR 师资变态化之外，还在于全球 HR 普遍地不着调（中国 HR 算是里面比较严重的）。

还好有了杜拉拉，一个很长时间以来一直在我头脑中勾勒的HR理想工作者——一个热爱生活，乐观低调，识大体，会思考，有抱负的气质女。虽然看起来杜拉拉在HR实践领域的知识和思路都还需要提高，但这并不妨碍她成为所有HR学生心目中的理想行为实践人。

所以这也是我为什么喜欢杜拉拉的原因。

至于大多数网友问的这本书值不值得读，该不该读，我想那关键在于你看书是否动脑子并且乐此一读了。

I HATE HR。I LOVE 杜拉拉。

ANYWAY，希望所有人都能和杜拉拉一样在青春中努力，找到自己想要的生活。

友情提示：

1. 如果你现在需要的不是经历的分享而是专业、系统的知识的话，推荐给你引进版（翻译或原版）的经管教科书一起拯救世界。

2. 今年早些时候在偶得的一份北大就业报上，看到了李可给北大学生写的一篇有关毕业求职的专业建议，标题上“畅销书作者”五个大字赫然在目。李可强调：对于大学生而言，MARKETING & SALES是一件很值得入手的工作。这跟我很早之前，在某个与投行顾问交流的活动中，亲耳听到的建议几乎如出一辙。所以也HIGHLIGHT给大家，如果你找不到一个理想职位的话，可以尝试一下。

3. 读小说也可以跳着读，从你感兴趣的入手也许比从头开始读更好。当然，这种读法也导致很多时候对于剧情也只能莫名其妙了。

杜拉拉的合理之处

written by 喜羊羊

看小说《杜拉拉升职记》，感觉其真实和生动一面，摘抄如下哦。

1. 你得找一家好公司——什么是好公司？

1) 产品附加值高，生意好，并且从业务线看，具备持续发展的能力和前景；2) 有专业的 / 聪明能干的 / 经验丰富的 / 并且为人现实的管理层在把握这公司，并且有保持一贯这样用人的制度；3) 有严格的财务制度，对预算、费用和利润等与投入产出有关的内容，敏感并且具有强控制力的公司；4) 崇尚客户导向 / 市场导向 / 结果导向 / 执行力的公司；5) 有专业严谨全面的流程和制度，并且其执行有利于推动业务的良性发展，具有控制性和实操性兼备的特点；

——总结起来，就是一家具有持续赢利能力的牛 B 公司。

2. 你得找一个好的方向

什么是好的方向？永远不要远离核心业务线。你得看明白，在企业中，哪个环节是实现利润最大化的关键环节。有时候是销售环节，有时候是市场策划环节，有时候是研发环节，有时候是生产环节，视乎你所在行业而不同。

最重要的环节，总是最贵的、最牛的、最得到重视的，也是最有发展前途的部门。它拥有最多的资源和最大的权威——你应该依附在这样的核心业务线上发展，至少能避免被边缘化，而成为关键人才的可能性则更大了。

3. 你得跟一个好老板

好老板的标准很多，关键的是，你要设法跟上一个在公司处于强势地位的老板。他强，你才能跟着上。跟了一个弱势的老板，你的前途就很容易被跟着给耽搁了。

一、关于具备谋取好职位的资格

要具备怎么样的资格呢？一般情况下，你得是用人部门眼中的优秀者。

怎么样才算优秀呢？

1. 对上级

1) 你要知道与他建立一致性，他觉得重要的事情，你就觉得重要，他认为紧急的事情你也认为紧急，你得和他劲往一处使——通常情况下，你的表现和能力好还是不好，主要是你的直接主管说了算的；

2) 你得具备从上级那里获得支持和资源的能力——别你干得半死，你的老板还对你爱搭不理的，那你就不具备本条件的能力。

2. 对下级

1) 要能明确有效地设置正确的工作目标，使其符合 SMART 原则；

2) 要能有效地管理团队内部冲突；

3) 要能公平合理地控制分配团队资源；

4) 要有愿望和能力发展指导下属，并恰当授权；

5) 恰当地赞扬鼓励认可团队成员；

6) 尊重不同想法，分享知识经验和信息，建立信任的氛围。

3. 对内、外部客户

1) 愿意提供协助和增值服务（不然要你干嘛）；

2) 善意聆听并了解需求（搞明白人家需要的到底是啥）；

3) 可靠地提供产品和服务，及时跟进（千万注意及时）；

4) 了解组织架构并具影响力。及早地建立并维护关键的关系，是这样的关系有利于你达成业绩（专业而明智的选择）；

比如你想取得一个内部职位，你得搞明白了，谁是关键的做决定的人物，别傻乎乎不小心给这个人留下坏印象。

比如必须去客人那里拿订单，你找了一个关键的人物 A，可是你也别忽略做购买决定环节上的另一个人物 B，没准 B 和 A 是死敌，本来 B 会同意给你下订单的，就因为 A 同意给你单子，B 就是不同意给你单子。

4. 对本岗任务

1) 清楚自己的定位和职责——别搞不清楚自己是谁，什么是自己的活，知道什么该报告，什么要自己独立做决定；

2) 结果导向——设立高目标，信守承诺，承担责任，注重质量、速度和期限，争取主动，无需督促；

3) 清晰地制定业务计划并有效实施；

4) 学习能力——愿意学，坚持学，及时了解行业趋势 / 竞争状况和技术更新，并学以致用；

5) 承受压力的能力——严峻的工作条件下，能坚忍不拔，想办法获取资源、支持和信息，努力以实现甚至超越目标；

6) 适应的能力——如适应多项要求并存，优先级变换以及情况不明等工作条件，及时调整自己的行为和风格来适应不同个人及团队的需要 (工作重心会变化，老板会换人，客人也会变，别和他们说“我过去如何如何”，多去了解对方的风格)。

二、关于招聘小区经理

用了两周时间，拉拉通过与小区经理们的频繁沟通，获取了比较充足的信息，比如：

——根据所负责的产品的不同特点，对销售代表有不同的要求。有的产品，使用原理复杂，需要销售代表的专业知识非常强，才够分量去对客户施加影响；而有的产品，和竞争对手的产品相比在使用效果和价格上都差别不大，缺乏明显优势，可替代性强，就需要销售代表特别勤快，特别善于和客户搞好关系。

——根据所负责的区域的不同特点，对销售代表的要求也不同。重点区域是商家必争之地，外部竞争激烈且公司增长要求奇高，小区经理就很强调对销售代表综合能力的要求，准确判断目标客户的能力、与重点客户建立长期稳定的关系的能力，以及要求生意的能力，哪样都不敢放松要求；假如负责的是个小区域，产出潜力低，客户的要求也简单，对销售代表的要求就可以相对放松一些。

——比如，有的区域指标完成情况已经明显落后，小区经理就会非常强调新招的销售代表应具备快速提升销量的意识和能力。

——又比如有的区域由于商业回款问题不能保障供货，导致销售代表在年内可能拿不到奖金，就不能招有经验的老资格销售人员，招来了也留不住，因此宁愿要没有多少销售经验但潜质好的新人。

三、关于管理培训生

拉拉首先列出了销售部反对管理培训生制度的三大原因：

1. 新人未必比现有员工优秀，且没有业绩证明自己，却有更高的薪资和更多的机会，这不公平；

2. 新人没有现成的经验，却要占据重要区域，对销售部完成指标有可能造成拖累；

3. 培训生制度的"快熟"理念从根木上不被销售部BUY-IN（认可，接受）。

再列出 HR 的主要任务：

1. 规避本职能"唱独角戏"，促进销售部充分参与，使其意识到能从项目中获益，从而主动创造有利新人成长的生态环境；

2. 与销售经理共同从有潜力的销售代表中选拔"师兄"人选，通过项目提升"师兄"的带人能力，达到既完成培训生培养任务又协助销售队伍培养经理后备人选的目的；

3. 引导新人，重点：一是专业性的灌输，如价值观和沟通技巧，二是促进其对真实生态环境的认知和应对——目标是引导新人成为"会做人的人"；

最后是新人的角色定位：

1. 了解并非所有人都赞成管理培训生制度；

2. 了解新人很多东西根本不会做，需要麻烦他人教导；

3. 了解别的员工不亏欠新人，帮助新人不是人家的天职；

4. 了解成长需要一个过程。

也说杜拉拉

written by irene

那天，以前中大管理学院的老师给我发了一封邮件，来信还推荐我阅读附件的一本电子书《杜拉拉升职记》。

收到邮件时正好是周六下午，手头上的工作总归是没完没了的，桌面上的液晶电脑由 15 英寸换了 17 英寸的，又换成 19 英寸的了，可还是每天眼睛发涩。工作不是我们的一切，不过我相信，想要在这充满硝烟的竞争社会上更好地生存，唯有不断地学习和努力工作。工作有时会让我感到疲累，有时也会让我有着一种模糊的乐趣，工作也会让我更有安全感。我拢了拢大班上零零乱乱的文档，还是先让 PAPERWORK 暂告一段落吧。随手打开了附件，这一打开附件，一本精彩的职场写实小说竟然让我欲罢不能，硬是一口气花了几个小时把那本两百多页的电子书读完了。

小说通过生动写实的描写手法，叙述了一位五百强企业白领不屈不挠积极向上的职场故事。杜拉拉，一位出生于七十年代的南方女子，因为无法忍受乡镇企业老板的粗俗和港台企业的非人性化的苛刻，从而转投于一家欧美 500 强企业，经过了数年的努力和奋斗，经历了职场上的跌宕起伏，不断成长并终于得到一份她孜孜以求的人事行政经理的工作。

读完那本书，突然想起最近一位在世界500强企业任职经理的朋友向我发牢骚说：“其实你比我幸福，因为你只要对外就好了，而我们在这种公司，光是公司内部的人事关系就让人累透了，还要去应对各种各样的客户呢。”朋友所在的公司实际上是我们公司的客户，我们俩是合作项目的PERSON IN CHARGE，大家配合得很默契，做事都是很认真积极的那种，个性爱好相近，说话也比较投机，所以有时电话里谈完公事也会顺带闲聊一两句。

无可置疑，他说的也是实话。在大企业里，人事关系是相当复杂的。组织（ORGANIZATION）和员工的行为是具复杂性的，组织与员工会互相影响，员工之间会有矛盾，组织与员工、员工与员工之间的需求和利益很难达到一致。往往，财务部门与营销部门、营销部门与制造部门、制造部门与工程部门都会处于对立状态，基层的管理人员对总公司管理当局总是满怀敌意的，各部门的竞争更甚于同行业的竞争，而这大抵是因为，组织中的部分人只专注于自身职务上，因为局限的思考，他们便不会对所有职务互动所产生的结果有责任感和充分的理解，也看不见自身行动的影响到底怎样延伸到职务范围以外。其实，凡是组织，这些人事关系和矛盾都会存在的，只不过组织大了，这些情况会愈加错综复杂而已。

朋友的年龄、教育背景、职位以及所在企业的性质都和杜拉拉相近，不知道他的职场经历和故事是否也和杜拉拉类似？朋友也好，杜拉拉也好，其实她们的工作生活和经历是一代外企“白骨精”的缩影。对于大多数人的认知，杜拉拉是成功的。作为外企人，**在外企生存要“KNOW HOW”，会LEARNING（TEAM LEARNING），**能把自己融入一个学习型的组织。杜拉拉勤勤恳恳学会专业知识，学会沟通协调改善心智模式（IMPROVING METAL MODELS），不断突破自己的能力上限，所谓自我超越（PERSONAL MASTERY），逐渐培养前瞻而开阔的思维，还要接受CHALLENGE，必要时据理力争，甚至最终修炼得处理复杂的人事斗争也游刃有余。工作能力和职业素养的提高，通过设立工作目标遵循SMART原则，善用SOP（标准操作流程），沿用360度绩效考核评估来实现。杜拉拉之所以一步步地升上她理想的职位，除了综合能力的提高，她也学会了运用政治手段，学会了打破常规适时越级REPORT（当然本来这种行为在职场是忌讳的）并趁机打通了高层。

有人也把杜拉拉的故事吹捧成了外企生存法则，生存法则一说未免言过其实，再说我们的状况和杜拉拉的也不尽相同，我们也未必要成为杜拉拉。当现时众多的大学毕业生要在各大招聘会上为月薪不高、年终奖金微薄的职位争得头破血流时，不禁想起当年毕业包分配其实是多么幸福的事情。不过，杜拉拉的故事想必也激励着一些即将踏入职场的准拉拉们，同时也值得一些在职场的朋友特别是从事行政人事的朋友借鉴倒是真的。

也有的人认为杜拉拉将生活变成一个完美的标准操作流程，可是，这又有什么不好呢？**标准操作流程式的生活总会比漫无目的或杂乱无章的生活来得美好和充实**。有人认为杜拉拉为了工作要压抑情感，不过我倒不觉得是压抑，只是拉拉理性而已。有得必有失，再说权衡轻重，抑制不理性不合时的情感本来就是明智的。还好，毕竟拉拉还是在适当的时机收获了爱情。有人也说拉拉没有自由和享受，随时的一个电话，拉拉可能就要赶往机场，再到酒店、会场……可是，当我们适应了这种生活模式，我们也可以以此为乐，谁说工作不可以是一种乐趣呢？

读后的一点感受

written by 3面夏娃zh

寒假上辅修课的时候，在讲到失业与就业的问题时，经济学老师给我们推荐了一本书，叫做《杜拉拉升职记》。对于这个书名，我有种似曾相识的感觉。当我上网搜索关于这本书的信息时，我发现这本书真的算得上是本热销书，而且好评如潮，它适合不同阅历的人阅读，其受众分布在 20 至 40 岁的人群，这点让我很受鼓励。基于以上几点原因，我觉得我有必要跟风一下，看看这本书到底有多神奇。

在当当网下了订单后，每天都盼着这本书早点送来。我已经很久没有对课外书有过这样的渴望，也许就是因为这样，莫名地对这本书又多了一分好感。

喜欢作者的叙事手法和文笔，更喜欢她呈现给我们读者的一个贴近现实的故事。它是本励志书,但又不仅仅如此。“典型的中产阶级代表”杜拉拉，南方女子，姿色中上，她没有背景，受过良好的教育，走正规路子，靠个人奋斗获取成功。我作为一名现代的大学生，其实很快也将走出校园，踏上社会，有一份属于自己的工作。她的故事让我很受鼓舞，不能说它能使我的现状有多大的改变，但是它能让我充满斗志，以饱满的精神和昂扬的热情投入到新一学期的学习、工作和生活中。

我很喜欢拉拉，她执著、可爱、善良，同时也很敬佩拉拉，她坚韧、强悍、懂得争取、不惧挑战。拉拉先在国营企业工作了一年，后来又进了一家民营企业做业务员，历经民营企业和港台企业的洗礼后，她终于如愿以偿地进了著名美资 500 强企业 DB。她忠心耿耿地为公司奉献着，后来发现干了很多活，可上司就是不待见；她的上一级为了保住自己的地位不受威胁，抓住业务不放，不愿多把有用的知识教给拉拉；大头儿只想安全退休，不愿承担责任和风险，“该做决定时他思考，遇到困难时他授权”……就在这样复杂的关系中，拉拉独自打拼着，我也就这样随着书中的拉拉一起快乐，一起悲伤，一起成长，一起感受着一切。她从一个销售助埋成了一个当之无愧的年轻的 HR 经理。这样的杜拉拉叫我十分欣赏与钦佩，从当初的“苦干”，到知道有时候东西是要靠自己争取的，她渐渐熟悉了在外企的生存法则。遇到困难，她从不退缩；遇到机遇，她勇敢地抓住。说到机遇，作者在自序中的一段话，让我顿生感悟："人的一生中，有可能遇到很多机遇，它们也许会赤裸裸地在你面前卖弄风情，又或者是不显山不露水地在某个角落等着你识别——抓住机会、识别机会，甚至，创造机会，首先是你的任务，然后才是组织的任务。"书中的拉拉就是拥有一双慧眼来识别机遇，牢牢地抓住机遇，再有效地利用每一次机遇，通过自己的努力迈向成功。那我是不是也应该做个有心人，不让机会轻易地溜走呢？有时候机会真的是要自己争取的，然而抓住机会的同时，也必须做好充分的准备，因为机会往往是留给有准备的人。

拉拉是个勤奋好学的人，不论是刚进公司时还是之后成了经理。她乐于向人请教，加班对她来说是常事，常常一个人加班到十点多，处理一大堆琐事。对于人力资源的知识一窍不通，她努力学习相关知识，以便开展工作。为了更好地协助销售部门，她认真学习相关的业务知识。她总是在不断地学习，不断地自我完善着。她的这一份执著和热情，值得我们学习。

拉拉是个善于思考和总结的人，她说话总是巧妙和自然，让人听起来很舒服。做事之前考虑周密，做好充分的准备，真的干起来果断、干练。工作的任务和对象总是不断地变化着，在你身边随时随刻都有可能出现不同的问题，而面对这些问题，我们应该具备的就是"思考"。书中的拉拉总会以出人意料的聪明的方法来解决问题。思考，不仅要正确还要快，人人都希望有个比别人转的快和久的脑袋，这样才不会被淘汰。每次出现问题或完成任务，她都会自我总结，以做到有则改之，无则加勉，在这浮躁的社会里，能静下来反省自己，其实是很有必要的。

拉拉是个对环境适应力很强的人，一部分也是因为她之后的磨炼。她的专业并不是行政和人力资源，对她来说周围的一切都是陌生的。当你发现你自己并不适应当前的环境时，改变自己来适应环境比想要改变环境容易的多。这样无论你周围的环境怎样改变，你都能够应对自如。

拉拉是个幸福的人，她在工作的地方找到了爱情，她在工作和爱情上也都有了收获，虽然期间有过很多曲折，但她终究都挺过来了，不断成熟。

一边看着《杜拉拉升职记》，一边我也在想，对于我们这些学外语的人来说，将来也有一部分人会进外企工作。而书中复杂的人际关系和一些勾心斗角的东西让我有些害怕，拉拉在外企中的打拼也使我明显感受到外企中的危机四伏，任何人随时都有被炒的可能，我真心希望将来我工作的环境关系能够单纯些。用一句话来概括：**生活远远没有我们想象中的那么简单。能力、人际关系一样都不能少。**

这本书在不经意间，已将一些外企的文化价值观灌输给读者了。我觉得很有意思。关于“不撒谎”，书中提到新上任的总裁齐浩天，发现引诱他做预算外的决定的都是些本土员工，他生气了。他是典型的西方人那一套，“我不撒谎，我相信你也不撒谎，假如你撒谎，只要被我发现一次，你就是个不值得信赖的人”。这个西方人的做法让我很佩服，也很难得。“YOU DESERVE IT”这个外企中的常用句式，更是有内涵。书中提到，“中国人表达褒义的时候，就说‘名至实归’，表达贬义的时候，则说‘罪有应得’俗称‘活该’；在英语里就不分了，都说个‘YOU DESERVE IT’！大意就是因为你干了什么，然后你因此得到了相应的结果，重在强调因果关系，都算是‘你应得的’”。这句幽默的中英文对照，让我过目不忘。不错，你应得的是什么，事实就摆在眼前。书中的拉拉勤劳肯干，拿着助理的钱干着上司的活，她的能力和努力在处理上海装修办这件事的时候，就充分体现出来了。她没有计较是不是超出了自己的职责范围，也没有计较钱的多少，她只是踏踏实实地把事情干好！这所有的一切大家都看在眼里，你应得的是什么，大家也知道。小时候，妈妈也教育我说“不要计较比别人做的多，出的力比别人多，多做一点就多做一点，不会吃亏的，以后受益的还是你自己。”“YOU DESERVE IT”，要“实至名归”还是“罪有应得”，其中的选择权就在我们自己的手中，无论做出怎样的决定，一切都是应得的！

一些外企中的法则，如不能“越级汇报”；慎用 MAIL，因为在公司发的邮件全在服务器上存着，公司随时能调记录；多与上司沟通，并积极向他们提供善意的信息；工作中处理问题的方式很重要；虽然我们现在还在大学阶段，但看看也无妨，我们可以提早对外企的一些职场规则有所了解。同时我们在平时可以多与老师沟通；做每一件事情后，也可以想一下这是不是最好的方法，不断为自己积累经验。

这本书中丰富的信息量值得我们一读再读，它还能帮我复习经济学老师给我们讲过的“SWOT 分析”、“SMART 原则”。书中现实的例子，使我对这两个抽象的概念有了更好的理解，也可以应用于我身边的事物中。当我对于一件事做还是不做犹豫不决或者在考虑该用什么方式来解决问题时，就可以尝试着做做“SWOT 分析”；我可以运用“SMART 原则”给自己制定一个合理的学习计划等等。

《杜拉拉升职记》确实让人着迷，我希望把这个好东西与大家一起分享，同时这也坚定了我继续读《杜拉拉升职记》续集的决心。我要向拉拉学习，学习她的执著、机智、踏实、努力，就像企业教给职员的一样“WORK AND PLEASURE”。

金钥匙

written by Monica Yang

08 年工作不忙的时候，经常逛当当的畅销书排行榜，那时最火爆的莫过于《杜拉拉升职记》,我习惯在买书前阅览内容简介,是不是合自己的胃口。《杜》排行第一,自然有其道理,于是毫不犹豫买下了。(之后,在外地出差时，发现在各大书店会打出很大的广告和电子屏幕来宣传该书，可见其值得阅读。)

我是分两种方式来读《杜》的。

第一种就是通读，文字流畅，易懂，其内在含义却令人回味。杜拉拉的经历和本人太多相似,只是有微小的差别而已。从一开始在企业中不得志，到后来很幸运地接到500强企业的OFFER，找到了心仪的工作平台；从刚到外企中受到排挤到通过自己的智慧和才干赢得大家的认可，从稚嫩的做事方式到能够独立地胜任要职。在这其中，有很大的个人幸运和自身的潜在才能。外企注重才干，不管你是否什么关系进入这个团队，不管家境如何，在这里NO BABY CARES！企业只关心你能把这件事儿做成功否，IF YOU CAN， YOU ARE THE BEST！在这个团队中，大家很合作，很少有勾心斗角，因为每个人都有很多事情要做，根本顾不上。我在此建议年轻人应该到这样的企业来磨炼，对于自己的生活和思维方式都是有很大的改观。像拉拉所说，来公司前我们不知道老板究竟是什么样的角色？老板对自己的工作上的影响到底会是怎样？这些问题只有亲身经历的人才有体会。《杜》教会了我们，如何正确地看待自己，如何应对繁杂的事情，如何与老板和下属相处，在做事方式和人际关系上给当代刚刚毕业的大学生指明方向。个人认为，在当今大环境不景气的经济形势下，刚刚走出校门的大学生应该多多学习类似这样的知识，对自己的人生，受益匪浅。我对小说中的结尾喜忧参半，喜在于拉拉到最后几乎成为了一个在工作上很成熟的女性，摆脱了小女孩做事的那种稚嫩，尤其在飞机上，和陌生人交谈几句，居然可以判断出他的身份和背景，令人惊叹。最妙的是，在邂逅之后，还可以写出很有个人主见的MAIL，说明拉拉留心观察生活上的每个细节，说出自己的看法。忧则是她和王伟的结合太过于戏剧化，不真实。

通读后，我推荐给自己的朋友们看，其中有一位非常有心，告诉我在网上有小说的录音版，他说把它下载到MP3里，每天早上坐公车的时候听。说来这位朋友还真是“懒人有懒法”，于是我又听了一遍，和小说上的内容几乎相符，所以我觉得这部书的确适合年轻人阅读。这也是它稳居排行榜第一的原因吧。

据说，《杜》已出了第二部。打算买回来好好读读续集。

无论怎样，当今能出来这种书籍，是文坛的一个进步，**因为它是一把教会人们做事方式的金钥匙。**

不同的角度，一样的精彩

written by K’s(西安)

之前一点也不知道杜拉拉要出第二集，也没想过这种可能性。毕竟,《杜拉拉 1》的故事实在是很励志，很精彩，并且最重要的是很圆满。可能李可当时没想到能有机会写续集，但时过境迁，她终于在《杜拉拉 2》的结尾留下了一溜烟的伏笔和未来。且说，当舞姐姐告诉我《杜拉拉 2》出了的时候我浑身激动得以最快的速度奔赴卓越，最快的速度定下来，收到以后又以最快的速度看完，看完无比地惆怅和失落。

很多人说二明显不如一精彩了，的确，如果给一打 100 分，二我会给 85 分——但四舍五入以后，都是一样的五颗星。

在我看来，**两部作品最大的不同，是立场，或者说角度。**

《杜拉拉 1》的故事，是励志升职记。更多的是成熟老辣的职场精英的奋斗史。杜拉拉一步一步的成长经历，带给我的是感触、鼓励、耐心，也因为如此，无法面面俱到，涉及的具体细节较少，这也是一小撮人不喜欢的原因。

于是在《杜拉拉 2》里，风格大变。只讲了一年的故事，但却一句华年似水。想想我们自己，其实何尝不是。经常会觉得惆怅、彷徨，仿佛不知道明天的工作、生活等待着我们的是什么。反倒是想起曾经经历的那些人生重要的拐点，却坦然一笑，细细回味。

说完了这些废话，回到正题。《杜拉拉 1》是写给有些职场经验的人；《杜拉拉 2》，更像是一部写给职场新人，或者说茫然的求职者的书。

好吧，我就是那个茫然的求职者，经历了 08 年秋天普遍怨声载道，但偶有惊喜的 09 年校园招聘活动。以下几个关键词，也让我在找工作期间不得不经常面对，时刻纠结。

简历：杜拉拉想跳槽，于是自己做了简历：一张纸，简单明了，列出重点词和工作经历以及成果；还提到一张好的照片能起到的作用。

校园招聘：拉拉说，童家明做的十分钟校园宣讲片绝对能让广大学子热血沸腾；说校招第一步是包给 51JOB 做的；说能进到企业面试的已经是很少一部分了，说 100 选 0.5；还说了，每一轮面试学生的，都将是什么人，考察点在哪里。

管理培训生：管培就算不是每个求职大学生的梦想，也绝对是必投。这个被捧到天上的职位概念，杜拉拉却从 DB 内部让我们看清了管培华丽外表下的本质。

销售：这个职位，沙当当、苏浅唱，到后面的管培周子瑜最有发言权。其实全书都时不时地会提到这个话题：销售的黑和白。对一个 80 后即将毕业的年轻人来说，是否要选销售作为自己的职业道路？

面试：杜拉拉这回面试了好多人，自己也被好多人面试。甚至包括几个小区经理对往事的回忆。每轮面试的要求，面试者，考察的重点，娓娓道来。

猎头：好吧，我还没那个资格体会猎头。但我会记得杜拉拉说，猎头也是分三六九等的。

新人：每个人都要从新人做起，于是几个小区经理回忆了自己做新人的经历，包括沙当当在雷死你也算是一个新人。前途是光明的，道路是曲折的，任务是艰巨的。

想做经理的人：这个话题有点远，但不想做将军的士兵不是好士兵。杜拉拉对每个经理候选人做了简单深刻的分析。几年以后，我也是想当经理的，于是我得记住杜拉拉说过的话。

怎么当经理：这个话题更是飘得离开了我目前的想象能力，但有朝一日，我会想起杜拉拉对李坤说过的那些话，甚至包括开会的技巧。

我思前想后，还是给这本书打了五颗星，因为对于我这个即将步入职场的年轻人来说，这本书的意义其实不比第一集小。杜拉拉的故事变少了，更多的笔墨给了沙当当、李坤等人以及拉拉对别人的教导，但这些正是我需要的，迫切地需要。

唯一的不满，是王伟的故事。不是因为第一集的大团圆变成了杜拉拉的幻觉，而是王伟对拉拉的爱竟然变成了被动和可有可无。虽然这种转变是杜拉拉 3 的要求，但我真不喜欢。

说完了。07 年读杜拉拉一时我在实习；08 年底读《杜拉拉 2》时我即将踏上工作。不知道 09 年，或者 10 年，当我从一个职场菜鸟逐渐走上成熟时，杜拉拉 3 能带给我什么。

无声的学习，有力的思考

written by 黑色走廊

如果说《杜拉拉 1》是一场职场盛宴，让人留恋其中；那么《杜拉拉 2》就是一堂严肃的职业课。

如果说《杜拉拉 1》是在故事中体会职场辛酸点滴；那么《杜拉拉 2》就是在“谆谆教诲”中去捕捉故事情节。

这本书更多地揭示了大公司中高层的晋升和选拔。

关于 HR 工作，着重提出其本质和工作准则等等，更多地诠释了作为 HR，如何使自身岗位更具专业，在企业各部门之间更具威信，如何从自身出发，发展自我个性魅力，使上下级关系更协调和平衡。

销售之道，尤其销售的领导之道，并不仅在于自身能做多大单子，多少单子，而是领导部下，统一步伐，各取所长，以共同的目标和理想完成工作，甚至创造行业新标杆。

同时，整本书集中讨论了 HR 和销售关于领导能力的标准，如何领导团队，团队中需要发展或者摒弃的东西，包括 HR 的薪酬统筹等，都是值得思考和学习的。

从书的信息量来说，还是相当丰富，值得学习的。然而，从书的整体来看，无法以小说来定义。故事的情节感等于没有，节奏也无法跟上，拉拉的感情线作为整书的悬念，铺设得也牵强。结尾王伟的突然出现，仿佛是给下一集埋下伏笔，可惜总是来去匆匆，胃口还没吊起来，人就消失了。拉拉，自始至终都没有感知到王伟，乏味可陈。

一本好书，之所以是，在于它能够使人们从中体会生活点滴和共鸣，却不觉得累。看后轻松一笑，却难忘深刻。

杜拉拉的启示很典型

written by ~> 翅影 <~（我说我，头发长见识短。）

连续三个晚上为了看《杜拉拉升职记》到一两点睡觉，这个过程肯定不是种煎熬。

或许作为一个大三的学生并不是《杜拉拉升职记》读者群中的主力军，

但是我个人接触这本书的动机还是受到在职多年的女性亲友的强烈影响。虽然我向来来者不拒，即便以后进入外资企业工作的可能性不大，但是还是觉得提前熟悉职场规则总是好的。

除了对王伟的言语尖酸，杜拉拉身上的许多特点是我特别欣赏并且向往的，比如坚忍、强悍，懂得争取、不惧挑战。没有一个人是生来从事某个职业、任职某个职位的，杜拉拉的成熟也是通过她每一步艰辛的成长而获得的。杜拉拉外表没有劣势就是优势，也是我们很多人的优势；而聪明，我个人视为一种可发展因素，除去 IQ 低于正常水平的人，我们之中大多是有一个不错的智力基础的。而杜拉拉这一文学形象的典型性在于她的阶级的普遍性，以及她个人奋斗的突出性。在小说中，杜拉拉在 DB 的成长虽不能说是如鱼得水，却也可以说顺风顺水，我想这不能全以幸运和机会来托辞，因为幸运与倒霉平衡，机会与挑战共存。杜拉拉虽然在遇到很多问题时，没有理论依据和实践经验，但是处理得有板有眼，这并不是瞎猫撞上死耗子，我想这归于拉拉人格中突出的一点——自省能力。如果你没有经历过自省，那么你或许不一定会认同我的观点。一个人的经验不在于他/她经历了多少，一个人的知识不在于阅读了多少书目，**回顾和重审对于一个人的成长起着关键作用。**杜拉拉在 DB 的工作常会遇到困难，但也正是这些困难使她成熟，她面对挑战总能及时、准确地认清自己的处境、行动的风险、行动的目的能够得到的帮助，从而扬长避短，步步为营。这是《杜拉拉升职记》带给每一个向职场者学习的人的启示。

而站在小说角度，《杜拉拉升职记》之所以不是一本枯燥的工具书，是因为其中每一个人身上的人性，其中的故事也并不全是冷酷的职场政治，特别是拉拉与王伟之间的这一段可遇而不可求的爱恋，虽然结局未免俗套，但是我还是很喜欢那段描写杜拉拉起初在失去王伟时的心情。“拉拉终于恐惧地想到，王伟是觉得没有意思了，是自己的矫情让他觉得没有意思了。”这是一个女人无奈的揣度，也是一位 HR 经理阅人无数，也无法明白身边人的惶恐。

《杜拉拉升职记》算是看完了，总还是有野心再看几本类似的书，但是转念，如果我还能够再把《杜拉拉》看几遍，从每一次新的阅读中获得不同的、更深入的理解，那样也就不枉费了这么一本好书了。

《杜拉拉 2》的影响力不一般，也不只是一方面

written by ivypapa

俺这书才看了不到一半，就被误认为从事人力资源工作，巨开心：）看来《杜拉拉 2》的影响力不一般。尽管拉拉的遭遇一般——HR 不被重视，不是重要角色而做着重活，但俺还是有自己的开心，因为她牛，她倔，她有才，她还可爱。她不仅如自己的求职简历写的那样“成熟干练、结果导向、善于解决问题”，还很能识人心，解人情。不管是在鼓励他人还是在告诫他人，她都是很坦诚很掏心的，让人看了就很喜欢，至少俺分外喜欢她。

最近同事常问俺《杜拉拉 2》好看吗，有第一本好吗，俺只是简单地说了声：**内容更饱满，思想更成熟。**

看到《杜拉拉 2》，就感觉看书的动机发生了变化。

和小自己十岁的小妹聊看书，问她对书有没有偏好，问她看书的动机是什么，她只是简单地告诉我兴趣使然，情节催人。杜拉拉她在网上看了，只看了个故事情节。俺当即回她，俺**不是看她如何升职，而是体察她思考问题的方式和解决问题的办法**，这是任何学科给人带来的终极启示。不是获取，而是思考，然后放大到生活中，这样会发现看书带来的乐趣比书本身的内容来得更诱人。她貌似听懂地说：哦，没那么深入，以后会注意的。

俺以前看书只急着充数量，满足自己对量的需求，以为看多了阅历自

然会增长，可现在不这么认为了，觉得关注质量，关注书带给人的增值空间才是上乘之选。

变得更爱读书了，而且更有方向了，这离不开杜拉拉的功劳。

年华似水，匆匆一瞥；多少岁月，轻描淡写

written by Lauren

杜拉拉是我很崇拜的女性形象，作为《杜拉拉升职记》的忠实拥趸，在《杜拉拉2华年似水》刚露面的时候，我就迫不及待开始拜读了。很多作品的续集都难免落入狗尾续貂的俗套，庆幸的是，《杜拉拉2》并没有让我这个拉拉迷失望。诚如作者李可所说的："希望这本小说，能够对人们的生活有一些超越职场规则的现实意义，使我能回报市场和读者的知遇于万一。"

我认为《杜拉拉2》在人物塑造上有好几个亮点：

一、加入对沙当当等典型的八十后的描写，更加增添了现实职场的小说意味。沙当当是典型的富有进取心、上进心和冒险精神的乐观新一代。她和游刃于职场的"老油条"不同，虽然年纪轻轻就闯荡社会，但是对新事物也还处于认识的萌芽阶段。比如炒股、买楼，这些都是现代疲于奔命的职场人为之奋斗的目标。受身边七十后和已在职场闯荡多年成家立业的杨瑞和孔令仪影响，她也懵懵懂懂地进入炒股界，随大流加入到"房奴"一族。其实私底下我还是相当欣赏沙当当的。她没有迷人的美貌，甚至其男性化的方型脸根本就谈不上是什么美女，而且思想单纯甚至见识浅陋，但是她与生俱来的冒险精神和乐观心态却让她比平庸的同龄人更胜一筹。她知道自己要的是什么并努力争取，也为自身条件作出改变。再次验证了一个理论：**没有平庸的女人，只有不会思考和不肯为自己投资的女人。**

二、陈丰作为重要的一位“男主角”，增添了讲解职场法则的筹码。陈丰是商业客户部南区大区经理。其实未看续集之前，我就开始期待，王伟是否会重回视野？还是有新的人物出现？结果王伟只是作为一个线索穿插在其中，在结尾也似乎是个引子，他是个隐形人，却时常让拉拉魂牵梦萦。陈丰的出现，填补了这个空缺，但又是另外一个意义上的空缺。续集里面感情的描写笔墨不多，更多的是写职场的人际关系网。作为睿智而富有经验的销售老手，陈丰在几次的员工离职、跳槽以及新官上任的小区经理的风波中，保持了他一贯的沉稳和淡定。其实我认为他是属于内敛型的人，有时候很深沉，看不懂猜不透，尤其是他对拉拉微妙的情感。他与拉拉是事业上彼此信任的合作伙伴，也是亲密无间的同事。我觉得他对拉拉即使未有情也是有意吧，但是这个已有家室的男人心里是什么想法真的无从考究。

三、做销售的代表性人物贯穿小说的始终。李可就曾经说过：“90% 的 President（总裁）都是靠做销售起家的。”当然不排除另外 10% 的例外，但是从销售所占的比例就可见一斑。销售是实打实的部门，公司的业绩和利润的提高的表现也是最直观的，所以在“以最大限度获取最大利益”的典型欧美企业里面，销售的一把手往往就是核心人物。老实而风度翩翩的孙建冬，埋头苦干而又锱铢必较的李坤，还有聪明敏捷而又不愿分享的姚杨等等，都是销售圈子里面典型的人物写照。说到销售，提到最多的是“指标”和“费用”，所有压力和纠纷都是因此而起。我认为能够做好销售的都是能够在生意场上左右逢源而有圆滑机灵的人，因为投身销售，就证明你要很好应对其中的人情世故，也要学会察言观色，更要有好的大脑来策划和行动。更重要的是，在以业绩说话的销售圈子里面，销售人才必须具备高潜力人才的特征：永不满足现状。以数字说话，指标要升上去，而费用也要最大限度降下来。

《杜拉拉 2》除了在塑造人物上带来几点亮色外，也教会了我 DB 外企里面的职场规则：

首先，我明白了什么是 BROAD BANDING（薪酬宽带制）。在 BROAD BANDING 的标准是根据各岗位对企业利润的贡献度依次排队，在 DB 中国的宽带体系中，经理视其重要程度的不同分为 4、5、6 级。拉拉作为人事行政经理，在这次宽带体系中吃了亏，只有 BAND 4，与其他 HR 薪酬福利经理和 HR 组织发展经理（BAND 6）差了两个等级。不得不想起之前听有志于从事 HR 工作的师兄讲过在中国 HR 的地位，尤其是行政 HR 的地位往往被看低，因为企业关注得最多的是谁能为其带来直接利润，能成为实现利润的关键职位自然得到器重。我其实很为拉拉不平，先不说她的聪明和精炼，就凭她身上那种不屈不挠的“倔驴”劲，就知道她远远不止这个 BAND 4。很喜欢拉拉,或许是因为从她身上看到自己的影子，虽然没有经常保持乐观，但是不服输，不妥协，而去寻求新的出路。敢问路在何方？就在这种“倔驴”劲的坚持不懈中。

其次，不是所有的外企都看中“管理培训生制度”。曾经，看到各大 500 强公司招聘管理生的大张旗鼓的造势，我对管理培训生简直就是膜拜。因为是从一百个中挑半个，折合成比率，就是 0.5%。在 FMCG（快速消费品行业）和劳动力密集型行业，管理培训生还是很受欢迎的，因为企业需要吸引培养一些高素质人才做储备。但是对于 DB 这种高科技行业，经理们普遍持现实的观点。由于管理培训生都是选拔出来的优秀人才，所以他们总是眼高手低，期望值高。然而他们往往社会经验不足，尤其是在销售中,要占据 HEADCOUNT（人头编排）,而销售是每段时期都有指标压力的，这样多的 HEADCOUNT 要占据多的指标。到头来原来的销售老手不仅要手把手教，而且还要额外完成新人的指标，确实是吃力不讨好啊！难怪销售的大头都不愿意接手这些“期望值高，领高薪而又没能带来多少利润的”新人。

最后，也是我读这部小说以来感受最深的，就是“女强人”苦苦支撑起来的坚强其实背后是无奈。当最后读到拉拉对陈丰的倾诉："我快要崩溃了，陈丰。压力太大，我受不了了！"的时候，我的心为之动容。一方面，拉拉永不满足现状、积极向上的心态也注定了她要成为女强人，因为幸福是要自己去争取的。一个女人真正的独立是能够追求自己想要的东西，为自己的前途负责。另一方面，波伏娃在《第二性》中就宣扬过她对现代女性的看法："女人不是天生的，是被造成的。"而我认为没有任何一个女人愿意做女强人，如果有坚实的依靠，任何一个女人都愿意做柔情似水的女人；而如果没有这样的依靠，女人就必须靠自己，所以一切的无奈就催生了"女强人"。大家都赞叹女强人独当一面，可是又有谁能够了解她坚强的背后是无奈与悲哀?

杜拉拉永远是我的偶像，不是因为我是女生，也不是因为我是女权主义者，而仅仅是因为从她的身上看到我为目标奋斗的动力。她不是最完美的，也不是最坚强的，但是她有坚忍不拔的倔劲，永不服输的动力，不向现实妥协，竭尽全力去追求一个又一个目标。还因为，她有女人特有的柔情，在小说中我感受到字里行间的调侃趣味，当然，还有结尾那令人沉思不已的李商隐的《锦瑟》。

其实，读这本小说，最大的感慨就想到黄磊的一首同名歌曲《年华似水》:

谁让瞬间像永远
谁让未来像从前
视而不见别的美
生命的画面停在你的脸
不曾迷得那么醉
不曾寻得那么累
如果这爱是误会

今生别的事
我不想再了解
年华似水匆匆一瞥
多少岁月轻描淡写
想你的心百转千回
莫忘那天你我之间

杜拉拉的职场启示

written by 宛城风云

职场中从来不缺乏故事，也不缺乏斗争。《杜拉拉升职记》描述杜拉拉在辛勤工作、升迁途中的种种细节事件、主人公对世界级公司政治斗争的感悟之外，也穿插了她的爱情经历，她的生活理念和处事哲学。《杜拉拉升职记》让我们感受到了自己的职场次序，自己在职场中的不足与优势，也让我们更多、更逼真地看清和理解了我们的上司和老板们的许多作为，同时，也让我们懂得了更多的职场规则！

规则 1：做一头让上司看得见的“老黄牛”

在书里，杜拉拉教给我们许多精辟的“方法论”。比如，我们经常奇怪，跟上级抱怨最多的同事，却很受器重和偏爱，有好的活计也多半会摊到他们头上。自己天天熬夜加班，打碎了牙往肚子里咽，在堆满工作任务的隧道里发足狂奔，却捞不到一点油水。

幸好，杜拉拉教育了我们，要善于表达自己的痛苦！特别是在工作繁杂不容易量化的时候，一定要让上级了解你所遭遇的困难，等他听得头大的时候，你再告诉他自己的解决之道，这样才能使他对你另眼相看，否则你永远只能当个廉价的劳力者。

启示：芸芸众生，一个人被淹没于人海的可能性太大了，所以要奋力出位，得到上司甚至是高层的赏识才是硬道理。

规则 2：随时要有升职意识

杜拉拉在作为销售助理的时候，她的英文能力在广州办事处数一数二，她平时人缘甚好，对办事处的人和事非常熟悉，这让公司领导在有办事处行政主管职位空缺时想到了她。

在广州办担任行政主管期间，在特殊时期，杜拉拉又扛下上海总部行政经理的职位，出色地完成 700 余万办公大楼的装修工作(工资只增加 5%，区区几百块，无偿加班 700 多小时)。在这两个关键升迁时期，她优先考虑的是职业前景，具体能多学到什么，多做出什么成绩，而与上级关于报酬方面的讨价还价，则思考甚少。

启示：对于一个新人来说，在体现出你的价值之前，过于势利、斤斤计较都可能成为职场前行的绊脚石。在一定程度上说，在升职的第一阶段，**单纯能促进你的成功。**

规则 3：别向老板抱怨你的上司

玫瑰是拉拉的上司，而李斯特是玫瑰的上司，当李斯特来到广州办，问及拉拉对玫瑰的看法时，拉拉回答玫瑰教给她很多东西，感到工作非常充实。李斯特听后便频频点头，表示认可。

启示：对于上司，要有高度的执行力，高度的责任心，尽可能地帮他解决问题而不是向老板抱怨。

规则 4：培养良好人缘

拉拉十分明白人缘的重要性。开始时，行政助理玫瑰总是刁难她，并且用不带任何脏字的语言讥讽她，但是她却不像北京办行政主管王蔷一样，正面冲突，并越级向上告状，而是摸出规律，只要不触及利益，就按照玫瑰的方法去做，使原本紧张的关系变得和谐起来。成为海伦的上司后，拉拉也没有指使她干这干那，还鼓励说让她多努力，早日获得提升。

良好人缘的建立，使拉拉平步青云。

启示：人缘是良好的人际关系和积极有效的人际互动。在职场中，它是一种可利用的社会资源，悄无声息地左右着人们的成就，推动着事业的发展。

TIPs：必知的“拉拉法则”

NO1.E-MAIL 要慎用

E-MAIL 的记录全在服务器上存着呢，公司可能随时调记录；另外，当你要与上司谈一件重要的事时，别用 E-MAIL，而要通过面谈来表示你的诚意和决心。

NO2. 不要轻易越级

不能越级汇报，不能跨级指挥，在组织里任何人都只有一个主管，越级申诉在得到公正结论的同时也可能要付出赔上职业生涯的代价。

NO3. 适时激励

如果你要把糖果给部属，一定要在他需要情绪的顶峰之前给他，千万不能等他疲了再给，否则他会认为这是他早该应得的，不会感激，失去激励效果。

NO4. 做老板的贴心人

在和上司一起工作的时候，要特别注意清晰简洁而主动的沟通，尽量考虑周到。写 MAIL 或者说话都要小心，不出现有歧意的内容，这样老板才会有踏实的感觉。

读书笔记之从杜拉拉身上学到的

written by 佚名

《杜拉拉 2 华年似水》中贯穿始终的一句话："WHY 比 WHAT 更重要。"从简约的角度讲，三个字母构成的 WHY 确实比四个字母构成的 WHAT 要精简,但这不是问题的关键所在,问题关键就在于——解决"为什么"的问题,要比解决"是什么"的问题复杂得多。正如授人以鱼很简单,授人以渔却很难,前者只需要自己有鱼而且舍得给人就可以了，后者却需要有教授人打渔的经验技巧、有充足的耐心和时间，有傲人的业绩让别人足以信服，还要看教授对象的悟性和运气。

从小说人物身上学做人做事，有时候有点儿怪异的感觉，但是看穿了，从小说里学做人做事和从教材上学本质上是一样的，都是体会、精炼作者的经验和心得。作者认为优秀的人才总有一些共性：**敏锐的判断力；卓越的影响力；高效驱动业绩的能力**。读完全书，掩卷思考，不管从"女猪脚"这个 HR 的角度讲，还是结合现实工作中考虑，我认为都是正确的观点。女猪脚是作者塑造的正面人物，甚至是以作者本人为原型的理想化人物，当然具备上述共性。

判断力是对方向、机会的识别和把握。中国人喜欢说，某某站对了队，跟对了人；又喜欢说某某错误地估计了形势，这下损失重了——这都是对判断力的一种评价。人的一生总在做出选择，审时度势，人无可免。判断力好是什么意思？当别人都还没看出来是个机会，你就先看出来了；光看出来还不够，还得抓紧采取行动把握住机会；甭管情况多复杂，你都能很快就抓住问题的关键，说话到点，做事靠谱。

从具体实例中看判断力，分清“什么问题可以问，什么问题不可以问”。小说中杜拉拉刚刚上任行政人事经理时搞不清楚公司对销售代表在KEY COMPETENCY（核心任职能力）方面的要求，而当时的招聘经理有自己的小九九。拉拉并没有主动去询问这个问题而是宁可自己从别的渠道侧面去学习。原因很简单：如果分管该项工作却连此项工作的基本要求都不知道，用小说中的话说那就叫做“不专业”了。在实际工作中我们作为菜鸟或新手可能会遇到很多问题，不懂就问或者不耻下问是提倡的一个好态度，却不是唯一正确的态度——关键在于知道什么问题可以问，什么问题不可以问。

自己作为新人，涉及自己刚刚接手的工作任务、程序、流程、信息方面当然可以问，而且应该刨根问底。如果自己的自尊心作怪，不懂装懂，等交接完毕，交接人撒手不管自己却还两眼漆黑，被动的是自己。更进一步说，万一前任给你的是个烂摊子，你问都没问就窝在自己手里，出了问题就不仅仅是被动而是危险了。

但也有一些东西不能问：1. 不问违反原则或规程的事情。这样的问题问了，证明你有这方面的想法，即使没有付诸行动，万一出了事情，你就是第一嫌疑人，至少你让被提问人知道你有此意向和动机。2. 别问明显外行的问题。让你参与一个案子，你如果问你的合伙人（或律师）这个案子是属于民事还是刑事之类的白痴问题，那就别怪别人把你当作小白一样忽悠。过于低级的问题会让你的合作者看轻你，甚至丧失和你合作的愿望。3. 别问让对方感觉受到侵犯的问题。这类问题并非是伤害被提问者的自尊心，而是对方可能认为问题的答案可能会影响他的利益。比如过多的询问别人分管工作的细节，很容易让人感觉自己的“领地”受到窥视。这同样是很危险的。

杜拉拉 2 华年似水——读书笔记

written by 晚晚

从获悉杜拉拉出了续集后第一时间买书，到今天，书看了三遍有余了。虽然及不上《杜拉拉升职记》的阅读遍数，虽然续集让我的期望变得有些失望，可是我依旧会在每次阅读后有所收获。有对外企了解方面的、有专业方面的，也有为人处事方面的。如果说《杜拉拉 1》让人读了热血沸腾、兴奋不已的话，那么《杜拉拉 2》带给人的感受是惆怅和思考。

且不说小说带给我们的感受到底是什么，至少从专业和职业上而言，《杜拉拉 2》和《杜拉拉 1》一样是一本很好的教科书，只是理论性的知识过多地并且不完美地掺杂在故事中了而已。

关键词一：“招聘＋面试”

《杜拉拉 2》里介绍了许多关于招聘和面试的方法、技巧，有面试者应该如何准备简历，HR 喜欢怎么样的简历，也有作为招聘者而言在面试时应该做什么，不应该做什么。除了这些最基础的知识以外，故事的发展里更详细地描述了公司在用人方面的斟酌，按照职位的要求该如何挑人，有了同样优秀的人才该根据情况做怎样的删选。在 HR 的专业书里要求“人岗匹配”才是最好的组合，到底什么是最好的人岗匹配，如何分析等等，《杜拉拉 2》里都在某职位招聘的过程中描述得非常详细了。另外，考虑应聘者的稳定性、对工作的激情、对压力的抵抗、诚信、对公司文化的认同等等，也都会是招聘者会思考的因素。这一大段故事不仅让应聘者知道该如何挑选适合自己的职位，该如何面对招聘方，同时也对做招聘的 HR 做了一个生动的介绍，到底什么样的人适合或者符合这个岗位。

对于我这个很少接触招聘的人来说，无疑也是一个深刻而又生动的案例，让我能从故事中体会书上说的该如何甄选有用合适的人才。这一点是本书给我印象较深的一点。

关键词二："ALWAYS 追求成功"

在《杜拉拉 2》里让人感觉到杜拉拉的挫败感，无论是宽带薪酬制中的 BAND4，还是在 HR 工作中依旧无法获得 HR 主管的认可，都让人觉得沮丧。但是杜拉拉在沮丧的同时并没有放弃对工作的努力和追求。"你不让我知道薪酬水平，行，我就自己来"。通过面试该职位的应聘者，根据各个应聘者所在不同公司提供的不同数据来推断和分析该职位的薪酬水平，的确是个非常好的方法。可能当中会有很多别人看不见的功课要做，但结果是拉拉既学到了一套好的分析方法，又获得了自己想要的答案。同样的方法，她也用在了一些职位的工作内容描述、工作说明书的内容以及校园招聘的简历筛选过程。

很多时候，工作和生活并没有想象中的完美，也会遇到许多挫折，沮丧和抱怨也解决不了，如果更好地调整自己的心态，努力去寻找其他的解决办法，让最终的结果达成自己所愿，期间虽然可能会花费更多的时间和精力，但你永远不知道你的努力和付出会给你带来多大的回报。记得有个名人说过："你永远不知道上帝送你的礼物到底是什么。在一层一层地拆开礼物后，你会发觉，她比你想象的要好得多。"

关键词三："基于事实的沟通"

在书中有一段描写关于沟通，给我印象非常深刻。文中说"你迟到一小时”，而不是“你怎么总是迟到”。前者是事实，让人无可辩驳；而后者，属于“下定义”或者“扣帽子”，一般人都会被激出逆反心理，“我怎么老是迟到了?！你哪只眼看到了？！”我们都不愿意在一个事实的基础上被扣一个大帽子，尤其是一些不好的事情。但这些就可能发生在我们身上。在生活中我经常对 OPPA 说：“你好自私，自己喜欢吃的东西就全部吃掉了，也不想想我是否喜欢吃。”OPPA 就会很严肃地反驳我说：“你不要给我扣帽子好不好。”这其实就是我生活中常犯的一个错误，我可以说“你怎么不考虑我是否喜欢吃，就把这些全吃了呢”。而后再来讨论问题，或者想以后应该处理，而不是再给他下一个定义，因为那不一定是事实，这样的沟通让双方都不高兴，很难更好地沟通下去并解决问题。工作中也是同样。有了更好的平台才能更好地沟通，并解决问题。

其实，还有很多感触，只是挑了感触最深的三点拿出来分享，也是希望自己能够一点点地学着去改变，去做得更好。

智商与情商孰重?

written by 芭拉（成都）

这本书的确是值得在外企生存的人作为借鉴，它像是开启了职场万千奥秘的大门。它不同于那些纯粹的励志书，大道理满幅却不容易消化，本书的定位就是一本小说，从故事中讲道理，让人能看进去；故事主人公的定位也不是什么财富排行榜的谁谁来讲他 / 她的发家史，而是一个最能代表大众的普通白领的成功故事，更有借鉴性。

智商与情商孰重？对那些在外国人手下拿钱吃饭、外表光鲜的白领们来说，做好本职工作、有出色的业绩固然是重要的，这是智商使然，但要想步步攀升，更重要的恐怕还是了解自己在职场中的的定位、周边的竞争环境以及揣摩老板的思想（恐怕要适应美式思路，不过中心思想是一样的，就是要让老板也得益），练就又能 PERSUADE 又能 CONFRONT 的本领，这就是情商使然了。

现在中国的外企白领们多是些大学毕业、智商不低且自视甚高的佼佼者，书读得多了脑子也秀逗了，不是傻干的勤劳的"老黄牛"们，对办公室政治一窍不通，看不出老板与同僚的心思，比如海伦；就是自尊心颇强，不愿为"五斗米折腰"，宁愿不争什么利益以显得清高，甚至专与老板反着干的人，比如王蔷。这些都是失败的例子，都是情商不高的结果。

拉拉的成功在于，她不仅有出色的智商，更有出色的情商，这点表现在：

1. 勤奋。情商高的人在于，做事情有责任心，因为每件事情你认真做好了以后，最终的受益者将会是你自己。你的勤奋与执行力，老板（或者你都不知道以后会成为你的老板的人）一定会看在眼里，就算现在不给你任何好处，将来也保不准在你事业需要帮助的时候拉你一把；相反，如果事情做不好，现在可能省点力气，但是同时也葬送了你将来发展的可能。所以懒人的情商其实并不高。

2. 沟通力。拉拉说话的技巧算是一流，轻重缓急分明，对不同的人也采取不同的方法，能很清楚简洁地表达自己的意思。外企是个很讲求 NET WORKING 的地方，别人的时间，尤其是重要的人的时间都极其有限，有效沟通是任何成功者必须历练的。而如何在短短数秒时间内理清自己的思路、组织自己的语言并观察说话对象的神态意向以及层次，并用令人愉悦的语调语速语言讲出来，实在是要高的情商才能办到。

3. 正确的处事态度。该忍则忍，不能忍也要争取，争取不来也不认死理非要鱼死网破。灵活的处事态度不会成为拉拉事业上的绊脚石，也使她能有被 pay off 的一天。

职场新人必读：跟杜拉拉学职场生存法则

from 豆丁网

今年畅销书《杜拉拉升职记》除了在如何寻找好工作上能对我们加以指点，更多的则是教我们如何在一个拥有严格“丛林法则”的外企生存和升职的秘诀，毕竟优秀人才太多，真正发挥出来的并不多，如何用事实说话，展现自己的优秀，是任何一个职场新人都要学习的。

当然，何为优秀？评判标准有很多。专业知识与实践的结合、灵活的应变能力、较强的抗压能力等等，都是优秀的评判标准。通常情况下，你的表现和能力好还是不好，主要是你的直接主管说了算的。所以优秀的人才要学会处理好和上级之间的关系：

与上级保持一致性

杜拉拉刚升职做广州办行政主管的时候，曾经很为与她的上级玫瑰沟通伤神，经常因为沟通问题而造成“结果一报上去，玫瑰骂人的电话又到了”。

看拉拉怎么解决：

现在的问题是，她不能正确地做出判断，到底哪些问题该请示，哪些问题该自己做决定；在公司政策许可范围内，到底哪些事情的处理只要符合政策就行，哪些又该特别按照玫瑰前辈的专业经验来处理……拉拉找不到更好的办法，只得在和玫瑰建立一致性之外，认真研究了玫瑰主要控制的方面，找出规律后，拉拉就明白了哪些事情要向玫瑰请示并且一定要按玫瑰的意思去做，只要玫瑰的主意不会让自己犯错并成为替罪羊，她便决不多嘴，坚决执行；哪些事情是玫瑰不关心的没有价值的小事，拉拉就自己处理好而不去烦玫瑰；还有些事情是玫瑰要牢牢抓在手里的，但是拉拉可以提供自己的建议的，拉拉就积极提供些善意的信息，供玫瑰做决定时参考用。几个回合下来，拉拉就基本不再接到玫瑰那些令她惴惴不安的电话了。

所谓与上级保持一致性首先要求对自己的工作职责有清醒的认识，明白什么是自己的活儿，这些活儿里，哪个是最有价值的，也是领导最关注的，这一点对新晋职员尤其重要，所以工作前先要积极与上级沟通，明了自己的工作职责以及他对你的期待。就具体工作而言，与上级保持一致性要求：上级觉得重要的事情，你也要觉得重要；上级认为紧急的事情，你也要认为它紧急；报告紧急而重要的事情，而其他则可以根据情况决定是否报告。

获得上级的支持和资源

杜拉拉工作开展得顺风顺水的时候，却不招领导李斯特待见，甚至成了出气筒。面对这种情况杜拉拉是怎么化解的呢？

看拉拉怎么解决：

1. 我把每一阶段的主要工作任务和安排都做成清晰简明的表格，发送给我的老板，告诉他如果有反对意见，在某某日期前让我知道，不然我就照计划走——这个过程主要就是让他对工作量有个概念。

2. 遇到问题我还是自己想法解决，然后尽量挑一个老板比较清醒而不烦躁的时候，单独地只讨论某一方面的一个大的困难。我让他了解困难的背景。等他听了头痛的时候，我再告诉他，我有两个方案，分析优劣给他听，他就很容易在两个中挑一个出来了。这样，他对我工作中的困难的难度和出现的频率、我的专业，以及我积极主动解决问题的态度和技巧，就有了比较好的认识。

3. 每次大一点的项目实施过程中，我会主动地在重要阶段给老板一些信息，就算过程再顺利，我也会让他知道进程如何，把这当中的大事 BRIEF（摘要）给他。最后出结果的时候，我会及时地通知他，免得他不放心，我从来不需要他来问我结果。这样，他觉得把事情交给我，可以很放心，执行力绝对没有问题。

4. 在需要和别的部门的总监们或者和PRESIDENT（总裁）和VP（副总裁）一起工作的时候，我特别注意清晰简洁而主动的沟通，尽量考虑周到。写mail或者说话，都非常小心，不出现有歧意的内容，基本上不出现总监们抱怨我的情况，这样一来，我的老板就觉得我很牢靠，不会给他找麻烦。

当然，除了在与领导建立良好关系外，自身的能力也是不可或缺的，杜拉拉在外企丛林法则中立于不败之地并不是简简单单靠着对领导的服从，更重要的是她的硬实力。归纳一下其中有几点是值得职场新人学习的：

1) 清晰地制定业务计划并有效实施，其中用于工作目标设定的SMART原则，文中重点做了介绍：

S就是specific：意思是设定绩效考核目标的时候，一定要具体——也就是目标不可以是抽象模糊的。

M就是measurable：就是目标要可衡量，要量化。

A是attainable：设定的目标要高，有挑战性，但是，一定要是可达成的。

R是relevant：设定的目标要和该岗位的工作职责相关联。

T是time-bounding：最后，设定了目标，要规定什么时间内达成。

2) 承受压力的能力：严峻的工作条件下，能坚忍不拔，想办法获取资源、支持和信息，努力实现甚至超越目标。

杜拉拉接受上海总公司装修项目的时候，拉拉这方面觉得自己受器重，高高兴兴地接受了指派。那边玫瑰已经开始休病假，连交接都没有做。拉拉发现玫瑰是自己一手在跟这个项目，上海行政部别的人对此几乎一无所知。她便干脆找来几个主要供应商，又扯上IT经理，黏着采购部的同事，成日忙得昏天暗地。拉拉自己每天都要加班到11点以后，基本上都是最后一个离开办公室的人。

3) 及时调整自己的行为和风格来适应不同个人及团队的需要。（工作重心会变化，老板会换人，客人也会变，别和他们说“我过去如何如何”，多去了解对方的风格）。

4) 学习能力：愿意学，坚持学，及时了解行业趋势、竞争状况和技术更新，并学以致用。

5) 结果导向：设立高目标，信守承诺，承担责任，注重质量速度和期限，争取主动，无需督促。

从《杜拉拉升职记》看500强的管理

《杜拉拉升职记》是一本非常不错的职场小说，说它不错，我主要是看重它的“真实”，虽然我不敢说这篇小说没有任何“艺术创造”的成分，但至少从我的经历和浅薄的认识来看，它对职场中“人性”的描述是相当真实的，也可以从中窥视500强外企的一些管理理念和体系。虽然DB公司也有着这样或者那样的问题，但在我看来，就像家家都有本难念的经，不同层次的难念的经都是不同的；与之对比，也能看出其他企业在管理上的差距和改进点。

管理制度	具体内容	分析	对比（与管理有差距的公司）
工资制度	每年固定8%的加薪	不要小看了这8%的固定加薪，对广大“人们群众”而言，8%意味着至少工资肯定能超过CPI	有些员工工资2-3年都能不动，这些员工不动心思才怪，除非已经完全残废
	直接上级对下属加薪的影响力	直接上级才最了解下属的工作状况，所以理应有充分的发言权	由于加薪的资源有限，往往高级经理凭着印象，最多加一些粗浅的调研来决定给谁加多少，初级经理的工作就很难做
	加薪前的双方沟通	沟通才能了解期望，弥补差距，事前不沟通，事后就非常麻烦；李斯特没能留住文华，失败就在这里	经常加薪了也是先确定额度，然后试图给当事人一个“惊喜”；却不知当事人有更高的期望，这样就很难留住人才了
	市场薪酬水平的调查	保持和市场同类平均水平的竞争力	给员工加了几百元，以为很不错了；但实际上员工在市场上已经远远不是这个价码，一旦有风吹草动，人才就是这样流失了
	升职加薪	升职就意味着承担认可和更大的责任，加薪是很好的体现	只升职，不加薪。通过升职来留出人才；但在大家相互恭喜“头衔”升职的同时，发现自己既没有承担更大的职责，也没有加薪；久而久之,这套“把戏”也就被看透了
层级管理	管理幅度和层级数量	每个管理者一般都有3-5名的直接下属；管理层级在5个左右（视公司规模而定）	居然出现多处某位领导只有1-2个下级经理的情况，除了“因人设岗”之外，实在找不出合理的解释 400人左右的公司，从普通员工到总裁，可以多达7级，事实上，有5个级别就足够了
	越级指挥	一般不越级指挥，如果真的频繁发生，则说明被越过的“级别”要被干掉了	是一种普遍现象，成为高级经理能力和精力充沛的表现，也是高级经理对下级的信任不够和超强控制欲的表现；上级和上上级的双重领导，尤其是意见还不同时，给下属带来困惑、迷茫和不知所措

管理制度	具体内容	分析	对比（与管理有差距的公司）
	越级汇报	除非事先获得中间层的同意，否则越级报告被视为申述；结果往往是越级的人被干掉	是一种普遍现象，是下级希望在高级经理中获得表现，也是对中间层不作为的反抗，同时受到高级经理越级指挥的鼓励； 高层经理在遇到越级报告时，不视之为申述，而是有超强的优越感和成就感； 越级指挥和越级报告使得中层经理的工作非常被动，导致不满或者低能
加班制度	主管及以下员工有加班费或倒休；经理及以上没有	经理加班是天经地义的，尤其是责任重，且待遇高的情况下；普通员工则更多考虑正当福利和符合法律要求	总希望拿着低薪的普通员工也能自动自愿地加班以赶上不切实际的项目进度；工作需要要求进行的加班也没有加班费，且没有倒休
	因人设岗，而非因岗设人	岗位、人数都是规定的，没有充分理由不会轻易更改，不存在由于某人无法安排而特设一个岗位；即便改动，也是从公司业务发展的需要来考虑	为了鼓励和留住人才，会设置一些很滑稽的岗位，且一年数变
	提升制度	直接上级有非常充分的发言权和决定权，当然最后一定还需要直接上级的上级核准	直接上级有一定参考作用，但决定权在直接上级的上级的上级那里；往往普通主管的任命也需要总裁等来决定
文化	生活与工作的平衡	强调工作与生活的平衡，更不会强调和要求为了工作放弃生活	恨不得要求普通员工 7*12 的方式来工作，完全放弃正常生活的需要

值得一看，不错的书。

written by cat_a7

头次看有关职场方面的书，能看到这本书还真是不错，故事情节也不复杂，读来受益。主人公杜拉拉，一个平凡女子，从私企到外企，从小助理到经理，一路走来，带着读者看职场方方面面，看职业人成长过程。

看完书了解很多不曾了解的一面，比如关于层级关系、关于职业道德、关于员工价值。对于外企也好大公司也好，也有种种矛盾，组织结构、人事、决策调整有时还更频繁。书里会谈到一些管理知识，如全面评判员工表现的 360 度反馈，规范操作的 SOP，设定目标的 SMART 等都能轻松概括出来。

最后，杜拉拉做了一个小结，讲如何找到一份好工作，可算是全书的精华。好的工作，就是选择一个好的行业、找家好公司、选个好方向、跟个好老板；如何得到好工作，就是和上级对事情轻重认同一致；对下级能管理；对内外部客户有价值；对本岗位要有全面的适应能力。看完小结，再回顾全书的出场人物故事，就不难看出职场上什么样的人在什么样的位置上。

主要内容精摘：

1. 研究生男友运用 SWOT（优势、劣势、机会、威胁）分析说服拉拉，双方如何理智分手。

“对女孩面言，青春苦短，守着一份变数太多的爱情才是最大危害。”

“凡事都有两面，从乐观的一面看，你从此获得了自由，有了更佳选择的可能。”

“你在日历上每天做个标记，等你划过三个月就解脱啦。”

“多参加集体活动，能加速良性进程。”

2. 如何干活并体现价值

1）每阶段主要工作任务和安排做成表格，让老板对工作量有概念。

2）遇到的困难，带着解决方案去找老板开会，让老板可以选择，既了解困难的频率，也对解决问题的态度和情况有所认识。

3）重要阶段主动汇报进展，可以让老板放心，执行力过硬。

4）与其他部门沟通，尽量周全，不给老板找麻烦。

3. 官僚是该做决定时思考，遇到困难时授权。

4.360 度绩效评估

由你的上级主管、你的下属、你的平行合作者、你的客户进行评估。

5.SMART 原则

简单地说，SMART 就是在工作目标设定中的法则。要求是具体的（S）、量化的（M）、可达到的（A）、与职责相关（R）、有时限（T）

按此制定目标后，让人知道怎样算做得好，怎样是没做好。

6. 西方老板：我不撒谎，我相信你也不撒谎；假如你撒谎，只要被我发现一次，你就是个不值得信任的人。

7. 商业行业准则：什么是不道德，“有人说，只要自己的良心感到安宁，就不涉及‘不道德’，同样的事情，可能你的良心会不安，而他的良心未必不安。个人以为，如果你知道做的某件事情，明天要合法地见报，你会因此感到不安，那么这件事情就是‘不道德’；如果你做的某件事情，你的母亲知道了会感到羞耻，那这件事情就是‘不道德’的。”

8. 对本岗任务

1）清楚自己的定位和职责——别搞不清楚自己是谁，什么是自己的活，知道什么该报告，什么要自己独立做决定；

2）结果导向——设立高目标，信守承诺，承担责任，注重质量、速度和期限，争取主动，无需督促；

3）清晰地制定业务计划并有效实施；

4）学习能力——愿意学，坚持学，及时了解行业趋势 / 竞争状况和技术更新，并学以致用；

5）承受压力的能力——严峻的工作条件下，能坚忍不拔，想办法获取资源、支持和信息，努力以实现甚至超越目标；

6）适应的能力——如适应多项要求并存，优先级变换以及情况不明等工作条件，及时调整自己的行为和风格来适应不同个人及团队的需要（工作重心会变化，老板会换人，客人也会变，别和他们说“我过去如何如何”，多去了解对方的风格）。

个人认为无论是情商还是智商，杜拉拉能成功，**做事态度还是第一位。**

读书笔记 1-《杜拉拉升职记》第二部

written by hellen

“一个人从 25 岁到 40 岁，有不同的责任和焦虑，而体能、经验和心态也大不相同。《杜拉拉 2 华年似水》展示了 2005—2006 年中国一线城市 25 岁到 40 岁人群的职场。同时，这个职场又不是孤立于时代和生活的。”

元旦假期利用一天的时间看完了杜拉拉升职记第 2 部（我看书就是快 ^^，而且一旦看了就得读完才罢休的那种，相比第一部可能稍微差了一点，但是还是教会了我很多东西。

相比第一部，第二部很大篇幅写的是与领导力有关的东西，对于像我们一样工作了几年高不成低不就的人很适用。

总有一天我们都会成为领导，手下会带人，关于领导要具备的能力或领导的处事方法等我们应该都要有所了解。

下面从书中摘了一些我认为精彩的片段跟大家分享。

领袖人物的特质

——领袖人物多半是天生的，也就是说，这些特征里，一多半是与生俱来的特质，比如永不满足现状，敢于尝试和冒险，善与不同风格的人打交道，对周围的人和事感觉敏锐，但是也有部分可以后天培养，比如自信和野心，比如丰富的经验。

——“一个卓越的领导者，他应该拥有他人的信任。而要做到这一点，领导者必须展示让他人认为值得信任的言行，其中之一，就是拥有清晰明确的立场和态度！换言之，含含糊糊让周围的人搞不明白他的观点，让人家去猜他的意思，这不是卓越领导者的行为。比如曹操，门太宽就门太宽吧，在门上写个什么‘活’呢？直接写‘阔’不得了？想撤退就撤退，何必说什么‘鸡肋’呢？杀杨修也杀得不直爽。诸如此类，所以他再厉害也只是个枭雄，不算明主。这‘明主’中的‘明’字，便是今天所谓的‘卓越’的意思。”=> 我觉得永不满足现状是很重要的特征，很多时候在公司里经常听到员工们谈论自己的孩子或房子之类的，给人的感觉是你已经满足于现状，如果你想要做领袖想要继续往上，一定要注意你的言行，不要让领导觉得你就满足于目前的地位和现状。

经理真对员工好，就该明确指出员工的问题，并指导他改进，千万不要回避问题。

拉拉说：“我最近看过一篇案例，大意是有位主管不好意思指出下属的问题，只好一直憋在心里。最后他不得不让人家走人的时候，员工很惊讶，问他到底为什么。主管只得说出忍了很久的问题，结果员工根本不领情，她愤怒地说，我在这里工作了十三年，为什么从来没有人告诉过我问题在哪里！直到今天你让我离开——所以，经理真对员工好，就该明确指出员工的问题，并指导他改进，千万不要回避问题。这样，即使有一天你不得不让对方离开，也能避免他的惊讶和过分的愤怒。在发现员工缺乏清醒认知的同时，经理应帮助员工准确定位，了解自己和岗位要求的差距。”现实中很多经理跟员工平时不怎么沟通，也不指出员工的问题，很多人是不想没事找事，但是一个好的经理必须平时多跟员工沟通，指出他们的问题。

WILLIAM在《不景气中成长10倍的公司》中写道："平时不能严格要求自己的员工，让他们培养起过硬的职业技能；经济不好就想到裁员，这样的公司就不配称为一家公司！"

对员工严格要求的经理才是对员工真正好。

针对不好的老板：老板不好自有老板的老板教训，下级要先做到下级的本分。

做老板的自己要像个老板，下属才会尊重你，拿你当老板。同样，做下属的也该先尽到做下属的本分，老板不好，自有老板的老板去COACH他。很多时候遇到不好的老板，下级就会想到要找老板的老板反映，但是一定要记住：如果你的老板真的有问题，老板的老板会采取措施，下级反映是怀疑老板的老板的工作能力，如果上面不采取措施就说明老板在某些方面还是有能力的，你要做的事情就是要做到你的本分。

可有可无的人，随时可被替代。

活儿有难度才证明干活的人有价值；相反，一个可有可无的人，则是随时可被替代的，也必定是个便宜的货色。要做公司里的only one，竞争激烈的现实生活中，你一定要做个不可替代的人，不断地通过学习让自己成为唯一。

职场，不是混就有出息的

written by 梅林与凌微

拖拖拉拉看完《杜拉拉2华年似水》，有点意犹未尽。拉拉在第一部里面扮演了职场新人的角色，这次换了沙当当、苏浅唱等80后，让我更加感同身受了。就如这本书的名字一样，读完全书真有一种一年之间经历完人生大起大落的怅然之感。一直以来都敬佩并力图效仿杜拉拉那样的人物，勇敢，不服输，像一只打不死的小强，做一根春风吹又生的杂草（《流星花园》看多了，莫见怪哈）。只是在职场，尤其是在华的外企，有时候这种“不识时务”的“倔”并不那么受欢迎。

BROAD BANDING（薪酬宽带制）在 DB 的推行，使从上任中国区总裁何好德那里争取来人事行政经理头衔不久的杜拉拉产生了很大的心理落差。BAND4，跟苏浅唱一样的高级销售代表一个级别，是杜拉拉所不能承受的。行政在公司的地位一下子凸现出来。会上，没有人为拉拉说一句话。薪酬经理王宏明知拉拉的级别被定低了，但抱着事不关己的态度未表异议；新到任的总裁齐浩天不熟悉杜拉拉，连拉拉的总监曲络绎对她也没有深刻的印象。好几次在协调南区销售部人事问题的时候，拉拉提到她以前的老板李斯特怎么带领下属，她都有点黯然神伤。当年她的“越级”并没有令温和派的李斯特恼火，可是换了老板之后，拉拉是不可能这么做了。齐浩天毕竟不是何好德。不过最后几页讲南下巡视的齐浩天多亏拉拉在身边当翻译拉近了与经理们的距离，回去后也想到跟曲络绎商量重新给拉拉定级。不知道是他的速度快还是拉拉找到工作的速度快了。杜拉拉在 DB 一直就是以“任劳任怨”著名，可是这一次这个定级，确实有点让人受不了这个气了。

苏浅唱这个角色很有意思。她受李坤的栽培，却在李坤新官上任的时候跟着其他销售一起向大区经理打报告，而且很重要的一点是，在会议上她是第一个开口说话的。这给李坤打击不小。会议进行到后面，苏浅唱居然还有点不饶人要一说痛快的冲动。毕竟是职场新人，毕竟是 80 后，有点直，不懂职场的规矩。杜拉拉找她谈话，她装乖一个劲儿点头说是，拉拉说她比较麻烦。而同样是想弄李坤的姚杨，32 岁的人想法就成熟得多，事后她很后悔，在跟拉拉谈心的时候也很诚恳。苏浅唱要达到姚杨那境界，还得三五几年的修炼啊！

再说说沙当当。她是个实用主义者。呵呵，这个女人我倒是挺喜欢。男人要帅的，会挣钱倒不必了，免得以后有钱了生出事端；天生大脸盘，没关系，做个整容小手术，漂亮最重要；房子要5年贷的，每月上万的房贷她咬着牙也要挺过去，因为多五年就多十几万的贷款，划不来。DB是个500强，而且美资，崇尚的是平等，上下级也以英文名互称，提供清晰的职业发展计划和具有竞争力的薪酬福利制度，谁进去了都不愿意出来。姚杨就在“检举”李坤后十分苦恼，害怕丢了工作，去雷尼斯那样的小公司，每天像传销人员一样做早操；而沙当当倒不怕，她年轻，冲着经理这个面子工程就毅然辞了DB的工作。大公司还是小公司，自己掂量着办。杜拉拉的感情生活不顺，一年了，忘不了王伟，也无法接受其他人的殷勤；而沙当当懒得花费功夫想那么多，人孙经理看不上她，她换个小脸蛋自己找自信，儿女情长的事情只要你情我愿就知足了，自立自强才是王道。如果还有第三部，这沙当当该是主角了，她那个“捞妹”的典故还没有在这本书里释放出来呢！

回头再想想杜拉拉的遭遇，第一部里面老早就说了，紧靠公司的主干业务才能有大的成长空间，杜拉拉被定位为人事行政经理，最后干脆变成行政经理，离主干业务越来越远。反观苏浅唱、沙当当之辈，做销售累是累点，但是前进的道路是宽敞的。倒也怪不得杜拉拉，谁叫遇到王宏那样抠门的薪酬福利经理，在第一部里面就不肯放手让拉拉接触薪酬方面的技术活，职场的黑暗，不是这么一两句话就说得清楚的。

没心没肺是种美德

转载自《青年周末》

如果是林妹妹那样天生七窍玲珑心的，那准保活着要多累有多累，害人又害己。

著名的“外企生存教科书”《杜拉拉升职记》出到第二本时，更厚实了。姿色中上的南方女子杜拉拉终于修炼成了刀枪不入的“白骨精”，即“高级白领＋业务骨干＋行业精英”的简缩词。

按理说，主人公本领见长，读者应该欢欣鼓舞。这就好比你看一部武侠片，男主角突然学会了盖世武功，可以拳起脚落，把前半部看得让人窝心的坏蛋全部打趴下，顺带抱得美人归。可惜，铁马金戈的江湖和西装革履的世界迥然不同。杜拉拉的世界,却复杂曲折得多。常常是一句简单的话、一个简单的动作，背后就有十来句的潜台词。让人不由心生感慨：外企勾心斗角起来，半点儿不逊国企。在“斗争中成长起来”的杜拉拉，因为熟谙斗争之道，成熟了，却不再那么可爱。

这时候，第二本里却突然新出来个“异类”——跟杜拉拉一个公司的销售员沙当当。这姑娘简直是个“没心没肺”的80后典型。先是为了爱情没皮没脸地献身帅哥经理未遂；而后连薪酬多少都没问，一听有猎头找自己，就觉得特有面子，被“挖”到一家小公司，后果是遇上了一个“后现代山大王”式的老总，天天被逼早上去公司做广播体操。饶是如此，这姐儿们倒跟野草一样，靠着一股没心没肺的傻大胆劲头，打出一番别样天空。

其实，真追究起来，没心没肺，有时候也算种美德，而且是种利人利己的美德。现代人的生活太累了，职场如战场，在格子间里，要端着小心做人，仔细揣摩老板和同事的话中话。回到家里，单身贵族还行，若是拖家带口的,还要揣摩看老婆或老公的眼色行事,没准还捎上跟配偶家人的“心理战”、“口水战”。

如果是林妹妹那样天生七窍玲珑心的，那准保活着要多累有多累，害人又害己。可要是天生没心没肺，神经粗大，那横竖别人冷嘲热讽，他也听不出弦外之音。更妙的是，他既然不懂别人在算计自己，自然也不会去算计别人。

所以，**要听见有人说你“没心没肺”，别着急，没准，这点个性还让你**

活得特滋润呢。

向杜拉拉学习，40 岁也不晚

Written by 万年花城之旺旺爸爸

去年在网上看了《杜拉拉升职记》(本文以下简称杜 1)，当时是下载到电子书里一气呵成地看的。今年又见到出版了《杜拉拉 2 华年似水》(本文以下简称杜 2)。前不久，为了办好集团 2009 年度的任职培训班，我们与培训老师协商，用了“杜”书中的许多案例进行讨论。于是我在 2 月份买了上述两本“杜”书，反复看。

大凡一本精心打造从而上了销售排行榜的书，随后的“跟风书”的内容质量一般都会下降。“杜”书则不然，“杜 1”以情节取胜，“杜 2”以职场法则见长。一般来说职场是枯燥无味的，充满了“不可说，说不好”，描写职场的书或和职场沾点边的文学作品在我印象中就是 10 多年前有个梁姓女作家写过一系列的商战小说，但后来也湮没无闻了。“杜 1”则以枯燥的职场为平台，把办公室里这点儿事情写得有声有色、风起云涌。让人看了觉得耳目一新。“杜 2”则更是增加了许多职场的元素，换个角度就可以当职场培训的参考书了。作者李可或许就是杜拉拉这个人物的现实原型吧。

虽然“杜 2”书中说“40 岁以后……升职就算了……”,但对于快到“就算了”的年龄的我，我觉得杜拉拉这个人物在职场中的表现还是有很多值得学习和借鉴的地方，不为升职，就为在余下的一半职业生涯中活个明白透彻，所谓朝闻道，夕死可矣。

利用空闲时间刚写了上述这几句博客，又去会议室集中学习科学发展观的时间了（公司规定，每周二、周四下午加班一小时学习科观），关于从杜拉拉引申出来的话题，要说的话很多，就留做作业，慢慢写吧。

向杜拉拉小女子学习

written by 王秋实

自从工作以后，发现自己关注的视野都不同了，虽然目前人不在团队中，但时刻想着自己要不断改变提高！何姐说每天要给自己定下日目标，才能更好地去实现更远大的目标，昨天我定下今天的日目标：1. 陪伴妈妈（妈妈状况一天天好转，希望早日回到团队中哦）；2. 看一本关于营销方面的书。

之前自己听到同事李爽姐推荐的《杜拉拉升职记》，今天一口气看完了，从杜拉拉这个小女子身上看到了许多。拉拉的故事真的很激励我，书里的很多理念就像何姐教导我们大家的，例如“SMART 原则”，下面详细解释一下，共同学习。

先解释一下 SMART 原则：该原则是在工作目标设定中，被普遍运用的法则。S 就是 SPECIFIC：意思是设定绩效考核目标时，一定要具体——也就是目标不可以是抽象模糊的；M 就是 MEASURABLE：目标要可衡量，要量化；A 是 ATTAINABLE：即设定的目标要高，要有挑战性，但一定是可达成的；R 是 RELEVANT：设定的目标要和该岗位的工作职责相关联；T 是 TIME BOUNDING：对设定的目标，要规定什么时间内达成。

举例说明一下：

1. 关于“量化”。

有的工作岗位，任务很好量化，典型的就是销售人员的销售指标，做到了就是做到了，没做到就是没做到。而有的岗位，工作任务不太好量化，比如 R&D（研发部门），但还是要尽量量化，可以有很多量化的方式。

行政主管和我说行政的工作很多都是很琐碎的，很难量化。比如对前台的要求：要接听好电话——这可怎么量化、怎么具体呢？

我告诉她：什么叫接好电话？比如接听速度是有要求的，通常理解为“三声起接”。就是一个电话打进来，响到第三下时，你就要接起来。不可以让它再响下去，以免打电话的人等得太久。

我又对她指出：你对前台的一条考核指标是“礼貌专业地接待来访”，做到怎样才算礼貌专业呢？有些员工反映，前台接待不够礼貌，有时来访者在前台站了好几分钟也没人招呼——但是我们的前台又觉得她尽力了，这个怎么考核呢？

行政主管解释说：前台有时非常忙，她可能正在接一个三言两语打发不了的电话，送快件的又来让她签收，这时旁边站着的来访者可能就会出现等了几分钟还未被搭理的现象。

我告诉她：前台应该先抽空请来访者在旁边的沙发坐下稍等，然后继续处理手中的电话，而不是做完手上的事才处理下一件。这才叫专业。

又比如什么叫礼貌。你应该规定使用规范的接听用语，不可以在前台用“喂”来接听，早上要报：早上好，某某公司；下午要报：下午好，某某公司；说话速度要不快不慢。

所以，没有量化是很难衡量前台到底怎样算接听好电话了，到底礼貌接待来访者了没有。

2.关于“具体”。

我告诉她，比如她的电话系统维护商告诉她，保证优质服务。什么是优质服务？很模糊。要具体点，比如保证对紧急情况，正常工作时间内四小时响应。那么什么算紧急情况，又要具体定义：比如四分之一的内线分机瘫痪等。

如果不规定清楚这些，到时候大家就会吵架了。

3.关于“可达成”。

你让一个没有什么英文程度的初中毕业生，在一年内达到英语四级水平，就不太现实，这样的目标是没有意义的。但你让他在一年内把新概念第一册拿下，就有达成的可能性，**他努力地跳起来能够到的果子，才是意义所在。**

4. 关于“相关性”。

毕竟是工作目标的设定，要和岗位职责相关联，不要跑题。比如一个前台，你让她学点英语以便接电话时用得上，就很好。而让她去学习管理学，就比较跑题了。

5. 关于时间限制。

比如你和你的下属都同意，他应该让自己的英语达到四级。你平时问他：有没有在学呀？他说一直在学。然后到年底，发现他还在二级三级上徘徊，就没有意思了。一定要规定好，比如他必须在今年的第三季度通过四级考试。要给目标设定一个大家都同意的合理的完成期限。

基本上，做到这五点，人们就能知道怎样算做得好，怎样是没有做好，怎样算超越目标了，从而考核者和被考核者能有认同的清晰的考核标准，可以避免很多人和人之间的矛盾与争执。（以上摘自《杜拉拉升职记》）

看到书后，结合自己实际情况想了很多。投身职场，作为刚刚毕业的学生，像愣头青一样（JUST LIKE ME，O(∩_∩)O），但是我很幸运，遇到了一个好的团队和领导），去拼，去闯，历经种种，最终的果实只有你自己尝到。将人生最宝贵的青春十年奉献给它，全心全意去努力，当年华老去，对自己的选择不后悔！

平常的描述，经典的哲理

written by 霜染枫

《杜拉拉升职记》细腻地描写了现代跨国企业内部上下左右的人际关系和处事哲学，初涉社会的年轻人值得一读，从拉拉轻淡的自述中可以感受到现代社会求职的艰难和处世的不易。拉拉深切地认为所谓官僚就是在需要他决策的时候他思考，需要他解决矛盾时他授权。这是个人的领导风格，但也不是一成不变的，如果何好德对李斯特多一些信任、支持和授权，他绝对不会是这样的风格，谁有权不会用！！**但，一定要争取得到上司的信任和支持，敢于为下属争取地位和利益，善于正确决策和勇于解决下属难以解决的困难，这是一个好的领导应该具备的能力和作风。**而拉拉从李斯特那里得到的永远是“这是锻炼你的能力的最好机会”。

作为下属要永远迎合上司的需要。特别是遇到新任的领导，一定要显得会做事，而没有追求；事做不好但一定要忠心听话。拉拉升为经理后聘任的两个人就是最好的例证。无论怎样，个人的能力固然重要，可是没有一个好的欣赏你的上司，再怎样都是没有发展的，当然也要看领导的水平，对那过分草包型的人那就屈尊自己吧,用中组部领导的一句叫“用你时拼命，不用时学习”，因为你不能强求每一个上司都是水平很高，能力很强，道德很高尚，那就只能修炼自己，提升自己，等待机会。

同事之间一定要处好关系。拉拉是通过非正常途径才得以提升的，在李斯特几番不同意后，她踌躇越级汇报了赏识自己的更高的且有决策权的上司，因为拉拉确实能力很强，可能超过了直接上司李斯特。能力强也要做人实，其实社会上没有一个人是呆子，没有人不知道谁有几斤几两，无论你隐藏得多深。人人都是势利的，他更需要得势的人，所以他要寻找，他在辨别。文中如玫瑰式的人物注定要失败，何必假装怀孕，何必斗败同行，临走还要挑唆拉拉……即便暂时胜利了，其实也暴露了自己的灵魂。

一个企业业绩如何，完全取决于这个单位的一把手，何好德虽然有这样那样的不足，但是另一个人的加入，使其失去了绝对决策的权力，DB 的业绩一降再降，这完全是领导层的问题。

全书都是平常的生活，娓娓的描述，却道出了一个个微妙的哲理，值得思考。运用得如何，这应该取决于各人的悟性，各人的本性和追求。

拉拉迟到周折的爱情终于在办公室修成正果，真是来之不易，真诚地祝愿如她之类的能人一切如愿。

思考。杜拉拉

written by 候鸟迁徙

杜拉拉，这个女子，简单却灵敏。她的世界中少了许多细腻的东西，却将生活的真实表现得很精明。她带给我许多思考：如何去和人交流。

曾经我自认为我深谙此道，但《花雪》剧组的一段不快经历给我一个警醒。人际关系真的不是靠真诚完事的。杜拉拉在 DB 公司刚上班的时候什么事情都向她的经理汇报，可经常被拒绝说让她负责，可到其他事情上她自己决定自己负责后，经理又回来骂她说她越位。

她被经理不断地折腾。让我在同情她的时候思考一个问题，一个员工需要知道什么事情应该和上司汇报，什么不应该，而我应该去了解和适应别人的交流方式。我还要面对一个现实，人是有野心的，在团队合作中，每个成员都有自己发展的欲望，他们的付出多半是要得到回报的，他们在找机会证明自己，更在找机会表达自己赤裸裸的欲望。无论这个团队的规模如何，项目大小。

或许现在我觉得他们虚荣，但在这人的虚荣已经表现得没有掩饰的时代，他们的那点虚荣对我又有什么伤害吗？也许我在妥协，我想我这是在适应。适应这个不适合我的生存法则。

有时，我如果需要在某个团队内生存一段时间，我需要忍耐。团队的领导所器重的人或许对我并不好，但我并不能越级去申诉他，或许我这次成功，但我不仅离开了这个团队，还会被其他团队排斥。没有人愿意要一个不服从的人作为团队的一分子的。忍耐，还表现在另一方面，上司、长辈对自己的教诲，虽然难听，却是一笔不错的财富，那是他们人生的精华，无论自己是否早已懂得。这时无言，仔细倾听，是对他们最大的尊重，也是给自己捞了好处。这样做给他们的直观感受是：这个孩子谦虚，好学。这样，你和你上司或长辈的关系无形中拉近了。

理解他人的交流方式是件比较麻烦的问题，杜拉拉在被的她经理刁难一段时间后找到了经理的其他下属交流，没有太大收获。这给我一个困惑，我们在了解其他人交流方式的时候可以从那个人的下属或朋友那里倾听他们在一起的生活片段，从而推断那个人的交流方式。可在实际中，像杜拉拉那样，我找到的人也许和我有相同的感受，而他们的叙述仅仅是一种情绪的宣泄，并无实际内容。而如果我一次次和我要了解的人正面交锋，恐怕那种冲突自己也很难吃得消。面对一个挑剔的人，那种事情也许更难。上司的工作习惯和交流方式如何了解，需要我自己再思考。

我在回忆这几年在学校工作的事情，发现自己犯得最多的错误正是越级。真正工作上的事情是讲求效率，但现实中，我们完成一件工作需要协调许多部门，我们只能希望尽快解决问题，并不能去找到该部门的上级来压制它，这对两个级别的人都是一种不尊重，而且效果并不好。我需要在工作开始预料到不同部门出现问题后的应急预案，或者有其他的方法屏蔽掉该部门。

在我曾经工作的一个团队中，有个人想从该团队的低层做到高层管理的位置上，他先潜伏，假装热情，让整个团队觉得他热忱，之后，他开始观察团队中的核心人物。(所谓核心人物，并不是说整个团队的领导，而是拥有领导需要而不会技能的人。) 当那个人找到核心人物之后，他开始假借高尚的名义和那个人迅速结盟，之后开始跟高层提要求。由于他抓住了核心人物，领导们没有办法，只好先默认。这个人我不想过多评论，但这件事情说明了，如果要在一个团队里称霸，不一定成为那里的高层管理，而要成为那里的核心人物。核心人物的外表地位不一定高，但他所蕴涵的潜在价值却能操纵整个团队的前进方向。

当我进入一个团队，我不能急于表现自己，要学会学习和观察。团队里的员工由于长时间被上司折磨，当他们遇到新成员的时候，不由自主地会教育起人来，这恰恰是自己学习的机会。他们的话里往往带有这个团队主管的行为特点和注意事项，我能从他们的话里了解我的行为准则。在这个团队一段时间，不断观察，自然能观察到这个团队的核心技能是什么，到那个时候，我要审视自己的能力，是否会或学会这个技能，然后私下勤加练习，等待领导最需要的时候帮他一把，目的同样是为了帮自己。

和同事要保持好和谐的关系，毕竟他们和自己是工作在一起的，我要记住他们的名字，他们的生日，他们的困难，在他们需要的时候给予帮助，让他们感觉我和他们是朋友，我和他们是一家人，在一个和谐的环境下工作，心情会好很多。当然，这也是表面的和谐，至少有些安慰。

杜拉拉的故事刚刚开始，随着我对她了解的深入，我想我的思想和经验会更加丰富而实用。

我对自己说：你要放下你那可怜的小自尊。

杜拉拉的成功学指南

written by bxt001@***.***

必须指出的是，这本书绝对比那些离我们遥远的励志书和指南更贴近现实，从这一点上来说，就完全值得我向大家推荐。这是一条除了杜拉拉之外，谁都可以走的路，书中叙述的职场原则有的时候难免有些生硬，但幸运的是，**这些原则确实并不仅仅限于女性、HR 或者外企。**

这是一本关于怎样才能在公司里长久地赚钱的书，它理所当然应该得到人们的喜欢。故事是围绕一位外企小白领杜拉拉展开的，书中最开始的时候杜拉拉只是一个小小的助理，当翻至最后一页，她已经成为世界 500 强 DB 公司的 HR 总监。她走过了一条艰辛但快乐的路，她经历了很多危险的时刻，但最终，她成功了，并和所有喜剧的结尾一样收获了爱情。

关于杜拉拉的原则我想让大家在读书的时候细细体会，因为在其中有很多小而琐碎的故事，在这里我只想说一下自己的感受并原文抄录一份杜拉拉的职场原则。

1. 职场中人必须勤奋努力。杜拉拉在开始时接手广州办事处的装修工程，这是她第一次主导如此大的工程，办砸了就永远没有以后的升职之路。杜拉拉用自己的勤奋努力弥补了经验上的不足，这段时间她通过各种渠道学习装修知识，并因此成为办公室装修的行家里手。完美地做好这项工作并不容易，就连当时的经理玫瑰也不一定可以做得如此漂亮。何况，这项工作是在上司刁难、供应商不支持、时间不够等很多困难因素下做成的。所以，我认为，**新人成功的第一要素是勤力**，唯有如此，你才有突破平庸的机会。

2. 职场中人必须善于学习。杜拉拉的学习能力不是一般的强，她的事业心就连一般的男人都自叹不如。我们在书中可以看到很多关于杜拉拉学习的点滴，比如向招聘经理学招聘，向行政经理学行政，向 HR 总监学授权，向总经理学管理。我们可以看到，任何一个上司都可以看到杜拉拉的快速成长，这种成长就是取决于她超强的学习能力。

3. 职场中人必须精于分析。杜拉拉是个反应迅速、善于分析的人，在遇到困难的时候，她很少绝望或放弃，更多的时候是马上开始分析，自己哪里做的不够好,怎样才能做好事情。这一点在与玫瑰的沟通方面表露无疑，最开始，杜拉拉是经常被玫瑰骂的人，但她通过与同样级别的人进行横向沟通，并进行有意识的分析总结，了解了玫瑰的工作方式，从而取得了与玫瑰之间的协调一致。在新人进入职场时，如果把握上司的节奏，并与其保持一致是一个值得研究的课题。杜拉拉就提供了一个活生生的案例。

4. 职场中人必须审时度势，敢于争取。勤力的杜拉拉任劳任怨，以主管的身份干了一份经理 + 两份主管的活儿，但她忽视了一点，她的上司把她当成了一个可以随意使唤的佣人，并以为可以继续廉价地使用她。就像玫瑰所说，“你就是个干活儿的人”。在这时，杜拉拉勇敢地用自己的行动证明，她知道自己的价值，公司也应该给予相应的回报。正是杜拉拉的几次争取，才让她获得了一次重要的升迁，从主管升至经理，跨上了一个新台阶。

5. 职场中人必须善于利用规则。如果你不能制定规则，那么你一定要学会规则，并善于运用规则。在成为经理之后的一段日子里，杜拉拉不仅谙熟公司规则，还利用这些规则解决了很多难题，比如岱西事件就是一个典型的例子，而伊萨贝拉也是她通过规则处理掉的。这尤其体现在杜拉拉开掉帕米拉的事件上。

拉拉其人

written by 秀真

利用晚上的时间抽空看完了《杜拉拉升职记》，作品内容都是围绕着拉拉的工作经历展开的，从国企到民营再到外企，随着工作环境的改变，工作职能也在发生着变化。

拉拉也从一个初出校园的小丫头蜕变为成功的职场丽人，这中间她付出了很多的心血，也做了很多的努力，都是一步一个脚印自己慢慢摸索着走过来的。

放下书的那一刻，我松了口气，心想，拉拉终于可以歇歇了。

拉拉其人：

和大多平凡的女孩相比，拉拉还是有一定的优势，她毕业于名校，再加上姿色中上，身材高挑，还有一些小聪明，以及她良好的心态和出色的人际关系，这就为她的成功奠定了基础。

首先，拉拉是个聪慧机智的女孩子，面对胡阿发的骚扰，她没有像刚入社会的小女孩一样惊慌失措，而是巧妙地回避，不会直截了当明确地拒绝，她只说："胡总，这样叫别人看到了不好。"她想着是双赢的结果，既不得罪老板，又能保住工作，同时自己也不能被占到便宜，当胡阿发故意把脚放在她脚背上时，她只说是自己不小心放错了地方。直到最后无路可退时，她才选择了离开，因为她明白自己想要的是什么，在哪里。

所以她能和李斯特和平共处，也能得到何好德的青睐，她知道面对不同的人要采取不同的战略，这也是她管理下属的要诀，面对帕米拉的不诚实，她的决定就是开除，而对待周亮这个不会办事脾气又大的下属，她只能又教又哄，如她所说的那样，她不能同时炒掉两个下属，那样别人就不是怀疑下属的工作能力了，而是要质疑她自己的领导能力。所以她把周亮留在了身边，拉拉的思路总是很清楚，面对纷繁复杂的事物时，她会先理出一个头绪来，看清楚什么是最重要的，然后再做出决定。

其次，拉拉是个努力进取的女孩子，在整本书中，她都是一个人在孤军奋战，面对困难的时候，她总想出各种办法去解决，而不是逃避和痛苦。面对玫瑰的刁难时，她没有退缩让步，而是采取了正面迎合的态度，她放弃了自己的工作方式换成了玫瑰惯用的，在汇报工作内容上也慢慢掌握了技巧，所以才不会像北京的主管王蔷那样狼狈地离开。玫瑰在离开公司时会劝说拉拉一起离开，可能也是因为身为职场元老的她看出了拉拉的实力不容小视，想把拉拉一同拉走趁机给公司制造混乱，不过聪明的拉拉并没有上套。面对各种各样威逼利诱的时候，她总是不会改变自己既定的目标。

她有着自己清晰的职业规划，按着既定的目标在往前走，她想学更多的知识，在升为行政人事经理后，她向李文华学习，向王宏讨教，提出要参加进修班，当王宏不把她当作一回事儿给她坐冷板凳时，她没有委屈求全，而是用邮件的形式把工作进程发给了李斯特，同时抄送了给了李文华和王宏，这样上司明白了，帮助她的人她夸奖，不帮她的人自然脸上就没光了。在搬家时王伟没有配合她的工作，她也表现得恰到好处，在众人面前把话说开，让王伟不得不从心底对她另眼相看。也许这也是他们爱情的开端，慢慢地吸引了心高气傲的王伟。

拉拉的成就还取决于她的努力和刻苦，在书中有多次交待，她总是常常加班，有时甚至到深夜一两点钟，她很少有自己空闲的时光，她的生活变成了以工作为圆心，并以工作为半径填充起来的一个实心圆。可是很少看到她抱怨和不满，她总是以精力十足的样子出现在众人面前，就算是装出来的，她也一定要装到最像，这样的女孩子太要强，所以她活的也会比别人累。而自己却乐在其中。

最后，拉拉还是个可爱的女孩子，她也想要甜甜的爱情，舒适的生活，当第一个男友无情地弃她而去后，她明白今后的生活只能靠自己了，直到后来又遇到了王伟，这个外形高大的男人用他细腻的感情打动了拉拉，这个智商出众情商极差的销售经理让拉拉动心了，所以在结尾她一直在等着王伟再次出现，也许，离开王伟她还是会遇到更好的、更合适的。可能是拉拉太累了，她不愿再去等另外的一个人出现了，毕竟她都快三十岁了，三十岁的女人要的就不仅仅是一份爱情了，更看重的是一个人。所以她就那么寂寞地等着王伟回来，穿着他送的那条深蓝色的运动裤神情淡漠地对别人微笑。

之所以说她可爱，是觉得她会讲笑话，她讲的那些笑话不论好笑不好笑，都让人有种想笑的冲动，会讲笑话的人内心一定是乐观的，她也想着把这份快乐带给身边那些听笑话的人吧。

总之，拉拉是个很不错的女孩儿，她美丽、聪明、机智，也完美。她的成功之路能给后来的我们带来一些启示也好，警醒也罢，反正杜拉拉都只会有一个。**路还是自己的，走自己合适的路，做自己喜欢的事，过自己想过的生活吧。**

年华似水

written by 讲究人

在我很小的时候，老爸问过我一个很多父亲都曾经问过的话：“你长大了想做什么？”老实说在那之前我从来没有想过，而当时我恍惚地想起电视上总有这样的对白，回答则总是“消防员”或是“科学家”一类的职业，所以我回答老爸说：“消防员。”

后来刚毕业找工作的时候，也还是没想明白自己应该做点什么，只是找机会碰运气，撞到哪算哪。就像是旧社会的码头挑苦力，我半裸着绷紧满身的腱子肉很是期待地说：“老板，挑我吧老板，我能干，一顿一个馍！”

参加工作的若干年后，一些新思维新词汇出现了，在众多的被包装过的火星词汇中，“职业生涯规划”这个词跳出在我面前。根据马斯洛的工作的几个基本需求为指导思想，以“职业生涯规划”为理论依据，巧妙地对员工大肆鼓励，可以堂而皇之地达到少给钱多干活的根本目的。

当然，我不是极易狂热的白痴，所以我开始留意所有接触到的有关“职业生涯规划”一类的信息，但我找不到答案，准确地说是正确的答案。多少次填《求职表》的时候，在“职业生涯规划”那一栏，我会写上诸如“三个月熟悉现有工作，一年内成为优秀，长期做好本职工作……”我相信如果填上“偶像——于连、励志读物《红与黑》一类的答案，我的损失如下：一张1寸免冠照片、身份证复印件及毕业证复印件各一张，还有我始终如一的伪笑等等。

拉拉的规划很简单，可操作性却很强，发展历程为——找工作去“500强”、从行政到人资、做人资一定要掌握薪酬、理财不如投资自己……

我懂了，**职业生涯规划，前边的“职业”两个字是个帽子，主语是“生涯”，从语法上讲“职业”起到的是限制和修饰的作用**。既然是“生涯规划”，就不是局限在某一岗位、职业或是领域中，扣上“职业”这顶帽子，就又回落到小范围的局域中。高明啊！

这是我从《杜拉拉升职记》中领悟到的第一件事情。

在许多圈子、群体、范围或是领域中，都会遇到一些喜欢写作的人。他们区别于那些擅长堆砌词汇的人，而是将内心最真实的感受倾注于文字中，尽管风格和正在表达的文字方式各有不同，但在他们心中都有一个不约而同的文学梦想——做一个不朽的长篇！不为成名只为自己。

但这些人很难找到方法，一种将情感和文字持续不断地累计成长篇的方法。人们总是仰视着那些所谓的“职业作家”长年累月地不断地成书于世，而“职业作家”们也羞于提起自己曾经羞涩稚嫩的成长过程，仿佛那天分是与生俱来的。于是有些人手捂着卷纸飞快地写着，同桌的人拼命凑过去却窥不到半点。

所以路遥是位伟大的人民作家，他在茅盾文学奖颁奖时的讲话真挚而朴实，他在《早晨从中午开始》里详细讲述了自己的写作生活。我也敬佩麦加，在记者问到他获奖意味着什么时候，他说这是在漫长而痛苦的写作道路中的一个鼓励和肯定。

因为他们的存在和讲述，无数个文学梦想才没有破灭，还在憧憬着，这过程也是美好的！

《杜拉拉升职记》的作者很聪明，她是在讲述最具戏剧性的生活和工作。这种写作方式就像是改编自工作笔记（我的猜想），先将生活与工作记录下来，其中不乏生活中的精彩与惊心动魄，然后整理修改成书。

这是我学到的第二件事情。

其实还有很多，比如拉拉主持会议的方式、比如书中对职场要领的总结，学到的东西很多，所以在看过后始终没能写下心得，千头万绪要理得很多。

◎激励篇_LALA'S POWER_

不怕付出，像拉拉一样去工作！

written by 暖．小小（我要把大象从动物园里救出来）

受杜拉拉同学的影响，“职场攻略”、“办公室手册”一类涉及职场话题的书籍最近是火得不得了。豆瓣、当当更是力捧此书，将其推之为“初入职场者的生存手册”。加之毕业在即，刚刚开始实习，即将面对传说中那个“血淋淋”的职场，于是找来此类书籍的鼻祖——《杜拉拉升职记》，以求给自己那点单薄的人生阅历增加一些重量级的砝码。

老实说，我几乎是一边翻看前面 DB 人物表一边读完此书的。读完了整个故事，有一种如负释重的感觉。面对人与人之间的剑拔弩张、挖坑暗算，我不得不对杜拉拉同学竖起了大拇指。在大公司中，大概都是需要这般小心翼翼的吧。理解人际关系，也是在社会上能够生存的关键。无论怎样的学历，怎样的知识水平，最重要的还是人际关系。所以说，和同事、领导之间的关系是最重要的。从杜拉拉的身上我明白了最关键的一点，那就是，**工作也好，与人交往也好，人和环境都是自己创造的，**想要自己的世界一片和谐，那就得靠自己的努力去营造这样的氛围。

从小到大，一向对复杂的人际交往头疼不已。我对自己的人际关系一向是自我感觉良好的态度，总觉得人不犯我，我不犯人，只要用心对待周围的每个人便可以皆大欢喜。但随着自己一天天地长大，所接触的人和社会层面也变得越来越复杂，特别是上了大学之后，真正切实地体会到了“大学就是一个小社会”的说法，我发现自己与人交往的思维模式竟然是如此的幼稚简单，在吃过无数次亏后，我举手投降，干脆把自己把自己半封闭起来，过上了宅女生活，还振振有词地安慰自己：一个人，挺好。

逃避，终究不是解决问题的最终办法，该面对的迟早有一天是要面对的。自认为私企员工少，老板首要目的是效益，人际关系相对要简单化一些，于是自己跑去一家私营公司应聘。可后来才发现，人固然是少，但所有的问题依旧存在。而且私营公司里老板就是天，面对他各种有理无理的要求，以及在工作时间、工作强度上近乎压迫性的资本勒索，如果不想走人，那就闭上嘴巴老实干活。而对于他所承诺的待遇，呵呵……总之，我意识到我就是台干活的机器而已，至于其他条件没什么好谈的，做得好是应该的，做得不好那就是罪大恶极。回想起那段心酸的血泪史，也算给我这个刚走入社会的新成员上了最生动的一课，让我明白了一个道理，私企老板要的只是从你身上获取最大的利益，想体现自我的价值？靠边吧！这年头，良主难求啊。

不过与之相比，现在所在的实习单位真可谓是天堂。虽然工作也比较繁忙，但是在工作环境——我是指人与人交往所营造的氛围那叫一个和谐。几位前辈都是女性，但都不是善于心计之人，在我去那之前，大家即是工作中的伙伴又是生活中的密友。去那里工作之前，如何与人交往一直是我的心头大患。我这种单细胞的家伙，对人对事一向都是感情用事，说话又不经过大脑，同时又极其痛恨吹牛拍马，从来都不喜欢看别人的脸色办事，总是坚持着我自以为是的原则和底线，固执且幼稚。所以说，在如此快乐的环境，只需要安心努力的工作，根本不需要去想那些复杂的人事关系，简单快乐，工作效率也会高很多。可惜我只是一个小实习生，倘若之后有机会能留下，我就是做牛做马都愿意。我想要的，不过就是那么一个可以安心写字，没有是非的地方。

想归想，人总还是要现实一些。我不可能一辈子逃避。固执的简单只会成为别人宰割的对象。看完此书之后我告诫自己，待我真正毕业之后，如果真要面对那个“血淋淋”的职场，我一定会做好奋力厮杀一番的决心。只是不晓得层层人际关系、种种组织顽疾会不会磨蚀了我现在的野心。不过杜拉拉身上倒是有太多值得我去学习的地方了。其实拉拉也是个很有性格、很有脾气的人，但总能在关键时刻去妥协、去克制，说白了就是委屈求全，但并不是失去原则，这点我身上最欠缺，最值得学习。

天上不会掉下馅饼，所有辉煌的背后，杜拉拉同学所走的每一步，都伴随着她超乎常人的付出和努力。她忠诚务实，在平凡的工作中自己找到了突破点，而不是盲目的热血沸腾和争强好胜。我一直害怕自己在今后的工作中不能从容应对，害怕应对形形色色的领导以及同事。不过现在，看完了杜拉拉同学的奋斗史，我明白了一个道理，**坚硬的职场安全感来源于一个人的成长与自我修正**，它是正面的，心安理得的，并会伴随着自我认识变得越来越稳固。我应该正面地去衡量了自己成长应得的价值体现。所以说，自己当前最要解决的就是心态的问题。改变自己做事的方法与思维习惯，纠正自己那些不切实际的想法和做法，踏实努力地去工作，不要去计较那些皮毛上的得失，这才是让自己职场之路一帆风顺的王道！

像拉拉那样奋斗

written by Lauren

用了差不多四天的时间，断断续续把《杜拉拉升职记》看完。

其实痴迷一本书并没有什么稀奇，难得的是我在作业成堆、考试临近的关头还是在痴迷状态下疯狂迷上这本小说。

以前在《广州日报》看到连载,并没有什么特别的感觉。上周看到卓越、当当和豆瓣上这本书都雄踞榜首，俨然是有舍我其谁的气势。尤其是看到非常厉害的书评——“她的故事，比比尔 · 盖茨的更值得参考”，我不是个功利心很强的人，只是很想考究这本书是否真的有传说中的那么好。好奇心之下，我抱着试试看的态度随便看看。

周六看口语比赛的过程中随手翻来看看，谁知道在精彩的比赛现场，我还是被这本随便带来解闷的书深深吸引了。杜拉拉，一个“姿色中上”的南方女子，用她那晃晃悠悠却很实际的笔墨，勾勒了一幕幕办公室政治的明争暗斗的场景，总结了一条条外企生存的准则。这部作品的成功之处在于它不仅仅是小说，还是很好的职场指导教材；而它又不仅仅是教材，更是情节跌宕的小说。这几天每当有一丁点空闲的时候，都是捧起书来，跟着杜拉拉从民企生涯转到外企生涯，从“小资”（外企阶级所谓的最低级别“穷人”阶级）到行政主管，再到公司人事行政经理……以前，在外企工作在我眼中是个“拿高薪买辛苦”的所谓光鲜形象，现在慢慢懂得，每一分收获和每一分付出都会成正比，只要你有雄心壮志和肯吃苦头、闭门羹,甚至有时还得在各种各样的办公室政治关系中周旋。这是你选择的生活，而不是生活选择了你。

一直很惭愧自己把一年前学的 BEC 的课程和内容都丢得七七八八了，主要是现阶段的学习和商业的知识磨合联系的不多，所以久了也就荒废了。

感谢杜拉拉，在一场场的办公室交锋和融合中让我温习了 SOP、SMART、SWOT 等理论性的原则。商界是个很考验人同时也是培养人的地方，在其中高级知识分子为了销售额而聪明地忽悠他人。其实人在江湖，身不由己，许多商界的潜规则也就不言自明了。

有人说，这是一部以职场，尤其是外企为噱头的小说，迎合大众揭开外企光鲜的表面；也有人说，这是一部纯粹的女性视角的职场小说，杜拉拉代表了千千万万果断、上进而又坚韧的女性白领。无论怎么说，这只是一部小说，而又不仅仅是一部小说。

通常优秀的女白领（所谓的“白骨精”，白领 + 骨干 + 精英）总让大部分男人可望而不可及，可是真正的原因在于思想上的对等与独立。不同价值观和不同背景确实是建立牢固爱情的障碍。最感动的是拉拉和王伟的爱情，处于大公司管理高层，找一个思想深度和行业背景都契合的人可谓知己难求，更让我感动的是最后温情的结局。虽然乍看这段感情处理得很突然，结尾刻意迎合中国读者的心理而设计的大团圆结局也未免陷入俗套。可是，我欣赏中间王伟离开的时间留下的无限想象，又或者，在对于爱情小说这点上，我还是传统的中国人，喜欢温情的结局，因为我坚信，有情人付出了真情，经历那么多困难，一定要在一起。

如果时间允许，真想写长长的一篇《杜拉拉升职记》读后感，今天精读课前看完结尾感到释然却又意犹未尽，整个人的思绪久久萦绕在里面的每一个情节。喜欢，痴迷，有时候就是不需要理由。

这段时间“奋斗”听得多，同名电视剧也热播，80 后是躁动的一代，但同时也是安静而很有自己主见的一代。猛然觉得，其实杜拉拉就俨然一个奋斗的模板，**人只有不断向上，才不会后退。**

希望自己也能成为一个真正的杜拉拉，以此共勉。

杜拉拉升职记——人格彪悍，不惧挑战

written by 舍我其谁

安静的午后，以最舒服的姿势读完了《杜拉拉升职记》，尽管看到最后几页的时候还是被那个场景击败了，难免又要痛哭流涕，呼天抢地一番，但，阳光终究还是照进了生活的边边角角，感慨也不再如从前那样随意迸发，反倒是无语多于喧闹，沉静地有如流星划过，只是瞬间的绽放就坠落了……

杜拉拉，一个年薪23万的中产阶级，一个一开始天真地以为只要努力工作就会被赏识的主管，一个在关键时刻出色完成任务却被上司一脚踢回广州的代理HR经理，一个不屈不挠，誓死也要争取自己想要的倔强女子，一个在权术和人际争斗中不断成长，最终坐上人事行政经理的外企草根，一个在属下越级汇报，威胁到自己地位的时候果断痛下杀手，但内心仍感不安的性情中人，一个在北京街头长椅上给消失了一年的王伟发送那条“不管你在哪里，在做什么，希望我们有一天在一起”短信的空落女子。也许，就如书评，杜拉拉的前景其实并不乐观，她的事业、爱情，在未来也许将充满着更多的矛盾和挑战，但，即使这样，还是由衷敬佩，这个一路走来的女子：坚忍，强悍，懂得争取，不惧挑战。是的，其实已经很多年没有看过励志书了，总觉得空洞的说教根本解决不了实际问题，一时的文字激愤又能维持多久的亢奋，但当看到杜拉拉狂奔到空地上撕心裂肺地呼喊时，顿时感同身受，泪顺着脸颊滑落，也曾为了达到目地，六个小时沟通争吵，尽管最后铩羽而归，还要强颜欢笑，那种滋味，生不如死，永世铭记。但，确实经历后才知道原来我不会因为这些死去，脆弱的生命比起这些不知道要坚强多少！之后突然明白，在成长的过程中，能让我刻骨铭心的，能激发我一路向前的，大多是带给我伤害的人和事，**唯有伤得透彻，痛得极致，**

才会越来越平静地面对，不再惊慌失措，不再歇斯底里，不再极端绝望，是的，已经学会深吸一口气，拔下淌血的刀口，然后平静地告诉自己：我还活着，真好！之后也许会一路狂奔，创造之前都不曾想象过的奇迹。所以，不要再做那根惊慌失措的肋骨，以后也不要再说你很天真，你很单纯，成年人，就用成年人的思考方式，解决问题，看清自己！

突然想起曾经做过的一个FLASH，之前无意的设计竟成了我现在每天的期盼，尽管不太相信那是命运的先示或者玄机，但这样的巧合还是让我茫然，是的，尽管变换无常，还是阻挡不了我对温暖的向往……

与人斗其乐无穷

written by 兔叔叔

《杜拉拉升职记》号称是中国白领必读的职场修炼小说。既然是白领阶层必读的职场白皮书，那自然免不了要介绍纷纭杂沓的职场人际关系。所以，当读到自序中的这段话的时候，就觉得荡气回肠：

可能你干了很多活上司却不待见你，没准你有个本事不大脾气不小的下属，也许你的平级争风吃醋不怀好意，或者你的客户拽得像二五八万——你要很好地完成任务，就要设法摆平他们。

是的，摆平他们。有什么不能迈过去的坎呢？与人斗其乐无穷。对我自己来说，尽管我没有杜拉拉的杀人不见血的职场风波，需要削尖了脑袋往上面钻，但是我觉得同样有很多适用的普遍真理。

比如对付我们的书记，一个啥专业也不懂却可以坐在你头上发号施令的官僚。在还没有摸顺他的毛之前，咬准一条死理：装温顺。尤其是自己在还没有搞清楚哪些事情该请示、哪些事情该自己拿主意的时候。在他教训得头头是道的时候要学习杜拉拉，恨不得一个头变成两个，不停地鸡啄米，还要满脸堆笑地说："您老见教得是。"我靠。直接沟通就是自己找抽，太有道理了，反正面对他的时候，只允许他说话，一旦我申辩的时候，他的眼睛就贼溜溜地开始乱转，根本听不进去。嗯，看来我的修炼之路还要继续。

YOU DESERVE IT，很精辟。到底是，实至名归，还是，活该倒霉，全凭自己理解。啊，我真的太喜欢中国语言的复义性了。面对挑衅的人的甜言蜜语的时候，往往觉得恶心，但是又不能一下子撕下他/她的嘴脸，不知道，彼此之间还有什么好说的。

谁关照你也不如你自己关照你自己牢靠。至理名言，可是往往说比做容易，能喊口号的不少，能实现的不多……学习，或者工作，都是一种坚持，认准死理，总是能学到前所未有有价值的东西，对于自己今后的提升是有帮助的。凡事太过计较得失，反而束手束脚。**同时，有了目标之后，一定要给自己一个明确的完成时间，再复杂的事儿，到了这个时间点的时候，一定要下一个结论，才好准备下一步的工作。**

做事情不要面面俱到。人的精力有限，**与其去改造那些性格中的弱点，不妨去发挥自己性格中的长处**，保证不要忽略重点。是的，虽然我在教育业，不像职场那般兵戎相见，但是还是要做好与人斗的准备。比如上课的风格，我比较随性活泼，传统的古典文学教学法已经受到了挑战，我觉得我愿意尝试用我自己的风格去诠释。当然，这样做，一方面不受教研室同行们的待见，一方面还要受到传统教学法下成长起来的学生的质疑。所以，不管怎么样，自己的风格，我还是在坚持中不断完善。何必去扬短避长呢？

随时的总结和分析很重要。跌倒之后一定要找到自己摔倒的原因，摔倒一次不丢脸，丢脸的是自己傻乎乎地反复跌倒。又不是学滑冰……

拉拉最后给李都的信很有参考价值。比如选择好单位、产品附加值、专业管理层。比如选择好方向，永远记住不要被边缘化。比如选择好老板，站错了队伍是可耻的，老板一定要是强势的（这点我太有体会了！！！）。比如对上级、下级、平级、客户的关系，我似乎可以理解为对领导、对学生、对同事的态度，去粗取精。比如对自己，条条都是经典之谈：**清楚自己的定位和职责，结果导向合理，清晰的制定业务计划并有效实施，学习能力，承受压力的能力，适应能力，真的都是缺一不可。**

不愧是一本必读的修炼书，与人斗其乐无穷。里面的那段感情的红线隐隐约约，不过最后收尾的时候，灿如烟花。

像杜拉拉一样飞驰

written by 天蓝色转身

最近在看《杜拉拉2华年似水》。然后被书中大量的招聘实录给震到，然后在网上疯狂地做了一大堆IQ、EQ测试，最后终于无奈地接受了真实的自己。

迷上杜拉拉，应该可以追溯到去年暑假。无聊中在当当网上搜罗好书，无意间就在五星图书榜上看到了《杜拉拉升职记》，看到大家的评价都很高，就下了订单。拿到书后，起初并没有多大的兴趣，可是看到后来逐渐被书中紧张的情节与精彩的职场规则所吸引，不知不觉就到了书的最后。

作为一本现实主义的职场小说，《杜拉拉升职记》应该是很成功的。它比教科书式的职场参考书多了一些故事情节与爱情元素，又在通俗的言情小说基础上加入了很多让人看后深受启发的职场信条，世界500强资深经理揭示的外企生存智慧，应该能够让大多数职场菜鸟甚至职场老手或多或少学到不少。

《杜拉拉2》可以说基本上延续了第一本书的风格，只不过爱情故事篇幅缩小了不少，职场生活中的与时俱进增加了许多。印象最深的是影响力和驱动力之间的选择、成为经理的标准、上下级之间的有效沟通，还有岗位招聘中必做的 IQ、EQ 测试。最新潮的部分是关于沙当当房奴以及股票市场交易的描写，生动有趣。最遗憾的是杜拉拉与王伟之间始终扑朔迷离，在文章最后一页才犹抱琵琶半遮面地姗姗登场，令我们众多支持“拉伟恋”的读者怨声载道。于是，对于《杜拉拉 3》，我们有了更多的期待。其实作者还是挺聪明的，吊足了读者的胃口，才有出下一本书的理由。

书中提到优秀人才的一些共性有：敏锐的判断力，卓越的影响力，高效驱动业绩的能力。判断力是对方向、机会的识别和把握，IQ 高低对其的实现至关重要；影响力是能够被人所尊重、信任，并使其与自己合作，良好的沟通技巧决定了影响力的强弱，EQ 的高低则左右了良好沟通技巧的发挥；高效驱动业绩的能力则表现为对现状永不满足并且尽全力做到更好，这项能力的实现取决于 IQ 与 EQ 的综合水平。通过分析可以得出，原来一个人的 IQ 和 EQ 对其人生发展还真是挺重要的，怪不得世界许多知名公司在招聘工作人员时都需要应聘者首先做一份 IQ 与 EQ 的测试，根据结果再决定第二轮面试与否。

自测结果我的 IQ 和 EQ 都不高，至多算是中等偏上水平，不知道这是不是就决定了我将来平庸的一生。我现在的年龄，IQ 指数也许已经没有了太大的上升空间，可是 EQ 应该是可以通过有效的指导与训练逐步提升的。

为了以后的理想生活，我还要继续奋斗呀。

朝着理想目标，像杜拉拉一样飞驰。

向杜拉拉一样去奋斗

From《城市快报》

名校毕业生

人物：杜拉拉

性别：女

学历：学士学位

个性特征：学习能力强反应迅速善于分析

民企

刚刚大学毕业的杜拉拉是一个典型的南方小女子，姿色中上，受过良好教育，没有特殊背景，主要从事SALES和HR方面的工作。她只不过是个职场新人，青春岁月里透着些顽皮和狡黠。像每个刚刚毕业的男生女生一样，都曾经历过初涉职场的新鲜与懵懂，都有过稀里糊涂打发日子的经历，没办法，这就是成长必经的过程，只是不同的人，这个过程的长短略有不同。

到民企积累经验是大多数毕业生必须经历的一步，在这个过程中你可能遇到这样那样的问题和不公正待遇，学会在不得罪老板的情况下婉转拒绝，不让自己吃亏才是重点。

全球500强外企销售助理

三个月的民企经历，让拉拉终于勇敢地迈出了跳槽的一步，她唯一的信念就是：要进好的公司，比如世界500强。当然她进了500强之后发现，这所谓世界顶级公司也没有自己以前想象的那么完美那么好，就跟围城的故事一样：里面的人想出去，外边的人想进来。

在做销售助理的过程中，拉拉时时注意与上级保持一致性，对自己的工作职责有清醒的认识，明白什么是自己的活儿，这些活儿里，哪个是最有价值的，也是领导最关注的，这一点对新晋职员尤其重要，所以工作前先要积极与上级沟通，明确自己的工作职责也就明白了上司对你的期待。

行政主管

勤力的杜拉拉任劳任怨，以主管的身份干了一份经理 + 两份主管的活儿，但她忽视了一点，她的上司把她当成了一个可以随意使唤的佣人，并以为可以继续廉价地使用她。在这时，杜拉拉勇敢地用自己的行动证明，她知道自己的价值，公司也应该给予相应的回报。正是杜拉拉的几次争取，才让她获得了一次重要的升迁，从主管升至经理，跨上了一个新台阶。

升职后，拉拉向招聘经理学招聘，向行政经理学行政，向 HR 总监学授权，向总经理学管理。任何一个上司都可以看到杜拉拉的快速成长，这种成长就是取决于她超强的学习能力。职场中人必须善于学习。杜拉拉的学习能力不是一般的强，她的事业心就连一般的男人都自叹不如。另外，职场中人必须精于分析。杜拉拉就是个反应迅速、善于分析的人，在遇到困难的时候，她很少绝望或放弃，更多的时候是马上开始分析，自己哪里做的不够好，怎样才能更好地完成工作。

人事行政经理

升职为人事行政经理后，杜拉拉在工作上、爱情上都遇到了作祟的小人。杜拉拉经过这几年的磨炼，练就了一副好耐力。而且细心地她利用服务器里的 EMAIL 备份、公司摄像头的影像和电话通讯记录信息单，找到了“小人”的蛛丝马迹，成功地化险为夷。

职场上的人际关系十分微妙复杂，稍有不慎，就会陷于被动，可以说每个在职场上摸爬滚打过的人都会对此深有感触。而及时检讨，反省自己的行为，进行积极有效的心理调整，让自己适应多变的人际关系，不失为一个增强生存能力的好办法。

成就职场女强人

经过几年的历练，拉拉已经成功地成为了“白骨精”，在一个拥有严格“丛林法则”的外企中，拉拉真正掌握了生存和升职的秘诀，拉拉对所有因求职而迷茫的人，提出了自己的心得：找一家好公司；找一个好方向；跟一个好老板；锻炼自己的360度能力。

让我们变得既成熟又年轻

written by 涉川君子

这是一位旧同事推荐阅读的图书，距离她上次推荐的《第一次亲密接触》已经有许多年。一口气读完，仿佛又回到了年轻时充满激情又经常内心惶恐、行为言谈往往过激但终究得到领导和同事支持的时候。

从故事内容来看，显然是作者的个人经历总结而成，真实成分不会少于八成。能够将她这么多年的心得用这本书来阐述，诲人向上，作者真是功德无量。拉拉的成功，不在于她偶尔存在的女人小心眼，而是在于她顾大局、识大体，因而，在出现权力斗争的时候，她在许多战役可能都是输家或者是勉强过关，但是，最终取得实质胜利的却总是她。不信，看看全书最后的对决。她的对手的失败，与其说是败给拉拉，不如说是他们自己，因为他们在不顾大局挑起争端的时候，就注定他们是在走自绝的道路。遗憾的是，许多励志书或职场经验都只是在教唆短兵相接的狗咬狗，却看不到如何在大方向上取得胜利，因此，拉拉的故事是一个非常好的培训案例。

强烈推荐购买阅读，并且，除了关注诸如SOP等具体技术细节外，最主要的，**是根据拉拉的故事，构建一个个的时间发展表，看看什么时候是**

拉拉取得主动的战略转折点，从中可以得到许多启迪，无论是从取胜还是避免失败、改正错误的角度。

此外，穿插其中的拉拉的恋爱故事，相信也会激起不少人的共鸣，尤其是在描述拉拉接受王伟、拉拉思念王伟的一些细节上。

拉拉的故事，不仅教会我们如何成熟，同时还让我们的心态变得年轻。谢谢你，拉拉！

让我振奋的职场小说

written by 南希 810

2009 年伊始，度过的并不顺利，感冒的痛苦折磨我的身体，那种莫名的思念刺痛我的心灵，深深地感到了精神上的空洞。索性，我翻开买了很长时间的《杜拉拉升职记》，进入了“杜拉拉”的生活圈子，让我摆脱了暂时的痛苦。

我喜欢拉拉，喜欢她拿得起放得下：她毅然放弃了三年私企的工作，我知道不是因为“性骚扰”一个原因，而是因为那样的工作并不是她想要的生活；喜欢她勇于挑战：初到外企，她以认真的工作态度、积极的心态，以及出色的业绩赢得了领导的重视；喜欢她的聪慧，完美地处理了多个工作中的紧急事件，面对外企（我认为没有国企复杂）的人际关系，拉拉充分理解了人性的弱点，巧妙地逢凶化吉；喜欢拉拉的不卑不亢，面对各种销售总监的刁难，面对上级李斯特的装傻，拉拉为自己争取到了属于自己应得的利益；喜欢拉拉对待爱情的态度，面对王伟这样出色的男人，她并没有像其他女孩那样谄媚，因为她知道她自己也是个出色的丽人，而当她知道自己真心喜欢王伟的时候，她又执著地寻找。30 岁的拉拉，已经年薪

23万，让我十分汗颜。

在我的意念里，23万是个不可能的数字。这样的数字，让我为之一振，一下让我的眼界变得宽广了很多。仔细地分析拉拉成功的原因：内因和外因。拉拉勇于挑战，而且工作态度认真，对待生活乐观积极；外因，外企的工作环境以及发展机遇，让拉拉得到了充分的发挥。我并不认为拉拉的工作有什么高深的地方，只要有一定的经验、思维缜密清晰、细心认真就可以做得很好。除此之外，最重要的就是高水平的情商了。拉拉会分析她周围同事以及老板的性格以及做事风格，然后分别用不同的方式对待不同的人。

这样的小说，让我振奋。也是我09年初最大的收获，我从中获得了一种无形的力量，眼前一片明亮。这是一本成功的小说，读后耐人寻味，同时也引发了我无限的思考。

08年一年都没得病，09年的春节却让我被感冒折磨。这样的小病，也让我大彻大悟了很多。《杜拉拉升职记》给我温暖和力量，现在病好了，精神状态恢复了，也庆幸我认认真真地读过这本书。

中国的职业经理人在成长

written by wxgine@***·***

杜拉拉成熟了。在第一本中她还是个初涉职场的小女孩，还在争取不要被“边缘化”。在第二本中已经是成熟的职业经理人了，已经经常地教导别人、主导别人了。和第一本相比，第二本离小说远了，离教科书近了，但比去年看过的《摧龙六式》更接近于小说，所以收获蛮大的。90年代自己也曾在三个外企工作过，其中还有大名鼎鼎的SHELL，自以为有相当的积累，和杜拉拉一比差远了，21 世纪外企的 HR 管理那叫一个专业。可见从 90 年代到现在，中国企业的 HR 管理变化有多大！相比之下，我集团的 HR 管理那叫一个原始！简直连 ABC 都不懂，还装起样子来吓唬人。我作为总经理，以经营管理为主，对 HR 管理差一些尚可原谅，但也感到汗颜，集团那些专职的 HR 们，真该找个地缝钻进去。

案例教学法很好，不妨记录在案：

1. 高潜力人才的第一条标准是判断力——能先于他人识别机会和风险，并采取行动、把握先机和规避风险（拿这一条衡量集团的高管，几乎全军覆没）。在复杂的情况下，能快速抓住问题的关键（一个快速又把很多人淘汰），正确读解对方的动机和欲望（这帮小子狡猾地基本过关）；

2. 驱动力强的标志——积极主动推进目标，永不满足现状。完了，一些人原形毕露，永远不能提拔；

3. 对员工的过错和缺点千万不要回避，要直截了当指出，否则后患无穷；

4. 一句似是而非的回答“无论你作出怎样的决定，我都支持你”，这个堪称经典的官僚句式，它的真实含义是“我将不提供任何支持”。我之前的一个助手不是经常喜欢说这句话吗？不知他若是看到此处会怎样？今后若再有人这样讲话，我就直接建议他读读这本书；

5. 面试时的 STAR——对应聘者自报的成功事例，要有数字、时间、地点这样明确可衡量的概念，而不是模糊的文字描述。这一招很有效，之前总是找不到有效办法，困惑于怎样快速判断自报家门的真实性；

6. 一个优秀的职业经理人，最辉煌的职业周期就是三十岁到四十岁的黄金十年。我应该找机会转达给我的下属，他们多数处在这个年龄段，要珍惜。反思自己，我 38 岁才到深圳，再刨去两年的困惑期，基本上是 40 岁才开始职业经理人生涯，比多数人整整晚了 10 年，难怪早就感觉自己成熟比别人晚，记得 50 岁时常常感到天下无难事，什么都骗不了我（仅指企业经营管理），可见“10 年功夫论”多么正确。现在年纪大了，激情又开始减退，时不我待。在老三届中我是幸运的，和年轻人比我是老了。忽然又想起 40 岁的时候真不懂事，很多人当时以成熟人的眼光看待我，我却以 30 岁的热情对待人家，不少机会因此溜掉了。这是真话；

7. 子曰：成事不说，遂事不谏，既往不咎。这是第二次看到这句话，真理也。还曾对直接上级讲过，其实这句话最大的作用是：安慰自己，心理平衡；

8. 那场集体谈话会的主持堪称经典——开场白、澄清观点、展开讨论、达成一致、总结，五个环节，环环相扣，可谓成功主持会议的不二法门，牢记在胸。这小蹄子做任何事都是按经典教材？

9. 领导者不要管得太细——由于上级管得太细，下属中 70％的人考虑过跳槽，其中一半的人采取了行动。这说明管得太细让很多人难以忍受，而不是仅仅有意见。如果没有那么多人跳槽，那说明你的队伍中蠢才的比例较大；

10. 给自己的下属排排队，哪些人是一定要保留的，哪些人的离开是你可以承受的。关键队员要用关键方法，及时沟通、了解动向、知其需求、获其不满。这个观点与我之前在《新华文摘》上所读的一样，如果你认为某些人是企业的关键岗位的关键员工，就必须对他们采取特殊的管理方法，不能把他们混同于一般性职工。所以当一些人对我说“你是集团稀缺的人才”时，我按捺不住心中的冷笑。

其他的 HR 方法就不一一记录了，实在是好。估计我周围的 HR 们不读此书。

看得出来，在外企 HR 地位的重要性，几乎事事相关，不可或缺。而在我们企业，称为“干部管理”更贴切。

这本书其实可以放在案头时时备查，但要认真、系统地进行一次 HR 培训，对我没有必要了。这倒不是激情的问题。HR 是一门实践性很强的课程，如果费了半天劲，只是停留在理论上，或者成为教训别人的武器，不如不学，更安全。

小说的结尾离开教科书，走向文学。

看后欣慰，因为我看到，中国的职业经理人在成长，我不相信！我不相信那些蝇营狗苟之辈能永远猖狂，中国有希望。

自由自在地活

written by V Sing le。

前天晚上花了四个小时看完那本畅销了很久、被称为白领必读的职场小说《杜拉拉升职记》。“典型的中产阶级的代表”杜拉拉，姿色中上，没有特殊背景，受过良好教育，靠个人奋斗获取成功，封面赫然写着“她的故事比比尔·盖茨的更值得参考”。我一向很反感噱头很大的所谓的畅销书，所谓“必读”，所谓“学习守则”，书店里、地摊上，比如“工作中必学的××条”“求职指南××”“××条保你前程无忧”之类的书就已经够多了，但是就算讲得再有道理，终究也只是理论而已，何况一千个人心中有一千个哈姆雷特，成功人士难道都是遵循一个固定模式，使用同样的方法，遭遇相同的经历，才取得成功的吗？真是可爱。但是生活实在太枯燥，最近又时常充满了困惑，我总是渴望并试图寻找出一个让我每天这样千篇一律朝九晚六坐在压抑的办公室里被人颐指气使委屈求全做着不喜欢的事情的意义，然后用这个所谓的“意义”来安慰和说服自己继续千篇一律继续压抑继续委屈被人颐指气使得心甘情愿坦然一点。但是我想不出来啊。这让我感到很痛苦很迷茫，于是买了好多好多书让自己沉溺其中。哲学家叔本华说：把人们引向艺术和科学的最强烈的动机之一，是要逃避日常生活中令人厌恶的粗俗和使人绝望的沉闷，是要摆脱人们自己反复无常的欲望的桎梏。拼命看书并不代表我有多么热爱文学，就像大部分拼命工作不代表他就是个喜欢做事的上班族。

每天我总会遇到很多与我迎面而来或者擦肩而过，光鲜或黯然，漂亮或不漂亮的和我一样年轻的姑娘们。她们的声音快乐或者烦躁，表情骄傲或者慵懒。我无法猜测她们的生活和所经历过的故事，但是我知道，她们中大多数肯定都和我一样，在这个夏天无比炎热、冬天无比冰冷、人们的冲突和矛盾随时一触即发，忙乱如巨大施工现场的城市里，无聊的白天在等待着下班或下课中度过，失眠的夜晚在期盼着天明中到来，夏天到了渴望冬天，冬天来了又期待夏天，一天又一天，永远在毫无意义地等待、期盼，又永远在毫无意识地浪费挥霍。混混沌沌麻木安稳，不知道在干什么，不知道想要什么，矫情造作脆弱无力又心高气傲不可一世。在看完这本书之后我失眠了，心情无比沮丧。上进勇猛的杜拉拉让不上进却渴望上进、不勇猛却假装勇猛的我感到无地自容。我很痛苦地想起，曾几何时，我也有过梦想吧。只是，我不再去想了，于是便忘记了。

某招聘网站人力资源总监高调赞扬这本书中的杜拉拉精神——“典型的中产阶级代表，没有特殊背景，受过良好教育，靠个人奋斗获取成功，拨动了渴望成功的年轻人的心弦”，瞬间，模仿、虚拟杜拉拉成为高校毕业生最常态的生活模式。梦想是个好用的东西，有梦想，一切便顺理成章。杜拉拉完成了我等姿色中等非名校毕业学生往白领阶层奋斗的草根梦想。大家都想沿用这条已经被踩得坑坑洼洼的小径踏上自己的康庄大道。内心深处我也一样，谁不想成为一个优质女性过体面日子？但是“想”不代表一定“可以”。我知道自己就不可能或者乐观一点说是很多年都不可能成为像杜拉拉那样的都市“白骨精”。我天生没有她那么高的IQ和EQ，目前也没有她的气魄和胆识，所在的城市也没有那么好的机遇和发展，我是现实生活中辛苦平凡的路人甲乙丙丁其中的一个，不是电视剧里全世界情节围着你发展的女主角。关于杜拉拉的经历，为人处事的方式、工作方法，我欣赏也很崇拜，但是不打算学习。叔本华说：一种纯粹靠读书学来的真理，与我们的关系，就像假肢、假牙、蜡鼻子甚或人工植皮；而由独立思考获得的真理就如我们天生的四肢：只有它们才属于我们。我不是杜拉拉也不是程拉拉，她们的生活不属于我，我唯一可以做也必须去做的就是做好自己，做一个今天比昨天进步一点，明天比今天进步一点的自己，就算是我成功了，即使和某些人相比是微不足道的。

这本书真正让我得到收获的是快结尾时拉拉在飞机上遇到李都，李都告诉拉拉自己心中“恰当的活法”时那段对话，他说：早点退休，该干嘛干嘛，自由自在地活——这是眼下最时兴的一种“中产阶级”的活法。从中产阶级的阶级特征看，这是活得最累的一个阶级，没有特殊的背景，靠个人奋斗获得成功，奉公守法，过体面的日子，凡此种种，哪里和“自由自在地活”挨得上？就是因为中产阶级太累了，所以才向往自由自在地活，也正因为中产阶级的勤奋和成功，他们才可能比别人早日获得财务自由，从而实现“自由自在”的梦想。

看到这里我终于明白了自己一直苦苦找寻的那个“意义”的答案，尽管从前从未这么清楚地意识到它，但是它却一直存在在我的脑海里、身体里，每根不安分的神经里，否则今天的我不会依然端坐在这个压抑的地方，对着电脑敲出这些字了。按《杜拉拉升职记》里介绍的外企阶级依据来算，我就是个“穷人”，现实中也一样，毕业不久，无车无房无存款，不再找父母要钱，生活自理，离拉拉那样的中产阶级太遥远。但是我想，不管哪个阶级，都一样期待自由自在地生活，穷人更甚。自由，谁不爱呢？但是精神和行为的自由是以财务自由为提前的，这就是现实。每天这样千篇一律朝九晚六地坐在压抑的办公室里被人颐指气使委屈求全做着不喜欢的事情，工作或者奋斗，不都是为了这个目标么？

原来，虽然我不自由，但却已经在通往自由的路上了。

高效沟通成就杜拉拉

written by 马也

杜拉拉一夜之间出名了，从区域销售助理成长为全国 HR 经理，没两把刷子，当然没有可能。按下她个人态度、勤奋不表，单说杜拉拉高超的职场沟通能力，已经让我们受用良多：

案例 1：拉拉利用一个简洁的表格来做这个总结报告，表格中分为四项内容：受训目的，受训内容，FACILITATOR(帮助、促进者)，效果及进程。简而言之，就是谁教会了她一些什么。李斯特一看这个报告，就明白了两点：一是拉拉进步神速；二是王宏基本没有搭理拉拉。

还有什么沟通方式能让老板全面认识自己还不至于偏听偏信呢？日常的工作报告中明晰的结构、客观的数据、专业的描述，有力地向老板展示了工作的全貌。既不需要去指责同事的不搭理，也不需要在老板面前谄媚邀功。不说观点，只说事实，这是有效沟通的基础要求。坚持用事实和领导沟通，你就能在他那儿建立一个客观的形象，同时，也能让他有机会了解事件的方方面面。

现实生活中大部分人会认同说事实更有效，但大部分人的习惯是张嘴就说观点。不信，去问问你身边的人，他认为最近看过的一部电影怎么样，看他说的是事实还是观点。——所以，**提升沟通能力的一个要点是：不在于你知道沟通的知识，而是能够运用成自己的习惯**。有效的沟通课程，在课堂中就要有不同形式的大量演练。

当然，大事件来临，你不仅仅需要向老板展示客观的细节事实，还需要向老板展示你的决策思维能力，通过有效分析客观事实，提出可供老板决策参考的建议，如此一来，当升职机会出现，幸运之神才会降临。让我们来看看杜拉拉是如何做的：

案例 2：李斯特稳了稳心神又追问："那你觉得完成这个项目需要多长时间？"拉拉内行地说："按 DB 的操作流程，美国总部的地产部对此类项目会参与得很深，像上海办这么大的工程，单是获得亚太区的批准还无法立项，项目最后需要报到美国总部的地产部去审批的，加上中间还牵涉到很多部门的参与，比如法律事务部、采购部、IT 部、财务部，使得用于协调的时间会非常长。正常情况下，美国总部的建议是用九个月完成整个装修项目，其中用于工程本身的时间应该是三个月左右，用于项目前期的分析和协调的时间大约是六个月。"李斯特一面夸拉拉进步神速，一面决定一回上海就找玫瑰谈话。他知道拉拉的话十有八九是对的，不单是因为她的脸上写着一头诚实的黄牛的表情，而且，她的话明显朴素在理，有专业的力量。

这样充满事实和细节的回答，在老板看来，自然是"朴素"和"专业"，但却看不到全面和预见。一个好的汇报，不仅要让老板知道你的认真和敬业，更要趁机让他认同你思维全面、可以放心托付重要事项。前者，不过是好的员工，后者，才是可以提拔的候选人。

又见杜拉拉

written by Morpheus

又是很快地，杜拉拉第二部又看完了。我承认，感觉有点为了讲知识而讲知识的感觉，痕迹明显了，加之已有的那种续集总是没第一部好的观念，总觉得这是不是为了讲知识而编的故事，不像第一部是讲故事顺带着讲知识。

然而，效果都是一样，喜欢、受益匪浅，当当的书评上还是毫不犹豫地打上个五星。

效果有三：

其一，依然对 HR 的工作充满了好奇，充满了欣赏和崇拜。杜拉拉这个角色，专业、真实，这种自然的演绎将你吸引到那片 HR 的世界中，你感觉到那是多么厉害的一种洞察力、思考力、掌控力啊！于是难免，又开始想自己大学这四年信息与控制，总不免再次神伤。心知无用，不过想想罢了。

其二，一个提醒。关于做事、对话、相处的提醒。自己太老实，这方面也没啥脑筋，可是年纪已经不小了，必须去学会这种思索的习惯和直觉，怎样应对是合适，以及交流中每一句话将会产生的影响。而不应该像我现在这样不经过思索，一条思路就立马冲出来。幸好我本质好、心好，与人为善而不是算计人，要不，这种方式可就闯大祸了。而为了自保，这种习惯必须改！

其三，关于升职。择业，面临的问题很多，不是简单的说跳就跳的。像拉拉这么专业这么优秀这么有潜质的人，要从招聘经理换到薪酬经理都近乎于不可能。可见，专业以及工作经历的分量有多么重。其实，仔细想想，虽然有怀才不遇的一点点因素，但是自己确实没有真正地在成长。也许需要一个量变的积累吧，**但必须是带着目的目标有意识地去量变，**要不然，质变的那一天就可谓遥遥无期了。

拉拉的故事给了我一个很新很好的视点，拓宽了自己的思维，发现了很多有价值的东西。好想结交一些 HR 的朋友，向他们学习，也了解他们的世界。真的觉得好有乐趣～！

李可，别往外到处跑了，赶紧在家里写杜拉拉 3 吧，村头的厕所可没纸了！！

在《杜拉拉升职记》中要学会装傻

written by 江山

第二次读李可的《杜拉拉升职记》，已不再像当初时那样新鲜。如今，留下的只有职场外的那份艰辛与苦涩。看似一段段轻松幽默的升职记，却难以掩盖职场中那些赤裸裸的甄别与筛选。让这样一个乐观主义且古灵精怪的杜拉拉，完成一场升职秀，是经验共享，是实战演习，是一部属于青春奋斗的短剧。它不仅仅给予我们职场表面的那些光鲜，更多的是在诙谐、巧妙的语言背后流露出的另一种思维逻辑与道德品质，这就是物质深化与自嘲解讽的职场新概念。

《杜拉拉升职记》一书的语言风格相当精致，相当拉风，在主流的职场交往中，很容易跟自己对号入位。仿佛刚刚发生在自己身上的事，一下子移到了手中的这本书上。不再是过多的纸上谈兵、虚有其表，而更多地表现出尖锐犀利的单刀直入，一针见血式地挖掘出自己心里灰暗或懦弱的一面。杜拉拉的这种唏嘘职场的风格，给自己添加出一种快感，成为找寻心理平衡的有力方法。不论在生理和思想方面，都成为时下解压的良好助手，给予一种奋发向上永不气馁自得其乐的职场态度。就像这本书的宣传语一样，“500 强资深经理揭示外企生存智慧，为白领阶层量身定做的职场必读指南，她的故事比比尔 · 盖茨的更值得参考。”

本书 DB 人物表共列出 29 位在杜拉拉升职记中表现得举足轻重的人物，更为全面地让读者认识到这应该是怎样的一个职场记。毕竟，职场中向来不缺少故事，更不缺少斗争，而对于丰富精彩的细微描写却少之又少。而像《杜拉拉升职记》一书对职场这点“破事”撰写得入木三分，实为难能可贵，堪称精品。

本书最为精华之处在于将近结尾的部分，杜拉拉给李都的邮件，充斥了杜拉拉在对世界级公司政治斗争的感悟，还穿插的爱情经历、生活理念和处事哲学。中心思想的完整化，麻辣态度的变通，得心应手的处事原则和单纯而富有激情奋斗格调，最终成为她一路升迁的武器。

拉拉的个人形象好似读者心中的某种理想，她更像自己的另一面，把那些不规则变数处理得井井有条。在让我们懂得什么是职场技巧和潜在职场规则的同时，告诉我们一个最朴实的做人和处事的道理，那就是诚实而不愚忠，奸诈而不狠毒。做什么事出手要快，要根据事情的变化给予相应的对策，这样才能驾驭自己在这个职场中的职位，而不是让工作把自己压得喘不了气来。平时注重细节，往往会给自己加分。

一个新人，在体现出你的价值之前，过于势力、斤斤计较可能会成为你职场前行的绊脚石。在一定程度上说，在升职的第一阶段，**单纯能促进你的成功**。不过，拥有激情，拥有向上的冲动也不可或缺。一个旧人，在看透职场的风云变幻之后，要懂得悟。悟其中的人生哲学，悟其中的人间大道。要傻的时候一定要装，而且，一定要像二百五。

职场好书

written by 不断成长的智慧树

真是一本好书。

想起自己在职场的10年，往事历历在目。说这是一本好书，我觉得值得提倡的是：

书中正气——刚开始看书名带“升职”，其实心里是有一点抵触的。我是觉得这肯定又是用成功术蛊惑现代人的一本书，里面写着多少条成功经验的那种书。看过之后，我是比较喜欢拉拉和她公司的文化氛围。不管是她自己，还是她的上司，基本上，她们的原则标准还是比较正派，不会来个“我只要结果，不要理由”的那种，为达到目的不择手段。书中曾提到在对待帕米拉（拉拉的下属）的问题上，李斯特（拉拉的领导）说：“诚信问题是原则问题，炒吧。”尽管帕米拉是当时李斯特看好招进来的，但在帕米拉出现原则问题，拉拉提出要在试用期辞退她的时候，李斯特还是很支持她这么做的。李斯特虽然比较保守，但是在一些问题的大方向上和个人风格上，都是很有分寸。

企业文化——尊重每一位员工——何好德作为中国区的总裁，他去看望他的部下时，都要记得各经理的名字，而且要亲自握手交谈。里面涉及到争吵、言语冲撞、邮件语气不对等问题都比较注意，看起来，公司文化是比较文明。在处理几次人员离开公司的事例上，处理得比较得体，一般都会支付几个月的工资，不会横加他事，一般不会造成分手即冤家的场面。

人员素质——拉拉的升职确实是实力＋运气，这是她应该得到的。里面提到的一些案子并不是随便一个人就能很好地完成。包括里面的总监、HR 领导、总裁，在专业和沟通领域都是高素质人才。

标准化管理——在撤销办事处的问题上，拉拉确实是做得很好。她没有将此事在外做成撤销办事处的一个通告，而是把事情做成了标准化管理，并将办事处撤销后省下来的部分费用转化成激励。

对 HR 的重新认识：在以前的公司对 HR 有很不好的印象。HR 的人员工作上基本是控制人员费用低和按领导意思办事，没有科学地去研究具体的人员匹配、员工绩效等更需要 HR 去做的事。

也曾服务过大公司，但是和 500 强外企比较起来，还是有不少差距。当大公司的领导确实不容易，那些领导哪个像外企老板那样还休假。但是在现代社会，还靠领导拍脑袋的时代已经过去，如果——领导不够与时俱进，企业文化不尊重员工，公司和员工缺乏诚信，公司缺乏标准化管理……那，品牌真能立于世界还是一件遥远的事情。

还是很希望国人能好好练内功，国家品牌的企业也能好好练内功；我们还是希望国人**不仅能做好“打工仔”，也能做好“创业狼”**。

撅着屁股干活的好孩子

written by 微微一笑

年初调整分工，人力资源部分给了我。一接手，就是工资改革，3 月方案出台，4 月初职代会顺利通过，颇有些成就感。正在茫然之际，董事长推荐我看《杜拉拉升职记》，这书好像在什么地方看见过，但是不太以为然，印象当中是写小白领的事情，而且我近几年不大看小说。但还是在卓越网上定了，出差时装进了书包。没想到，还真是一口气读完了。

《杜拉拉升职记》的确是非常有意思的一本小说，故事平铺直叙，文笔简单直白而流畅，人物个性在一段一段的情节中很分明地展现出来；故事情节虽然感觉有些随着主人公的升职过程螺旋上升式地重复，但是故事性很强，每一阶段的故事都比较精彩。看得出，这些故事和人物应该是作者活生生经历过的（实话说，环境和人物很像和我们合作过的 ORACLE 公司和安达信咨询公司）。

董事长当初推荐这本书给我时说，看了《杜拉拉升职记》就知道怎么管人力资源了。我看到书的封底附了一些网上的评论，大多将这本书总结为“职场生存指南”。这个评论应该说也是恰当的，杜拉拉确实是一个在权术和人际争斗中不断成长的典型代表，现实生活中，我相信很多人就是在这样静静的战场中赴汤蹈火的。的确这本书也对我的工作有不小的启发。

但是这本书其实让我有另外一种感动，剥开杜拉拉一层一层的铠甲，我看到杜拉拉非常本质的一面，踏实、负责，我称之为“撅着屁股干活的本能”。我喜欢这样的人，在工作中这样的人与那些有事业心的人相比，尽职尽责是本能而不是目的，这样的人潜力更大。杜拉拉升职前在上海总部尽心尽力地搞装修项目是非常典型的表现，这常常让我想起自己做项目时候的情况。当然，杜拉拉的个性还是多了一份进取心，作者冠之以为了有更好的薪水和更好的生活，我觉得恰恰是她因为这份进取心，使她最终也操刀上阵。

最有意思是，杜拉拉的直接上司李斯特，和我们公司的一个人像极了，用杜拉拉的话说就是：需要决策他思考，遇到困难他授权。`O~

我喜欢拉拉这个人

written by xxx

拉拉是个个性鲜明的人。在刚开始的时候，她的职位并不高。她努力，奋斗，并且EQ也很高，所以就很快升了上去。她公司里的很多人都形容她为一头苦干的牛。而就是这点我最欣赏了。

书名就是《杜拉拉升职记》，但是用了很大的篇幅叙述了岱西事件。虽然这和拉拉没有太大的关系，但是我觉得这是一个将来要步入职场的人必须要知道的事。

这本书非常真实。里面的每个人都有自己的优点以及缺点。我现在还只是一个大二的学生，将来我如果要步入这样的行业的话，就可能遇到这样的人。现在读这本书就好像去认识这些人，就等于事先给我打了预防针，我觉得十分有用。以后我肯定还会再看一遍，说不定还会有其他的感悟。

杜拉拉的起点并不是很高，而且在事业以及爱情上，她也遇到了很多的挫折以及阻难，但最终她还是挺成功的。虽然这样的成功与她在一个好企业，有好的上司以及有好的机遇等密不可分，但是她的成功依旧激励了我。

在书的最后拉拉与王伟的一段让我很感动。尤其是王伟说的那一句“要不以后你把手机给关了，然后我满世界来找你好了。”

最后我想说的是：职场上是没有现成的教科书的，你有时只有在磕磕碰碰中才能成长。而现在竟然有一本这么好的书，它已经把职场上的一些案例罗列了出来，而且还介绍了一些专业知识（如 SOP，SMART 法则）和一些职场潜规则。如果你在职场上还是一个菜鸟的话，不读这本书，真是太可惜了。

最后拉拉发给李都的 MAIL 也很实用。

我非常感激作者写了这本书。

第二部远胜于第一部

written by 棉花堂

现在很多书都有第一部、第二部……在这种书当中，大部分都是第一部比后面的写得好。但《杜拉拉升职记》是个例外，第一部写得一般，但第二部写得很不错。

书名是写着杜拉拉，但这第二部，讲杜拉拉的，其实不算是非常多，更多的是写她所在的 DB 公司，写里面的人和事。好友梁岸雄说 DB 是现实中的北电。我在广东北电做过，感觉有点像，但又不像。因为北电在中国，从来都不是设备市场上一流的。不过 DB 所在的行业应该就是北电所在的通信设备业。我想说的是，北电的销售在中国做得一般，但 DB 在里面强调的是销售，此书里讲的很多都是销售领域的相关事件。

里面有三件事情最让我有印象。第一就是销售这个工作对于人的要求。

不同产品对销售人员的要求是不同的。有的产品，比如说通信设备，原理很复杂，它就需要销售代表有很强的专业背景，才能够对客户施加影响；而有的产品，缺乏明显优势，可替代性强，它就需要代表特别勤快，特别善于和客户搞好关系；有的区域由于回款不能保障，就会导致年内可能拿不到奖金，这就不能招有经验的代表，留不住，所以宁愿要没经验但潜质好的新人。

第二件事情，就是 DB 招一位一线的经理而展开的分析。首先在公司内部发出有一个基本的要求的招聘公告，先过滤一批。同时叫猎头在外部也找。最精彩的就是杜拉拉和大区经理陈丰对于几位应聘者的分析。比如说，有两个平分秋色的候选人：姚杨和李坤。和我一样，他们都是硕士，看来硕士做销售也很不错。呵呵。两个人的业务水平都差不多。但李坤相比于前者有个更强的能力，就是带好新人。对于新人，他常更有耐心，能做出更为系统的培训计划，显然，这对于不喜欢过度依赖个人的大企业而言，是最合适的。重要的是，他应聘的是一个经理，一个经理影响他人的能力是很重要的。比较下来，李就比姚要更适合。同时，猎头也找来了一个更为优秀的候选者，但因为杜找不到那个家伙跳槽的理由，所以怀疑他不是真心想跳。所以就叫他做一个 PPT 来描述他的想法。不真心的人还真让杜试出来了。因为准备 30 分钟的 PPT，是比较花心思的。

第三件印象深刻的事情，就是当选的李坤因为管理小组不当而造成了整个小组逼宫。最后搞得大区经理和他们整个小组专门开会来解决。显然，如果是我主持会议，可能一开会就变成了对经理李坤的批斗大会。这一点讲，杜控制会议的能力是很不错。让每个人都写出最关注的三个问题，然后大家集中讨论这些问题。主持会议也很有讲究啊。作为一线经理，李管理过细。我不知道此书说的一个统计是不是真的：70% 的员工会因反感管得太细而有跳槽的想法，而这当中，有一半的人会付诸行动。

虽然此书也有不少啰嗦的地方，比如说过多谈股市。但确实会有很多精彩的地方值得我们思考，比如说，做主管的，不要和手下的漂亮异性走得太近等。如果你做销售或者管理，那么我建议你看看此书。强烈推荐！

◎希望篇_I HOPE_

即使故事完了，杜拉拉还会继续

written by 香草烧鱼@电子式思维

去年年底就买了《杜拉拉2华年似水》，断断续续地读了一个月停下，放心不下地间歇了一个假期，像《杜拉拉升职记》一样，作者的文笔有种驱动力，能驱动你不停地去完成这段历程。最后一口气从头到尾读完了。总体来说，还是很精彩，虽然多数评价都比较介意作者对既成事实的背叛，但看得出大部分读者都还是为杜拉拉的这段经历喝彩。

如果说《杜拉拉升职记》是一个启蒙和初级进阶，那么二应该算是中级进阶了。拉拉在经历了初入职场的碰壁、融入组织架构的波澜以及个人感情事业的挫折后，可以说已经初步成为一个资深职业经理人，她不但可以更加广阔深入地涉猎知识和经验，同时还能做一个很好的传授者。就像她在给陈丰分析苏浅唱的时候说的什么是 READY FOR THE NEXT LEVEL。作为一个中高层管理者，她具备了大部分自身需要的储备，也许是天意弄人，也许是好事多磨，作为作者大概在这点上也很无奈，以至于在宽带薪酬制上其实作者的笔墨也比较含糊。杜拉拉心虚，但又急切地想要学到很难学到的职位核心技术。于是想到跳槽，也许真的蹦来蹦去就能在蹦的过程中不断地提升自身价值，进一步了解行业结构和细节，这对一个人的发展不失为一剂强心针，未必都是破釜沉舟。只是在跳槽这件事上作者还是让杜拉拉比较谨慎。

既然杜拉拉具备了该有的知识体系，也能教人了，作者也差不多可以开开小差，写写那些侧面，这也是很多评论中对杜 2 诟病的一点，全书有不少笔墨给了沙当当和孙建冬。让我想起一个师兄，似乎有点像，但是名字一样，不能说去硬套，但也说不定会如小说一样。其实读到最后，我倒觉得他们的故事还是在写杜拉拉，只不过这次杜拉拉改名了，连带何好德、李斯特、王伟也改名了，他们在一个新的新人圈里更加深入地去重复和发展杜拉拉的那段成长岁月。

这本书最吸引人的地方是它更加注重细节描写，不但将可能的职场情景生动地展现出来，还提供了相对详细的应对方法。在这点上可见作者不愧是一位资深的职业经理人，可谓阅人无数，经历丰富。现在开始在导师公司实习，虽然算不上要深入职场，但最基本的为人处事，包括公司内部和公司外部的大小事务都值得从书中去借鉴。虽然由于作者的职业背景只是涉及人力资源和销售，但是做技术有时也同样需要变通，就像很多系统讲述技术的书籍都是先从市场角度切入一样，市场、结果导向也许会在相当长一段时间内是整个产业链的主流。也难说一个技术工作者会在某一天走上销售之路。姚杨就是例子。

至于王伟，可以算是个鸡肋，放弃吧，读者不干，留着吧，既成事实已经成为梦境。其实作者安排杜拉拉和程辉的对话那段也许就表明了心声。

最后留下个悬念，给作者自己一个台阶下，给读者算是有个交代。至于还有没有3，我想不论是出不出，对于那些关注作者，并且牵挂杜拉拉的人来说都会理解。

十分钟年华老去

written by 只喝黑咖啡的小企鹅

看到华年似水第一反应的就是这个标题，十分钟年华老去。

那年，我们懵懂地咿呀学步。那年，我们坐在中学的课堂憧憬大学校园。那年，我们站在22岁的十字路口彷徨毕业后的出路。那年，我们学会了放弃，学会了无奈，学会了冷漠，学会了独自一人。

职场就是一个大熔炉，来自社会各个地方的人都聚在这里，为了生存，为了漂泊。生存以上，生活以下。你要适应很多种人，很多种事。**在职场，无性别。重要的是战斗**！永无止境地战斗！如果你把自己当弱者，没有人会因此同情你，能够获得的只有出局。

初入职场，那些棱角也许还会很锋利，但是一年、两年，随着时间的打磨，你不再那么坚定，更不用说，愤愤地去鸣不平。有些东西，人们能够给予的就是YOU DESERVE IT。当然要去了解这句话的具体含义。因为这句话是双层含义。活该或者你应得的好处。结果都是拿去吧。

同事教你工作，已经不是他的职务范围。他可以选择去看你笑话。但是大多数同事还是乐意好心为你出出点子，无论是工作、炒股、买房还是爱情。新人是要有眼力见儿的，即使人人能看出来你想干什么，你还是要去做，谁让你是新人？

学会去沟通，如果你没法说服组员和你站在一条战线上，那么即便你有再强的工作能力，终有一天会是失败的。作为领导，知道手底下的人不服，要做的不是退却躲避，而是分析对方要的是什么，对方的行动方式是什么？不是所有的人都会无理取闹的。前提是你没有威胁到他。

现在的房奴越来越多，经历了经济危机危言耸听的影响，北京的房价据说还要回暖，有时候我想，我这北京生北京长的人，最后能不能买得起北京的房子。

股市还是那么低迷，在那个全中国人民都准备入市的时候，开始跌，没完没了地跌。连巴菲特都承认，去年他赔了。

中国人还是很喜欢凑热闹的。路边出了个小事如此，经济危机亦如此。本来不该有的危机在中国却真起了不小的影响。

说跑题了。最近找工作，心烦得很。这职场真不是应该用期待来形容的。做自己的老板吧……等有资本了……

所以还是要进职场一走的。

于是，十分钟年华老去。十分钟后，我们又站在何方？

青春路正长

written by 佚名

漫步于清冷萧索的小街，这一刻，不知怎的，突然思绪万千了起来。许多许多东西一起涌入脑海。有惆怅、有伤心、有灰暗、有希望、还有兴奋。也许这就是五味杂陈。

这几日一有时间就在看葡萄传给我的《杜拉拉升职记》，这书畅销了很久了，我一直没有买来看。因为我总觉得升职这种事情要根据当事人和其领导各自的个性来看，不能以点概全。看多了能力一般，却把精力全都用在使用各种手段（美貌、金钱、谗言）擦鞋的人，我一直认为性格倔强，努力奋斗的人的故事往往不容易成功，更不能当教科书并树立典范。我本人就是个活生生的例子。

这几日这本杜拉拉让我欲罢不能、兴奋异常。突然间，我觉得一切好像都有了希望，我对这本书的评价总结起来就是简单的一句：过程很是受用，结局太过完美——纠结啊。

杜拉拉就是那种容貌不是最美，但胜在身材与气质修养；性格倔强却又胜在聪明与努力奋斗上；创业初始被男友“和平分手”，年过而立又能找到志同道合的人生真爱。她的结局太过完美，美的不太真实。这本书里有她努力奋斗的全过程，怎么处理上级与下级的关系使人很是受益。怎样制定一个 SMART 的工作目标规划也使人受益良多。这里还有无限精彩的为升职涨工资人们常用的伎俩，那就是——逼宫（我是这么叫的），东北话叫做拿一把。也就是利用假意辞职、假意另谋高就，而手中却握有公司很多资源或机密，或者这个职位暂时后继无人，这个人提出辞职会给公司带来不便。领导往往会提出升职加薪的条件来挽留。这样，一次逼宫就成功了。但是职场上许多专业人士认为，用这种手段即使成功了，但往往会失去领导的信任。而我自己身边却往往是失败的例子。逼宫未成，反倒正中领导下怀，落得个偷鸡不成反蚀一把米。最后连工作都丢了。

杜拉拉是一个中产阶级高级白领的代表，看完这本书我心潮澎湃，突然觉得自己从来没有像此刻这样想赚钱过。谁都明白高处不胜寒这个道理，但是大家还是愿意登高望远。我也突然又一次感觉到原来我的工资还是那么少的可怜。别说白领了，我看蓝领都够不上。跟杜拉拉奉职的世界 500 强的美国公司相比，我的是周大福女婿郑裕彤先生旗下众多公司中的一小个。隶属香港集团旗下的公司肯定不能叫外企了，我又是这家小单位的一个小部门经理。广州、上海的工资水平又远非沈阳可比。我永远后悔高中时为什么不能拼命一点，考一个更好的大学。大学时周围美女如云等着找一个好归宿，不思进取，我又怎能同流合污？我应该坚持自己的，他们的选择不应该是我的。按照美国的算法，我今年 28 岁，一直认为到了青春的尾巴。曾经非常沮丧。已近中年，奋斗不成，又无志同道合的归属，收获的只是日渐老去的面容、衰退的身体，还有父母日渐缠身的疾病。但这本书给了我梦想，人到中年并不可怕，可怕的是什么都没有得到。浑浑噩噩地过才最可怕。把自己变成一个没有气质修养、只知家长里短的妇女也很可怕。杜拉拉的故事让我羡慕许久，不但成功升职，还找到了王伟，没想到乐意为了她放弃为之奋斗十年的百万年薪的职位。重要的是，分别一年还能在一起。她不够漂亮，也不年轻，也许吸引人的是那种性格，处事的方式，还有完美的气质修养。或许别的女子也可以做得到。

是的，我突然觉得，希望和梦想原来就在前方，原来，青春路正长。

杜拉拉的梦想，一代人的变迁与历练

written by achene3

小说将主人公定位为一个出生平凡，没有显赫的背景以及姿色也是一般的女子。这是大多数人的一个真实写照。可以说，每个人的梦想都曾经很美好，可是付诸实现的人却不在多数。

杜拉拉这样的一个女子，凭借自己的努力以及对于梦想的真挚朝着那个方向去前进。从民企到外企的小主管，再到一级经理，看似简单的变迁实际上包含的是巨大的承担。有人说在这个升职过程中杜拉拉没有成长，可是对于拉拉而言，人生的经历已在这样的岁月里变得厚重。PAPERWORK的不断调整，让拉拉得到的不仅是更多的工作经验，而且在往后的人生里也是相当重要的。

我一直困惑，对于杜拉拉而言，是否能找到真正的自己想要的梦想。杜拉拉的个性是强悍的，懂得为自己去争取，这一点很值得借鉴，可是，杜拉拉的梦想是否也能像这样争取是很难定夺的。可以说，杜拉拉距离自己的梦想已经相当地接近了，早日退休的梦想对于杜拉拉目前的性格而言，是难以理解的。但相对于那些踌躇满志的人而言，实在是一个正确的蓝本。毫不夸张地说，对于遥远的梦想，实现这些不仅需要强大的先天能力，还需要相当好的运气。可以说杜拉拉这样性格的人在处理这一点上是得当的，自己的目标应该定在一个可行的范围以内。这一点也是值得踌躇满志者来参考的。然而，如果说人生的梦想只限于此，那么就是过于不成熟了，对此，拉拉在最后写给李都的信中亦有提及——早日退休，实现你的理想。

小说的最后给出的一个高潮，是拉拉与王伟的重逢。于是，主题又再次呈现：**对于职场，那只是人生的一部分，人生要实现的，不仅仅是这些，还有很多，爱情、梦想、幸福，诸如此类。**

同时，这本书作为职场新人的指导手册，也具有比较大的参考意义，尤其是拉拉对于一些困难的处理方式以及技巧。并且，这些技巧不只是适用于职场，甚至对于你所生活的领域，也适用。实际的事例分析以及丰满的人物形象呈现的东西往往更容易让人接受。

不怕的人的面前才有路

written by 孤山野老

生活，

苦甜交织着悲喜，

幸福伴随着泪水，

真实隐藏着虚伪。

学会生活，才能懂得人生。

但可能很多人穷尽一生都找寻不到自己想要的生活，都学不会生活最真正的涵义。

夜深了，听着外面淅淅沥沥的雨声，不想睡。

坐在窗前，窗帘拉开着。白色的台灯光把自己憔悴的苍白的脸反映在黑色窗户里。有点陌生。

突然想起在我书橱里已静静躺了半年的别人送我后却一直没看的广受称赞的奇书，《杜拉拉升职记》。

因为近期工作上的失意，于是想起了这本书，寻找书中的自我。

常常会这样想，我可以悠闲地过着每天的日子，打发着每天的生活。每天上上班，回家上上网，看看电影，听听歌，结婚，生子，领取维持生活开销的比上不足比下稍有余的不算多不嫌少的工资。平常、平淡、平静、平庸、平逸地过着一般人的普通日子。我感觉自己的能力很差，很多事情都得不到实现。

但是我不愿意这样，倔强、追求美好、不愿意碌碌无为、想要改变平庸的心指示着我去做自己向往的事，去尝试，去争取，去努力，去实现。

虽然很多事，很多生活不是自己想要就能得到和拥有的，但我明白只有自己付出了才可能得到回报。虽然我的自信在一点一滴地削减，但我要把阻力化解成动力，把挫折作为财富，把别人的轻蔑当作鞭策。我对自己说，“我想成功，我要成功，我能成功。”

其实我一直太简单，或者说太单纯，太不成熟。也可能自己真的没有一点坏心，用自己的想法去想着别人的想法，用自己单纯的思维去应付别人暗藏的复杂思维，其实身边美丽的珊瑚背后都蕴藏着暗礁，每一个“笑容”和“真诚”背后都隐藏着一颗虚魅的心。

在一系列的事情后，深深地感觉到，在职场上，和任何人都应保持一定的距离，多做事少说话，用自己真实的心不一定会换来别人真诚的回报。

以前，自己看不到看不懂也看不清别人虚伪和利益至上的一面。那以后，我还不能看清吗？

最后，用鲁迅先生的一句话来鞭策自己：上人生的旅途罢。前途很远，也很暗。然而不要怕。**不怕的人的面前才有路。**

与杜拉拉分享小长假

written by 兔兔

小长假三天，第一天就迎来了阴雨。窝在家里一口气读完了《杜拉拉升职记》，我想，这本书给我的帮助，不仅仅是在如何做好自己的工作上给了我一些启发，更重要的是让我对自己的职业生涯有了更加条理和深刻的认识。

离开校园就快一年了，虽然在高校里从事着行政工作，但人际间不时闪现的，是劝诱和镇压。除低等级员工之外，相互没有信任，没有友助，没有善良。而那一点自我都没有的生活，专为的，是每月几百或几千块钱。

所谓的白领就是坐在高档写字楼，日夜光明雪亮，格子间里键盘声噼啪震响。

永远加不完的班，团队奋力追击任务只为总部翻云覆雨的一句指令。

所谓的事业单位，壁垒森严，人人自保不暇，找不出一丝艺术人文情思个性。所谓的白领生活，洗手间华丽如镜，映出疲惫脆弱躲起来流泪的淡妆。

所谓的受过高等教育的一帮男女职员，人前格外精力充沛，人后格外小心揣摩。传些风声四漏的耳语，做些为人不齿的手脚。莺声燕语中爪牙毕现，烟视媚行下攻势凌厉。

尖刻、彪悍，被视为荣光和能力，作弄、陷阱，被当作技艺和智慧。

总有人不怀好意，总有人处心积虑。

很多人说职场黑暗，人际关系复杂，靠关系而不靠能力。但其实所谓的琢磨不透的公司政治，很多时候并没有想象中那么玄乎。聪明人总能坚持自己的原则，理性地看清利弊关系，掂量自己的能力，做好该做的事，不做不该做的事。

人生在世，不可能事事完美。人际关系也是一样，老好人和老油条都非正道。当所有人都在赞扬一个人的时候，这个人肯定有问题。而多数人对你的评价都是正面的时候，才是真正无愧于心。

看完全书，最打动我的还是拉拉那种百折不挠的坚韧以及始终不变的积极心态。

怀着积极的心态，终于能在小长假的最后一日见到阔别已久的阳光，晒晒太阳，在阳光中保持着自己内心的清净。

兔兔眼里《杜拉拉升职记》中的经典语言：

1. 爱情不是用来考验的，是用来珍惜的，与其远隔万里，不如早早结束。

2. 对女孩而言，青春苦短，守着一份变数太多的爱情才是最大的危害。

3. 见过的越级行为多半以失意告终。也许当时就那件事情本身而言，你能赢，但长远看，基本上你还是输了。

4. 外企 HR 制度中的越级申诉制度，拉拉总以为更多的是起到预防告诫的作用，让那些做头的人，做到慎独。一旦有人当真踏上那条申诉通道，只是用自己的前途来维护了企业文化的开明形象。

5. 申诉本身，得到公正结论的成数很高；被申诉的主管固然受到重创，而对申诉者而言，在未来，没有人愿意重用一个申诉过自己主管的人，很可能是他将要面对的结局。

6. 所谓好，一是收入，二是环境，三是未来。其间的很多好处，不是钱就能涵盖了的，比如和你一起工作的同事都是些个素质高又专业的人，让你在工作中更有愉悦感和成就感，这就是一种无形的福利。

7. 谁关照你也没有你自己关照自己牢靠。

8.MAIL 是个好东西，谁说过啥都不能赖，全在服务器上存着呢，公司随时调记录。

华年似水

written by 德肥堂主

德肥堂主不但评电影，而且开始评书了！

其实之前都评过，但这次是评杜拉拉的。相信很多人即使没看过也听过这本书，德肥堂主因为今天要在星巴克等人，就在书摊买了这本书。花了个把小时，看了三分之一，就先写一写感觉，当是牛年的第一篇作品啦。

书是不错的，因为它扣得准某部分人群的心态，这点很重要，市场营销里这叫市场细分，它所扣住的是 25 到 35 岁白领人群，这类客户群恰好就是有能力购买，又算是尊重知识产权（肯买书）的一群，这点在当今社会中尤其重要！现在谁愿意买一本十来万字的大部头啊。而且这类人群生活得很苦，有知识但得不到尊重，因为同类的人实在是太多，有经验但又未至于太丰富，事业总的来说算是上升期，但绝少人能上到高位，处于尚未有出头天，后面的八零九零后又荷枪实弹地挟着低工资高活力从后面死追烂赶地逼上来，手头有一点点钱，但投资嘛，赔精光，买房嘛，首期都不够，结婚嘛，没房子又很难实现。总的来说：就是压力从四面八方来，却没有一个宣泄的渠道，这本书恰好就成为一条宣泄的渠道，能令这群很苦的一群人能短暂地轻松一下，同时又因为这本是职场小说，又可以归纳一下工作上的逻辑和思绪，自然就红火起来，因为红火起来，自然就出续集了。

定好客户群了，作者当然就要开始写作啦。架构是本堂主很看重的一样东西，因为直接影响到你看书时的思维延续，本堂主就发现，现在无论是书也好，电影也好，大多都用小故事桥段，再用一条或牵强、或自然，或明或暗的线串起来，你说是书先使用这种模式呢？还是电影先呢？我觉得应该是书先用，因为电影需要编剧，而编剧大多就是作者，所以我相信是书先用这种模式，这种模式不好，因为令人有东扯一块西扯一块的感觉，就拼不出一幅完整的图画了，这种新型的架构与三十年前的就很不同，但凡梁羽生（刚仙逝，特致敬一下）、古龙、金庸、席娟、琼瑶，都不会出现这种架构的，如果说是这种架构的出现，就应该是王小波开始，有这种架构的出现，然后又不见踪影，直到这三两年，中长篇的作家人才实在是太少，而社会对这种长篇小说的需求又一日少过一日，毕竟现在流行速食，没办法的事。堂主又扯远了，回来回来，但为什么要说这一段，就是有位名人说过，写小说，有灵感固然是很重要，但要成功，就必须在下笔前把架构脉落先搭配清楚，对于这句话，本堂主非常赞成。

杜拉拉的脉落当然是以杜拉拉为主线了，并且以她东碰一块，西碰一块来形成了这本书，又碰成了这本续集。总的来说，看了一个小时，看了三分之一，看的过程是相当流畅和愉快的，毕竟有些东西还真的是抒发了出来，并且开始对未来有了些盼望。

同时，推荐这本书给职场压力过大的人士看看，但工作年资少于五年的人就建议先别看，先看了《呆伯特法则》这类给较浅年资的人看的书先，年资没有五年，看了，未必那么地感同身受，就未必那么地感动了。

做个拉拉不简单

written by 咩

说也奇怪，一本职场小说起这么奇怪的一个名字，豆瓣里炒了好久的书，却从一向不爱读字多的na手里借到，一读就失了眠，早上睁开眼就摸到读到了一半的“新职场圣经”，下午4点，怀着心有戚戚焉又夹杂着看完了言情小说的那种商业满足感长吁一口气地意识到：自己太嫩了。

职场，在刚毕业的时候，脑海里的蓝图就是典型偶像剧里面的场景：懵懂、傻干、单纯善良的愣子闯进了一个大机构，只会走直线，哪管冷箭“嗖嗖嗖”地从身后射来，明里子弹“咻咻咻”地滑过，呆子都会毫发无损地趟过去，跑回来，然后获得客户的意外推荐好评，最终获得老板赞赏，而且最终一般都有个万人迷一般的异性走进你的生活。我的结论就是，偶像剧是给失败者的兴奋剂，叫其麻痹自己，满足自己的阿Q精神，继而浑浑噩噩地过自己的“健康”生活。

庆幸的是，在经历过几次私营企业的变态洗礼以后，受聘于一家国内首屈一指的大型IT公司（其实实际上基本是自信地蒙骗过HR，心虚地用自己流利的烂英语又蒙骗了后来的经理以及总监），我还记得我办入职手续的时候，需要之前公司一份类似介绍信的东西，忐忑地回到那个垃圾民企，不敢见那个土匪一样的老板，而是买了一盒巧克力去找他管财务的姐姐，期望曲线救国，盖一枚关键的红章，可仍没绕过那土匪老板，依旧要被他在众人面前奚落，然后很流氓地问手下：谁把她放进来的？我最怕这种正面冲突，忍着要吓出来的尿，夺过我需要他画押的文件，嘁哩喀喳地撕碎，只是没把电视里惯用的向其脸上撒纸片的动作用上，因为听说过这个流氓老板曾经出脚踢过一位怀孕的讨说法的女员工。然后我就想跑，又觉得自己自己做的举动很潇洒不该那么狼狈，又怕挨踢地快步走出了这个流氓的办公室，跑出那座中关村我最喜欢的大楼，眼泪发泄地喷了出来。

之后，按照当时身边的那位在500强混迹多年的“军师”的指点，编了一个理由，避开了交纳那份文件，想当初，这样的谎言我都觉得羞愧呀：)

小小的助理职位、微薄的薪水，对于没见过世面的我来说，IT公司的名字、蓝色的胸牌绳子、专用的LOTUS邮件系统、报销都一律用网络、同事们的谈话里偶尔出现的TEAM BUILDING、SWOT、HIGHT LIGHT，等等等等，来得重要得多，物质统统放到第二位，天天坐在13号线上想：多少土鳖煤老板、亿万富翁们，他们都无法像我一样，凭自己的能力，进入一个这么有面子的公司。妈妈一样也很虚幻地为我骄傲着：)

蜜月期一过，严重发现自己不适应助理的职位，每天所有专员、主管、经理、总监批示的重要文件，都集中在下班前交到我的手里，我要在可爱的LOTUS里面，选择不同的发送群组、更改不同的题目、内容、格式发送决定性的邮件&……*&%*&%结果就是每天加班做着无聊的工作，而且不断地出错、挨批，老板的眼睛里当初那种伯乐的眼神渐渐变得灰暗，最后甚至变得憎恨了……所谓虱子多了不怕痒，开始的时候出错误了，当发现的时候自己就觉得地在下陷，人很虚弱。也不知道是好事坏事，公司认识的好友na，总是及时地安慰我，说那些错误无伤大雅，看邮件的人没准打开溜一眼就关掉了。结果na就成了我的心理辅导师，同时促进了我自己断送自己做助理这个职位的前程，每天上班坐到那里就想：辞职吧辞职吧……

终于解脱了，终于又再一次地懵懂地换了一家很小的公司，甚至搞不清这么小的公司，有什么好做的，人还真不少，在老式商住两用的旧楼里，人来来往往地……

现在我也没离开，这个公司搬到二环边的高级写字楼里，我每天乘着飞速的电梯上上下下，我也学会剔除了一些偶像剧里对一些公司的看法，什么事情想不明白就逼自己思考，摸摸索索地工作着，不成想有一点进步，每一天“斗智斗勇”下来，闹心过后告诉自己：我成长了！自己也很清楚地意识到，这种成长，在不久的将来看起来再幼稚不过，但最终，抗压性的加强、对事对人的态度的转变，虽然很幼稚，不过对那个曾经拒绝过多社交聚会，嫌弃铜臭气社会的理想主义女孩来说，我在进步。

写到这，回头看看淘回来的电影海报上，哭丧着脸的方枪枪的小胳膊下写着：**这世界有高高在上的规则，也有自由奔放的灵魂。**

让我很想很想一口气读个完

written by al927@***·***

我想，每个有事业心的女孩心中，都会希望有这样的一次职业旅途，赋予重任，倾尽全力，加班工作，运用自己的智慧，化解智商上的危机，与人为友，与人为敌，变敌为友……

审视拉拉和我的差别在哪里：我们在走出校园的时候，就被冠以工作不好找的理念，大家都会把自己看得很小很小，找到一个工作就很好了，于是一家，也许并不是十分适合我们的职位，并不是特别公平的薪水，我们却单纯地付出自己的热情，单纯地被别人作为靶子……拉拉也当过靶子，不同的是，我们眼前会有多大的晋升空间呢？

带着疑惑，隐忍不公，我们选择离开，重新开始，只是面对身边越来越多新鲜的学生，我们该怎样考虑自己，该怎样规划自己？

有时，社会上的际遇，帮我们选择了自己的职业，真的，计划得再好，但总是经不起世事的轻轻一碰，这一碰，就让我们转换了轨道。

总是说刚毕业的学生浮躁，我承认，只是，谁不想在一个还不错的环境里，尽心尽力地帮公司筑起一道高墙，同时也帮着自己站到高墙之上。

看拉拉，想自己毕业之后的一年半，很多感慨。对现在的工作，更多平静。

人是应该多读书的，看看别人的生活是怎样，想想你希望的那种生活，你是否真的有那种能力驾驭。

我眼中的杜拉拉（A STORY OF LALA'S PROMOTION）

written by 职业三段

坚强，勇敢，果断，细致，认真，努力，这些词都不足以形容拉拉。你可以用这些词来形容二十八九岁的拉拉，但是30岁以后的拉拉，我愿意用上一个我不常用但是无比崇拜的词来形容——成熟。

熬了两个晚上，仔细地看完了这本书。上班已有时日的我，正找不到方向，寻不到出口，徘徊在一个慵懒的午后时，偶然瞄到桌脚这本买了很久却没翻过的书，一页页展开，一页页翻下去。有的时候会为了拉拉会心地微笑，有的时候会为了拉拉打抱不平，有的时候会给拉拉加油打气，更多的时候，我想，我是很自然地把拉拉和Laura本人重合在了一起，于是，自然地心疼她，想着她好。就像驾驭着RPG游戏的主角一样，不自觉地，自己也就变成了主角，若有人敢来犯，必然是不允许的。

想起两年前，看张悦然的书，被感动到一个人在斜斜的阳光里抽泣。擦干眼泪，世界突然一点点明亮起来，阳光撒进宿舍的边边角角，那个下午，是我整个大学四年中心灵最宁静的下午，甚至有片刻固执地想永远那样下去，现在想来，那个下午依然是斑驳得像电影的老胶片似的。两年后，同样的人，同样锐利的文字，却没有办法被感动。我尖刻地以为是我自己渐渐被生活磨平了棱角，没有了被感动的权利，懊恼不已。那个时候，尚不知道，原来我需要的是新鲜的生活，从过去中真正走出来的人，才是真正的强者。回头看那段时间的文字，会用很多疑问词，表示着我心中的不解和挣扎。

试着去阅读，却寻不到什么合适的脚本。直到和拉拉遇到。

不把她当成小说，虽然很多人和我说，看到故事的结局，就知道这是小说。

我把她当成拉拉的自传，并且借用这样平实和朴素的文字，慰藉自己的心灵。告诉自己，做一名女子，应该怎样。

自己离拉拉的年纪尚有一段距离，却有着很多和拉拉相同的经历。因为这些和拉拉重叠在一起的记忆，所以在阅读中会笑会哭甚至闹脾气。而我上一次为文字动容，还是那个记忆中的午后的事情。一向喜欢华丽的文字，没料想却被这种平淡到流水的文字撞了下腰，果然应了小时候学写作文的时候老师说过的至理明言，真实的，才会是感人的。

喜欢拉拉的真性情。她想当经理而不是助理的时候，她就想尽办法去争取；她不想被聪颖的下属超越的时候，她就找理由去“干掉”她；她看到公司权力更迭的时候，努力去维系自己的地位和关系；她知道工作不能越级的时候，就力争和上级总监保持好双赢的关系；甚至连她 30 岁的爱情，也是在她不断躲避同事目光下完成的。朋友说，拉拉这女子，未免现实得可怕。但是谁说现实不好呢。十八九岁的我们，可以对“现实”二字嗤之以鼻，那个时候的我们个个怀揣着崇高的“理想”；二十二三岁的我们，渐渐明白，离“现实”最近的地方，其实才是实现“理想”最近的地方，毕竟，没有现实，哪来的理想，更妄谈“梦想”。身为女子，没有后台，不靠关系，努力完成每一项工作的拉拉，在我眼中，活得很漂亮，即使很现实。

拉拉的老板李斯特临退休的时候，对拉拉说，工作只是工作。

这个时候，一直跟着拉拉喜怒哀乐着的我，突然被惊醒。原来，还有生活等着我们。

于是在很深的夜里，白色的护眼灯下，靠在床上看书的我，忽然愉悦起来。

◎感动篇_MOVED BY LALA_

善良。有情人终成眷属

written by 布布

本来是一本励志的职场小说，可是最后愣是让我看哭了。

《杜拉拉升职记》。封面上写着：她的故事比比尔·盖茨的更值得参考。右上角写：上市三个月销量突破10万册。豆瓣的新书推荐上，静静地站着。

好奇心使然，在新浪上搜到，点击开来，细细看了几章。越看越喜欢。周末，西西弗，将它归置囊下。

拉拉的成功绝非偶然，是无数个必然走向的成功。勤奋、积极、乐观、聪慧，最重要的是，善良。也许善良会成为你职场上升迁的一个最大的阻力，但是，善良却是你职场上怎么努力也学不来的本钱。

拉拉有着职业人该有的素质：专业、认真、忠诚。正是基于此，何好德才会对这样一个本不是直接向他汇报的小主管更加关注，并且辅助她甚多。

拉拉也有着小女人相通的心性，爱恨分明。相信爱，并且执著等待。所以，最后得到幸福。

很喜欢这样风格简单却让人领悟些东西的书。不那么沉重。不那么悲伤。没有做作的姿态铺垫欲盖弥彰的故事，只是这样淡淡的笔锋告诉你一个外企职业人士如何慢慢得到升迁。

还是想说，不要期待一本书能够教你领会什么大道理。阅读的时候，你需要做的仅仅只是阅读。然后，如果有收获，告诉自己这是本不错的书。这样的心态，你会发现阅读的乐趣。

习惯的力量

written by lucydear

终于找了个整块时间，把《杜拉拉升职记》看完了，发现结尾处的写法的确很小说，算是高潮中夹带着收尾的那种。因为不做SALES，不做HR，书中的大多经验之谈只是简单翻翻，一边还偷着乐，庆幸自己不必生活在职场肉搏中，虽无钱权入囊，周围的一切都透着洒脱和超然。

读到最后，夕阳、美人、大团圆的结局不带什么新意，读到一半都能猜到结果的，越是到最后几页，越觉得透着温暖，居然还感动到流泪，于是总结一条真理吧：对于爱情，习惯了一个人的相伴，就如同习惯了走回家的路，不知不觉到了门口，闭着眼睛都可以摸进房门。一旦失去，没有了那个人的日夜相伴，没有了熟悉的气息和味道，没有了吵架，没有了烦恼中的一切一切，只剩下寂寞的灵魂和丧失了习惯后的那种落魄。故事中的爱情大多有美好的结局，写得很诗意、很凄美，让人痛心后，猛然化悲为喜，却忍不住继续抽泣，大概是为了未知的未来吧，不知熟悉的两个人、习惯了生活在彼此中的两个人，是否可以面对今后的风雨。

我也是，习惯了太多的在一起，不曾想过失去，要真是一个人生活，肯定没那么多勇气。让更多的人明白吧，最好的就在身边，习惯了吵吵闹闹，只因为彼此在意。还是要牵起你的手——

晓春三月，看得樱花满枝坠。相知五年，清明时节映人醉。

有花堪折，人面不比花面好。徒增岁月，终得鹊桥长相会。

想大声说：拉拉不负盛名～

written by 小e绿茶

劳心者治人，劳力者治于人——这句话给我很大的震撼，为什么身边有那么多人在抱怨？包括我自己也会抱怨。

看完这本书我开始懂了，劳心者并非取巧，只是坚持不懈地修正自己的方法；劳力者呢？谁都不愿意承认自己缺心缺肺地蛮干，可是我不得不承认我是劳力者，出尽力气却常常状态不好。

杜拉拉的执行力让我敬佩，可是反观自己就不是那样的劳力。茫然不知自己的态度错了，还是方法错了。劳力之后很容易让别人看出自己的疲态。

杜拉拉告诉我，什么是思考的力量。我愿意做一个SUPERWOMAN，可是前提是睿智。我也反复思考，如何让自己更“专业”呢？杜拉拉提供了一个好榜样。我在看了三遍《杜拉拉升职记》之后，迫不及待地把它推荐给身边每一个好友。

我也怀着谨慎的态度写下了书评。我很年轻，没有太多的工作经历，没有指点别人的权威，但也诚挚地推荐这本书给像我这样即将步入社会的伙伴们。身边的朋友去的单位大都不错，我想，无论是“四大”、“P&G”，还是海关、税务公务员，哪怕去报到的是一个小小的私营企业，你身边都需要一本《杜拉拉升职记》。

如果我是杜拉拉

written by chas

我不是杜拉拉，对外企的生存环境只窥得一斑。但是，我和我身边大多数朋友有着和杜拉拉一样平凡的背景、小小的野心和吃苦耐劳的精神。看完《杜拉拉升职记》，一度有点失落，中产阶级的生活忙碌和疲惫，而且往往身不由己，一不小心还被人算计，这难道就是我们这些碌碌之辈的下场？

其实，我们都知道在都市里是无法寻找乡村田园式的宁谧的，没有必要愤世嫉俗或心生“归去来兮”之感，杜拉拉的处理是对的，NO OFFENSE，不恶意地算计和中伤别人，但是当自己受到攻击，毫不犹豫地捍卫和反击。

也许会有人通过一些见不得光的手段一时得意，但是，在漫长的职业生涯中，以诚相待而不是阳奉阴违，提高自己而不是打压对手，帮助别人而不是视其为对手，结交朋友而不是树立敌人，包容错误而不是中伤和讽刺，微笑而不是抱怨和叹息，坚持自我而不是随波逐流，才是赢的心态和处世之道。

我相信，最后在职业生涯中赢下来的，大多数都是精明但善良的人。

另一件感到惋惜的事情，是杜拉拉的爱情。所谓的“身不由己”之感，杜拉拉面对自己的爱情时应该犹有体会吧。

这世界上，碰上一个自己真正能 FEEL TRUE LOVE 的人已属不易，偏偏两情相悦后我们会发现这并不是一个生病吃药、天冷加衣的简单命题，把爱情摆到生存的压力面前时，就会有各种内因、外因来挑战你对爱情的坚持。

拉拉的爱情长跑，到后面也有些心力交瘁了。

但是其实，这仍然只是一个长期和短期的问题。无论多少荆棘当道，多少泥泞征途，对于一份心心相融的爱情，苦难和疲惫都是短期的，都只是对这份值得一生珍惜的感情的洗礼。当拉拉和王伟真正坚持下来，这些纷扰顿时暗淡下来，岁月洗刷，留下的“一生有你”的安心和幸福。

杜拉拉在追求什么？书里似乎将它简单地定义为“事业的成功”，积极向上的拉拉似乎一直在追寻下一个升职，下一个加薪。也许拉拉还有更多追求，书中省略了或我没有读到。

“事业”始终只是生命中有限的一部分，它能给你荣誉，给你财富，给你成就感和精神的富足，但是不能在病榻前照顾你，不能在某个阳光烂漫的下午带给你想象的快乐，不能让你去惴惴不安地去挂念，不能让你获得港湾般的安宁……太多东西不能给你。所以，“事业”不是生命的全部，能够和它平起平坐的，应该还有友谊、爱情、家庭、对社会的回馈，还有内心的平静。我想说如果我是杜拉拉，这些也是我追求的。

倔驴拉拉给我的第二次感动

written by 艺恬小美美

本来以为这个冬天就这样忙忙碌碌地过去了。虽然海南之行让我重温了暑假时光，但依稀记得，在小时候，冬天是我的最爱。因为冬天的时候，会放寒假，而寒假时光，通常是我与很多大部头的书本共度的最愉快的时光。红楼、射雕、白衣女人……从我十几岁的冬天一直陪伴我到二十岁。上班了，没有寒假了，我那迫不及待扑向书柜的劲头也失去了存在的理由。

上班后，读书的节奏貌似有点失控。狂热起来就买一堆杂七杂八、一顿昏天黑地。淡泊起来甚至一年也翻不完一本《收获》。记得上班后的前几个冬天，热衷于去沈阳书刊批发市场三楼一家三折书店淘一些破损的书。那阵买了很多禁毁文学，也淘到了几本最简装的王小波。最大的收获是居然以十多元一本的价格买到了《金瓶梅》全套。当然三本是分三次淘到的。也读了很多垃圾。那时，捧一杯热腾腾的雀巢麦片靠在床头，读一本封面有点破损了的小说，真的是很美很美的享受。

《杜拉拉 2 华年似水》出版后，非常气愤地发现，当当网的折扣居然高了很多，第一部明明以 62 折出售，可是第二部就非得 75 折才肯卖。真是欺人太甚。一边咬牙，一边付款。就是这么迫不及待。

看第一部的时候，流了眼泪。在结局。

看第二部的时候，又没控制住。

其实《杜拉拉升职记》的文学色彩并不是很浓，原本不太符合我的胃口。我喜欢古典的、悬疑的、科幻的。杜拉拉呢？从宣传上来看，什么职场教科书、白领成功宝典，相当功利的说。不过，好在拉拉这个人离我们太近了。那样一头真实的倔驴，除了工作什么都不懂。那样一个好强的女子，完全不具备撒娇能力的战士，我们这些打拼在职场的女人，多多少少都能从她身上找到自己的影子。

据说这叫“共鸣”。

杜拉拉二与杜拉拉一，哪一部好一些呢？我选第一部。

第一部里的杜拉拉，从民企到 DB 一步步走来的经历，又真实又坎坷。跟着她步履蹒跚地一路走来，同她一起期待小小的奇迹发生，与她一起品味那欲拒还休的爱情，这种经历，正是我最喜欢的阅读感受。

可是第二部里的拉拉，却成了一个滔滔不绝的人。作者李可为了迎合市场，真的把这部书打造成了经典的职场手册。也许从营销的角度来说，作者与出版社是没有错的。可是我的拉拉，却被毁了。她在南大区见天为别人当指路明灯，同时不忘长篇大论地为读者答疑解惑。虽然让身在事业单位的我，再次长了很多见识，了解了许多外企管理的新名词，像薪酬宽带制什么的，可是，一页页地翻过去，却发现情节空洞了许多。正如拉拉在书的后半部自我陈述的那样，“难道让我天天在这里讲 HR ？”这样不知道还算不算文学的范畴之内？像原本在《十月》《收获》里写专栏的人，一下子改行当了《知音》的主编，这样也行？

但是被王伟莫名离弃的拉拉，却依旧那么斗志昂扬。陈丰，这个大区经理，一个有家有口的男人，一个睿智深沉处变不惊的绅士，出现在拉拉身边，他不谈情、不提爱，对拉拉那份呵护却让人怦然心动。这是一段没有言明的超乎友情的感情，我喜欢这种让读者去猜的东西，就像看《色·戒》时喜欢翻来覆去琢磨每一个演员的眼神以及牌桌上每个人的表情一样，含蓄让人上瘾。李可写得很出色。

可是有一些人物却是莫名其妙的，比如孙建冬、比如姚杨、比如张凯等。人物是架构起来了，性情也描绘得不错，可就是没有个脉络，让人看不出人物的作用。只能自我安慰，也许作者是想给第三部留个伏笔。

可不管怎么说，大体上，李可还是写出了时代感。06 年那一年，中国有多少人在股市里、房市里焦虑着，又有多少人像拉拉那样，为一份无疾而终的情感胶着着。职场上的纷纷扰扰，拉拉还有斗志去迎接，可感情上的伤心落寞，拉拉却只能以“一赌气把 22 万元全部买了深万科”这种方式来排遣。

所以，这样真实的拉拉真是让我爱死了。那个没有血性的王伟真是让我痛恨死了。书的结尾，拉拉与陈丰在酒吧里听歌，那首《I will be right here waiting for you》让整天很神气的拉拉也难免落下了泪珠。不由得让我想起以前在大学的时候，这首让人心碎的情歌正流行，年华似水，今天已很少有人想起这首歌的旋律。正如拉拉那段可爱又可怜的爱情一样，不得不随着时光一点点地从手中漏掉。而转眼间，韶华已逝，就算再聪明，再要强，再拼命，又能怎样呢？

应了那句话，爱又如何？

一个晚上读完了一本书。然后又在接下来的三个晚上连续奋战在工作岗位。有时候难免想起拉拉来，她聪明能干，肯吃苦不怕累，永远斗志昂扬，因此被外企同仁贬称为“倔驴”。虽然归根结底拉拉也是不完美的，也是偶尔会脆弱到流泪的，但这样的拉拉不知不觉已经成了我心里的一个标杆。她给我的影响始终是向上的、积极的，也许这才是我喜欢这本书的最主要原因。

不为文学，不为爱情。

哦，对了，我居然在储藏室里找到一大包的雀巢麦片，拿出一小包，冲了香浓的一杯。

哇噻，这样过冬，真是完美。

可爱的杜拉拉

written by 春梦觉来心自警

网上盛行多时的《杜拉拉升职记》，我今天无聊，才耐着性子看看，谁知道陡然爱上，还没有看完就忍不住想写写我的体会。

以前在琼那小广告公司，人员结构单纯得不能再单纯，就那几个人，谈不上什么组织架构、企业文化之类的，所以那时候看了看《杜拉拉升职记》

的简介之后并无兴趣。而今天，我身处一个一切都发展得比较完善规范的企业，虽然才一周，已经完全感受到人际关系的复杂。看了杜拉拉的故事，只觉鼻子发酸泫然欲泣：原来有人曾经跟我的感受心得这样相似！

年纪渐大，也学会对生活和工作进行反思。路是自己选择的，当初决定不肯留在家乡工作，放弃符合自己专业的职业，希望在外面多闯，多锻炼自己，走一条不让自己后悔的路。

拉拉每一次晋升，与其说她幸运，不如说她懂得把握机会，机会往往留给有准备的人这一句话是有道理的。守株待兔，往往一事无成。因为工作的勤奋，在公司空缺行政主管这一职位时，拉拉刚好补上。

很欣赏拉拉的牛劲，不仅仅是工作时候拼命得像头老黄牛，在面对不公正待遇时也表现出坚韧顽强的牛劲。总部行政经理要心眼假休产假时，拉拉被借调到上海，暂代经理的位置，经过半年的辛勤工作，出色地完成任务，当时的拉拉一心只是想把工作做好，根本没有考虑公司以一个主管的薪酬待遇让她干这些活是否合理。后来拉拉终于认识到自己被老板当成了一头只会干活的傻牛，而不打算为其争取应得的升职机会甚至是小小的奖励，拉拉愤怒了，一方面另找出路，一方面申请做总部经理。这个过程并不美妙，拉拉面对那个只想混到退休的上司不断地打哈哈时，甚至表现出咄咄逼人。最后，她的才能吸引到总裁的注意，她得以如愿以偿。

此外，拉拉的勤奋好学，善于总结，执行力强及灵活应变的优点，值得自己好好学习。拉拉刚接手总部装修项目时，每天都加班到10点后，除了处理一大堆烦琐的事情外，就是要学习装修事项，尤其是刚上任HR时，对人力资源的版块一窍不通，严重阻碍她工作，她一面学习相关专业知识，为了更好支持销售部门，拉拉积极学习业务知识，对于已工作四五年的社会人来说，还有这样的冲劲，真是很难得。

善于总结，这也是拉拉的一大特点，每次出现问题或完成任务，她都会自我总结，以做到有则改之，无则加勉，在这浮躁社会里，能静下来反省自己，其实很有必要。同时，拉拉的执行力也很强，对于上级交待的任务，拉拉通常都会立刻执行，并按质完成，对于这样的员工，老板不欣赏才奇怪呢。

拉拉也是一个聪明的，灵活应变的人，外企复杂的人际关系被她处理的如鱼得水，这倒不是说拉拉滑不留手。她的好人缘是建立在她的工作能力与真诚的处事方式上的。该强硬的时候，一步不让；该退让时，就变通处理。同时也要会察言观色，跟不同的人接触，会用不同的方式。

很多人感慨没有杜拉拉那样的好机会，在一个企业制度健全的外企云云，事实上，假如有了拉拉的这些特质，不管在哪里都会如鱼得水的。

过程艰辛，结局温暖的书

written by teamwolves

刚刚放下这本书，心里还保存着它的温热。

虽然是部小说，却提供给读者强大的现实和理论依据，职场上的形形色色被分析得很逻辑也很透彻，就这点而言，读一遍恐怕不够。

此书是看过豆瓣评论后才买的，没有失望，相信杜拉拉的同行——做行政和 HR 的人看了会更加受益匪浅吧。

此书在很多人眼中是本趋向于励志和专业性的书，确实，它教我们去分析事情，提供解决方案。但我觉得书中的爱情线虽然飘渺且若即若离，却为作品增色不少或者说不可或缺。

拉拉是个很勤奋上进且有心计的角色，不怕吃苦，不畏艰难，她的职业发展中多得了何好德的提携，后又把和顶头上司李斯特的关系处理得不错，这人 EQ 极高。ROSE 的恶毒，岱西的偏执和无原则是职场大忌。女人光长得漂亮不行，要有脑子，太聪明不行，要点到为止。

可能不论公司大小，人际关系都注定复杂，只是层次问题，就像拉拉说的，虽然李斯特不给任何建议和帮助，可就凭他那好莱坞大牌的架势，看着就舒服多了。是这样的，环境影响人，环境改造人，即便在这样的高素质人群中还有不少跳梁小丑，更不用说现实中的小人们层出不穷了。换个角度说，要想混好，一定要能忍，在忍的过程中去寻找办法。

低调的男主角王伟在书的最后和拉拉上演了什么叫缘分。让整个故事看着温柔许多，人性化许多。他俩的幸福，应该是大家喜闻乐见的。

我们都是“杜拉拉”

written by 胡吃海塞的恶果

终于，终于一气呵成地看完李可的《杜拉拉 2 华年似水》。何为华年？在书中最后引自李商隐的《锦瑟》是为解。

“锦瑟无端五十弦，一弦一柱思华年。庄生晓梦迷蝴蝶，望帝春心托杜鹃。沧海月明珠有泪，蓝田日暖玉生烟。此情可待成追忆，只是当时已惘然。”

第一次与拉拉相逢，不是在当当网、卓越网或者豆瓣网的书评，也不是不经意间畅销书排行榜上。而是在电驴上的有声读物列表上。很棒的一种新的读书体验，看到题目就被吸引，《杜拉拉升职记》简单直接，与我所处的职场阶段正好相符，听听应该比较受用。下载到手机上，上下班的路上不到两天的时间就迫不及待地听完了。拉拉的聪明、勤奋、智慧无不敲动着我心，拉拉的故事仿佛就发生在我的身边，那么鲜活，那么真实。在那段时间里，我仿佛得了神经质，觉得周围的每个同事都是杜拉拉，同样的外企背景，同样的职场艰辛，同样的加班，同样的坚忍，同样外表光鲜内心孤独，同样在为着梦想打拼，同样在寻找幸福生活的真谛。

拉拉的故事真实，她不像《输赢》、《圈子圈套》那样用鲜血淋淋的销售案例让我们的内心在阅读后有一丝悲凉。拉拉则用日常工作中的一些经历，平实又受用地向你娓娓道来，她的故事生动极了，像一个知心姐姐向你倾吐在职场上的经验和对生活和爱情的期待。读拉拉时，看着没有温度的文字，我却能一幕幕地将其变成生动的画面在我的脑海中上映。她和我的生活太接近了，书中职场上的案例，入职、成长、升职、加薪、岗位调动、离职、人事变动、利益争斗、职场爱情等等，她的故事也同样地发生在我每天的生活中。难怪书评中这样形容《杜拉拉》：她的故事比比尔 · 盖茨的更值得参考。

拉拉是善良的、智慧的、努力的、可爱的。70后的人看《杜拉拉升职记》会更加感同身受，80后的我看《杜拉拉升职记》仿佛比我生活先上映一个节奏的电影，具有一定的指导意义。

读完《杜拉拉升职记》，感觉她作为一名成功的外企经理有以下几个特征是值得我们学习的：

1. 保持善良真诚的品质
2. 勤奋好学，不耻下问
3. 善于思考，勤于总结
4. 设定明确的目标并且不断靠近

当我的善良被误解，我曾经质疑过自己的善良，但是当我发现善良本身并没有错，只是要用到同样善良的人身上。谢谢拉拉一步步地带着我感受你的坚强与努力，感受你的执著和心酸。看到拉拉在酒吧里任眼泪肆意横流，脆弱着向陈丰说："我快崩溃了，压力太大，我受不了了！"我真想也能去拍拍她的肩膀，给她一个温暖的拥抱。因为拉拉的独立、努力、认真、负责，执著的性格让她活得太累了，是的，拉拉说其实她是个很不容易快乐的人，就是因为她对自己要求太多，和我一样，读她的故事，仿佛也像我的经历，不知道现实中的拉拉是不是也是那要命的摩羯？

在当今激烈竞争的职场生涯中，相信我们人人都是杜拉拉，也人人心里都有个王伟。

期待拉拉三赶紧出版，期待东方卫视把《杜拉拉》早日搬上银幕，谁会最终出演拉拉的角色，真值得期待！

杜拉拉 2- 我们的似水华年，都给了谁？

written by spring note

作为红遍祖国大江南北的《杜拉拉升职记》的续篇《杜拉拉 2》应该说还是可圈可点的。

故事并没有真正延续第一部杜拉拉工作爱情双收的圆满结局，而是把她和王伟的重逢变成了“我一直认为，你我会情长意久”的杜拉拉的一个梦而已。与第一部不同，第二部并没有向我们讲述杜拉拉如何在职场中左冲右突，而是展开描述了在她身边的一群人的生活状况。我们看到了才貌双全的有为青年孙建冬，娶了广州俗女叶美兰；延迟生儿育女打算，却依然遭遇事业瓶颈的姚杨；初任经理，竭尽全力却得不到认可的李坤；受尽百般恩宠，却不知好歹的苏浅唱；初生牛犊不怕虎，勇敢追求自己所爱的一切的沙当当；还有地位有些超脱的陈丰；心直口快的张凯；聪明懂事的毕业生周子瑜；精明干练的沈阳美女梁诗洛，当然更少不了到处面试，到处碰壁的杜拉拉……好像一幅人生百态图。每个人都有自己的苦恼，每个人都有自己的追求。

续篇里，杜拉拉在某种程度上，由主人公变成了一个旁观者，在 DB 的广州办公室，为各色人等指点迷津。而几个主要配角的故事缓缓道来，和她的经历形成了衬托。虽然这其中，有很多人物的出现略有牵强，似乎作者在力图展现白领生活状态的时候，有一点点被“CARRIED AWAY”，背离了主旨的意思。打个比方说，沙当当，其实和杜拉拉实在没啥关系，她的出现，就个人看来，就是为了用80后的当当和70后的拉拉进行比较。相比之下，沙当当无论在事业还是爱情上，都更为勇敢而直率。她喜欢美男孙建冬，情知对方对自己毫无感觉，也愿意为了自己的一夜回忆不惜出卖色相（尽管她实在不是美女）；她为了高额工资，其他一概忽略不计，雷斯尼这个名字，和累死你、雷死你都是谐音，实在是非常之高的一手。尤其那个早操的插曲，令人喷饭；她为了拥有美丽，毫不犹豫地接受整形手术；她为了拥有一个帅气的丈夫，对叶陶的其他状况不闻不问。尽管知道自己“亏”了，但是，在面对叶陶有可能会成为“会赚钱的帅哥”这个前景的时候，依然选择了还是维持现状。对于沙当当来说，体面的职业，三室的房子，美丽的容貌，帅气的老公，一手的宝来，这一排序是不可撼动的，她为了自己的这些目标，不在乎到底自己会被累死，还是被雷死，依然乐观如昔。相比杜拉拉的患得患失，让人不禁感叹：长江后浪推前浪！沙当当这个与杜拉拉关系牵强但是却在本书中十分重要的人物，带给我最多的欢笑。

当然，作者还是为大家喜爱的拉拉安排了许多。她的成熟自信日益明显，在工作中游刃有余。不管是对内，还是对外，都让身边的人对她的存在有强烈的认同感。虽然她对人事理论还是十分匮乏，也痛心地意识到“提问也需要水平”，不过比她水平高的童家明，尽管坚信彪悍主义，也承认拉拉的聪明与敏锐。王伟这个让她心心念念的失踪人口，其实也一直对她牵挂不断。最后她凭借自己的实力，又让总裁齐浩天对其侧目，新任人事总监曲络绎也明显开始重视她了。一个比今天更好的明天，仿佛在对遭遇个人第一个事业瓶颈的拉拉轻轻挥手致意。

与第一部相比，第二步的理论性和逻辑性明显加强了许多。每一章节都经过精心设计，为的就是要讲明白某个道理。虽然略显牵强，也有炫耀作者 HR 功底之嫌，不过杜拉拉 2. 绝对是一本受得起“开卷有益”这四个字的值得一看的好书，甚至可以作为初涉 HR 的白领和各界菜鸟经理们的一本新人宝典。尤其对于同样跳槽苦无门的我来说，也可以发挥阿 Q 精神，聊以自慰。

不过在奋进感慨之余，又不禁为众多人物感叹。忙着结婚生子，忙着挣钱升官，忙着炒股买房，这些我们都还年轻，健康的岁月，稍纵即逝，却没有一个人，是在享受，没有一个人，想到了将来回头，除了丰厚的荷包外，需要留念的还有些什么。Those Shining Days，是的，周子瑜在拼命学习，沙当当在为了自已经过精密排序的梦想努力，杜拉拉为了事业与爱情苦苦纠缠，到底，我们如水的华年，都给了谁？

忧伤开满山岗，等青春散场

written by 许多多 -ed

好的艺术都是以共通性（empathy）为基础的。文字、音乐、绘画等一切基于灵感（inspiration）的东西，它们的价值在与欣赏者的思绪产生共鸣（resonance）时得到最大化。所谓“感同身受”是也。反而观之，随着人生经历的不断延展丰满，一个人的审美意趣（aesthetics）会适时变化也是自然。时过境迁，纵使一切都能够留得住，也大抵会有“物是人非事事休，欲语泪先流”的感叹。

四月读书天，一本《匆匆那年》，一本《杜拉拉升职记》。同是大热流行、朋友力荐，也同是一口气读完。然则前者看罢颇有无甚了了之意，大学乃至高中时的爱情和忧伤，于我看来已颇有故作姿态的矫情。尽管许多文字竟也华丽，但总归觉得是“再上层楼，再上层楼，为赋新词强说愁”，偶尔嘴角泻出的一两丝理解的笑意已是我能做出的所有回应。

而后者读毕却颇有醍醐灌顶的通透，很多事情就算作者未曾细说分明却也能将那弦外之音听得真切。书是打着职场指南的招牌，也并没有比那些泛滥大街的各路攻略更显得高明，可偏偏就是这样的一些平淡无奇的话语却能让我的思绪百转千回。上司下属同事客户各色人等，被赞赏被打压被嫉恨被提拔各种暗涌明波，虽然读到最后我甚至可以大体猜出这是写的哪一家公司，但书中的许多小故事小技巧小手段的确也是放之四海皆能用的。文中只用了很少的笔墨写爱情，但只这寥寥数语已让我唏嘘感叹亦欣喜了。懂得和共知（mutual understanding）实在是一切欣赏（appreciation）能成立的充要条件，无论是对一句文字一个故事一本书，还是对一份经历一段感情一个人。

我所忧伤的，是青春真的在以让我恐惧的速率远逝。纵使我还可以扎起小辫扬起脸纯真无邪地笑，让新认识的朋友们竟以为我是属兔甚至是龙的孩子,但我心里知道自己已经再也回不去了。虽然我还是笃定世界的美好，但我也开始习惯设定悲观的预期；虽然我还是偶尔会任性，但我也在试着学习一个人把所有事都扛下，苦乐悲欢，冷暖自知；虽然我还是愿意相信，但我知道，让我信任一个人或一件事，已经是越来越难的事情。每个人都在教我，你要如何更坚强。可是，我真的想自己还是可以抱着《匆匆那年》这样圣洁近乎虚幻的校园故事就能泪如雨下，而不是盘算着明天后天或是未来的某一天如何去实践从《杜拉拉升职记》里学来的小聪明。

“忧伤开满山岗，等青春散场。”

张小娴与杜拉拉

written by Jovoich.M

张小娴是一个很迷人的女人，骨子里透出一股性感。记得一本说女人的书里面说，女人的性感不在于外形是否惹火，真正性感的女人是会从气质上透出一股纯真与执著的。她们会固执于自己理想中的生活状态：为什么一定要赚大钱呢？快快乐乐地生活不就好了吗？为什么一定要结婚呢？两个人开开心心地在一起不就够了吗？

我特别喜欢她给幸福下的定义：儿时，幸福是一件实物；长大之后，幸福就是一种状态。

然后有一天，我们才发现，幸福既不是实物，也不是状态。幸福是一种领悟。

其实幸福很简单也很复杂，唯独经过千回百转的寻找之后，才会蓦然发现，其实幸福早就抓在手中了，此时的领悟是最幸福的时刻。只是我还在等待领悟的那一刻，是不是我太贪心了呢？其实我已经很幸福了。

而且，张小娴也是一个很俏皮的女子，她说这些才叫遗憾：

遗憾不是没有一个对你一往情深的人，而是同时有两个。

……

遗憾是你觉得自己仍然很年轻，可惜你的身份证不是这样显示。

……

在解释男人为什么独个儿去酒吧喝酒的时候，她是这样说的：

男人去酒吧，只是为失控的人生干杯。他太可怜了，由他去吧。女人拿他的钱去购物好了。

在说到最经典的十大骗案时，她是这样总结的：

一、爱情。来来去去都是你骗我，我骗你。难得有人肯真心地骗你，因为他不想你伤心。更难得有人甘愿受骗，因为她不想失去你。最高境界，是互相不知道受骗。

……

五、一切生发水的效用。不过是绝望者被抢掠。

六、一切减肥方法。聊胜于无。

……

十、人生。（这一个最经典，确实如此！）

在拿男人跟狗儿作比较的时候，她说：

女人有一百个理由相信狗儿比男人好。

……

六、狗儿走失了，你可以贴启示悬红找它。男人走失了，悬红也没有用。

七、狗儿不会对女人说："你胖了"、"你老了"、"你很烦"，更不会说"我不爱你了"。

……

十一、狗儿的母亲不会和你有婆媳问题，而且狗儿的母亲也不会对你诸多批评，它不会以为自己的儿子是万人迷。（哈哈，超喜欢这一句，经典！）

谈情说爱，张小娴可谓个中翘楚。写尽了都市男女的悲欢离合，尤其欣赏她在这些情情爱爱的时候显现出来的一颗玲珑剔透的心，她看透爱情，也很享受爱情。在她的笔下，SINGLE 原来也是一个很迷人的形容词；她相信女人男人都一样，都会变老，但是并不是所有女人都会"又老又丑"的，成为一个"老而不丑"的女人是她的目标，也是我的目标，毕竟在与岁月的竞赛中，谁都没能胜出过；她自矜，她怕"会飞的蟑螂、老鼠、猫、又大又凶的狗、蜘蛛、壁虎、蜥蜴……"但是如果和失恋相比，她愿意与这些东西待在一起，"可是，要失掉尊严的话，我宁愿失去你"。

这么一个有点任性、有点自私、有点骄傲又聪慧的女子，我想假如我是男人，碰上这么一个女人，是招架不住的，真的会为她痴狂。

而与张小娴相比，杜拉拉就实在得多了。“她没有背景，受过较好的教育，走正规路子，靠个人奋斗获取成功。对于大部分人来说，她的故事比比尔 · 盖茨的更值得参考，因为她的所作所为有更大的可行性。”这么一个虚构的典型白领，让人感触良多。杜拉拉也是一个聪慧的女子，善良、倔强、坚持、热爱学习，小心翼翼地游走于变幻莫测的职场当中，慎言、慎行，善于分析、总结，一套SWOT分析法用得炉火纯青。

在这个残酷的社会中，小心地保持着自己的既得利益，努力追求既得利益的最大化。有点自私，有点残忍，有点冷淡，同时又憨厚可爱。其实所有的势利外表都是武装出来的，但是武装得太久了，不免遗失了原来的自己。

拉拉相信，投资爱情不一定有回报，但是工作不会辜负你，只要你投入了就一定会获得回报。

张小娴、杜拉拉，这一实一虚的两个女子，代表了两种不一样的生活状态。用动物来比喻的话，前者是一只闲适自在又不失高傲的野猫；后者就是一只机灵可爱，又具有一定攻击力的狗。猫和狗，都很可爱。只是各有各的迷人又各有各的恼人，其实我更希望能够成为像张小娴一样的女子，自在、充满才气，特立独行又不会惹人讨厌。

然而，无论是张还是杜，我和她们的距离都太远了，而且，也不应该去模仿。我就是我，把自己的人生过得多姿多彩，便是成功了。

张也好杜也罢，我要的只是一种能把握自己生活轨迹的能力。

与杜拉拉同行

written by panlvincent

一本书，足以影响一个人的一生。

这本书，我不敢肯定有这么大的影响力。但我敢肯定，如果你喜欢了解办公室政治，喜欢知道怎样 HANDLE 理智与情感，喜欢知道什么是 HR 们疯狂推销的 SWOT、SMART 分析、360 度评估，还有品德在职场中的摇摆不定，你一定会喜欢上这本书。

一本书，如果仅仅是写一件事情，那也就罢了。偏偏这本书，你可以用你的理解去解读出 N 多的道道。

很凑巧，在看这本书的时候，我也是在一小时十分钟的飞行旅程上，人一旦处在游离的状态，就比较容易进入角色。回顾这十多年的职场生涯，仿佛也能找到昔日的影子，哪怕是某一日我们曾经为了某件事情处心积虑，哪怕是为了一个既得的利益不惜和某个人撕破脸皮，而更多的时候，我们在违抗内心的旨意，办着我们极其不愿意办的事情。

人的成长是需要代价的。从不懂到懂得是一个渐进渐变的蜕化过程，有些人，遂成了蝴蝶，有些人，终其一生，也还是毛毛虫。无疑，杜拉拉小姐是幸运而 EQ 极高的一位。我们可以看见在小说结构的背景下，在大段的模糊背景中，她被迅速地催化，从职员到主管，从主管到经理，再到高级经理。但是她，也付出了成长的艰辛和困惑。

喜欢这本书，因为看到了一个企业的整个全貌，包括组织架构图，包括办事流程，包括 IQ 和 EQ 的平衡，包括职场的冷酷和温情，这些元素，显像地摆放在我们面前，触手可及，当然也触目深思。

毫无疑问，这是一本小说，爱情是唯一的终极主题。喜欢拉拉小姐在处理爱情时的冷静和诚实。爱，还是不爱，还是办公室爱情的分分合合，多少让人唏嘘现代人爱情价值观的演进，也展现出我们在爱情面前多少的一些无奈。

顺便八卦一句，这是一本标准的女性小说，如果你不喜欢细腻，可以剔骨存筋，剥去小说的成分，直接按照她小章回的写法拿标题来读。

喜欢她结尾部分的那一句：不管你在哪里，在做什么，希望有一天我们能在一起。

当然，人的一生，都是：在路上。

跌入李可的小世界

written by 米朵拉

年末。

这个城市依然温暖，

纵容自己一个下午的放肆，

让身体沦陷在 STARBUCKS 软软的沙发椅里，

把所有的喧嚣和车水马龙丢弃在透明的玻璃墙之外，

白色封皮《杜拉拉升职记》安静地躺在我手里。

但凡一本书很畅销，一定有她的道理，

虽然只是带着消遣的心态去阅读。

很快，我发现我喜欢上她了。

杜拉拉，这个姿色中上的睿智女子，

用她的智慧和足够的幸运给我们演绎了最经典的职场警句：

“U DESERVE IT.”

是的。所有果都来自因。

目睹王蔷被辞退，历经玫瑰的不辞而别，感受李斯特的老奸巨猾。

所有的这些，让拉拉，这个只知道“好好干活”而不会争取自己利益的典型的“老黄牛”开始知道，只有建立自己的核心竞争力，才能被领导尊重并依赖。

每个人所处的位置，决定她的思考域。

当颇费一番周折才当上全国行政经理的拉拉，面对足以对她构成威胁的帕米拉的时候，她选择毫不犹豫地“干掉她”。

而又笨又无知的周亮永远也搞不明白，她干练的女上司为什么还要煞费苦心地教他“SMART”原则。

至于王伟。我必须坦白我对他的喜爱。

如果说拉拉是自私而现实的，虽然这种品质某些时候是职场必须的。

但在王伟身上，我看到更多的是一个优秀男人所必备的包容和豁达。

唯一遗憾的是关于岱西那段的赘述。虽然儿女情长是很多小说的卖点，

只是个人不喜欢。有点画蛇添足吧。

但这不影响我对作者李可的欣赏，

我甚至开始杜撰她的样子。

隔着大大的落地玻璃，站在阳光下。

对我微笑。

……

这个年头。我们必须强大。很强大。

现实主义的职场与爱情——读《杜拉拉升职记》一、二部

written by 百乐门小艳红

女人到底是女人。写一篇职场小说，结尾还是要落到感情上。即使到

了第二部，小说更加的职场化，恋爱的故事少了，然而在最后一节仍是讲“我一直相信，你我情深意长”。作者是典型的感性动物。

我从来不屑于读流行的通俗小说，比如早年的琼瑶、金庸，晚些时候的海岩，现代的安妮宝贝、郭敬明，上述种种我一篇都没有读过。然而这一次，我这个假装高雅的“小知”真的忍不住看了《杜拉拉升职记》这样的书，而且从上飞机前一直读到下飞机再读到夜里再读到第二天早上看完。可能是我发现，作者有我认同的精英价值观，并且，她讲的职场道理，没有入门级那么无聊。

通篇看下来，这里有完完全全的现实主义（或者说实用主义）价值观，甚至感情的部分，每一段都现实得要命。即使是最触动人心的拉拉与王伟的爱情故事，也是两个满脑子现实主义价值观的人之间的爱情。他们决定要不要恋爱、要恋爱多久、要不要一直在一起，总是要和职业、个人发展联系起来；他们相爱，但随时可以为了现实的问题，迅速中断两人之间的关系；虽然谈情说爱的过程本身还是温情脉脉。作者并不掩饰这种现实主义的态度，也许是为了揭发，甚至有可能是为了宣扬。因为这种观念太有可能是被世人所接受的，并不觉得刺眼，反而在网络上，看到很多的人为这爱情故事打动，强过被职场故事教育。

然而当今社会真就是这样现实无比的状态，偶尔我能在地震来临这种不可抗力发生的时候，看到有些人积极地去银行捐钱，甚至到灾区做志愿者（借机作秀的演员除外）。多数时候，我们的生活状态如果放大出来，就是活脱脱的杜拉拉与王伟，或者书中某一个还不老道的职场菜鸟。

作为一个曾在财经类院校学法律的人，我当然早早就认同了这种现实主义观点，早在上大二的时候我就知道了美国那个著名的宣扬实用主义观点的大法官波斯纳——法律的经济分析的集大成者，并且成了他学术观点的忠实追随者。我想我在生活里已不知不觉地实践了这种价值观。

在与这部小说醉生梦死的几天里，我甚至开始怀疑并反省自己对待感情的态度，我忍不住回忆我最近一次的单纯美好经历，就是说不把恋爱和太现实的问题结合在一起。我恍恍惚惚想起自己曾经有一次，为了纯粹感情的事情，几乎哭了整夜，第二天上班，我那不食人间烟火不管助理死活的老板看到我红肿的眼睛，竟然忍不住开口问了句：你怎么了。那天是我人生中第一次接触一种叫做眼霜的东西。这种故事，以后便越来越少了。我几乎忘了自己当年这种单纯的感伤，若非这篇小说里的恋爱感觉提醒了我，若非这太过现实的态度让我这个也信奉现实主义的人也开始决定要反思。

说了半天一直在说感情，作为职场小说，我也觉得这两本书值得员工和老板都看看。现实工作中能做到面面俱到很难，再成功的职场人士，难免有冲动或疏漏的时候，看这两部小说是个提醒。也不仅仅是 HR，也不仅仅是外企，职场总归有自己的通用语言。

前几日沪上演出了姚晨任女主角的话剧版《杜拉拉升职记》，其间我回了上海一次，但并没打算去看。因为不认同这个女主角的人选，书中很容易看出杜拉拉是受过很好教育的白领，并且最重要的一点，有着精英气质，多数时候内敛而温和，私下里随意而活泼。姚晨长得好看，也有小说主人公一样的直长发和身材，但是缺少最关键的气质。不是她气质不好，而是她气质不对。特别是她那张话剧海报，咧个大嘴笑的样子，完全不是杜拉拉的感觉。

书作者热爱描摹一些细节，特别是一些公认的白领价值观体现的物象，比如 LV 包、PORTS 的裙子之类，有时觉得看多了有点儿让人难受，因为很可能从另一个角度来说，这是一种过于庸俗的中产趣味。当然，莫须有的杜拉拉本人也许就是这么一个俗人。

小说·励志·指南

written by 梓亭

拿到这本书,是因为当当网将其与《沉思录》捆绑销售；开始读这本书，是因为附赠的所谓杜拉拉职场秘籍的小册子吸引了我的眼球；决定写这篇书评，是因为读到第三遍时新的收获依然在脑中激荡……

首先,《杜拉拉升职记》是一本小说。

小说的主人公杜拉拉是典型的中产阶级的代表，她没有背景，受过较好的教育，走正规路子，靠个人奋斗获取成功。简单翻翻吧，对于忙碌的你和我来说，就是一小女子在一大外企工作、生活的故事，有工作的辛劳，有工作的收获，有加薪的喜悦，有升职的快乐，有办公室恋情的隐隐约约、犹犹豫豫，有男友的前女友的阴谋算计、俗不可耐……这就是一本当代跨国公司背景下的职场小说，关于爱情的写实主义的描写，展示了中产阶级后现代情感生活中的疲惫与温存，让人看到都市生活中充斥着的现代和一些永远传统的东西，伴随外企般飞快的节奏，展现着30岁爱情的不易。所以,这就是适合你轻轻松松看看的一场戏,看一个与自己年龄、学历、背景、资质统统相仿的年轻职场女性——杜拉拉如何工作、如何生活。

其次,《杜拉拉升职记》是一本励志畅销书。

励志，一般都与畅销挂钩。是励志书都写得好？我看未必。大致也就是,在当今这个“业务人员烦躁、部门经理浮躁、总经理急躁、董事长暴躁”的时代，励志题材很适合治理这样的躁气吧。确实，部分所谓的畅销励志书，就是在口号新鲜的时候，让人读一读激动、想一想躁动、就是无法行动。《杜拉拉升职记》则完全不同。书中所有励志的理念、方法，均幻化在主人公杜拉拉的身上,她一步步去发现自己、激励自己,一点点去锻炼自己、成就自己，在外企的经历跨度八年，拉拉从一个朴实的销售助理，成长为一个专业干练的HR经理，见识了各种职场变迁，也历经了各种职场磨炼。

从杜拉拉身上，你能看到“工作就是责任”、能看到“高效人士的工作习惯”、能看到“你在为自己工作”……从杜拉拉最擅长的“事前观察”和“事后思考”中，你将不知不觉地接受拉拉励志理论。

所以，这就是适合你舒舒服服自省的一壶茶，品一个与自己年龄、学历、背景、资质统统相仿的年轻职场女性——杜拉拉真实思想、真实梦想。

再次，《杜拉拉升职记》是一本职场实用手册。

SWOT 分析法、SMART 原则、360 度评估、标准操作流程……这些不仅是企业通行，也是目前机关流行的一些工具和方法，要怎样迅速学会它们的应用场合和使用要领？上司喜欢什么样的下属、为什么要建立与上司的一致性、如何面对强硬的同事、如何索取更多的帮助……这些不仅是企业员工，也是机关青年普遍会遇到的问题和困惑，要怎样处理好这些与自身发展切实的问题？听杜拉拉现身说法，跟杜拉拉现学现用，相信你领悟得很快！要获得职业提升，你还需要掌握的重要法宝：记得下属的名字、认可须及时、谈问题要有 STAR（情景、任务、行动和结果）……这些，杜拉拉和你一起学习、一起尝试！

所以，这就是适合你快快乐乐学习的一部经，学一个与自己年龄、学历、背景、资质统统相仿的年轻职场女性——杜拉拉生存智慧、发展技能。

杜拉拉的梦想，一代人的变迁与历练

written by achene3

小说将主人公定位为一个出生平凡，没有显赫的背景以及姿色也是一般的女子。这是大多数人的一个真实写照。可以说，每个人的梦想都曾经很美好，可是付诸实现的人却不在多数。

杜拉拉这样的一个女子，凭借自己的努力以及对于梦想的真挚朝着那个方向去前进。从民企到外企的小主管，再到一级经理，看似简单的变迁实际上包含的是巨大的承担。有人说杜拉拉的这个升职过程中杜拉拉没有成长，可是对于拉拉而言，人生的经历已在这样的岁月里变得厚重。Paperwork 的不断的调整，让拉拉得到的不仅是更多的工作经验，而且在往后的人生里也是相当重要的。

我一直困惑，对于杜拉拉而言，是否能找到真正的自己想要的梦想。杜拉拉的个性是强悍的，懂得为自己去争取，这一点很值得便利贴的性格借鉴，可是，杜拉拉的梦想是否也能这样争取是很难定夺的。可以说，杜拉拉距离自己的梦想已经相当地接近了，早日退休的梦想对于杜拉拉目前的性格而言，是难以理解的。但相对于那些踌躇满志的人而言，实在是一个正确的蓝本。毫不夸张地说，对于遥远的梦想，实现在这些不仅需要强大的先天能力，还需要相当好的运气。可以说杜拉拉这样性格的人在处理这一点上是得当的，自己的目标应该定在一个可行的范围以内。这一点也是值得踌躇满志者来参考的。然而，如果说人生的梦想只限于此，那么就是过于不成熟了，对此，拉拉在最后写给李都的信中亦有提及——早日退休，实现你的理想。

小说的最后给出的一个高潮，是拉拉与王伟的重逢。于是，主题又再次呈现：对于职场，那只是人生的一部分，人生要实现的，不仅仅是这些，还有很多，爱情、梦想、幸福诸如此类。

同时，这本书作为职场新人的指导手册，也具有比较大的参考意义，尤其是拉拉对于一些困难的处理方式以及技巧。并且，这些技巧不只是适用于职场，甚至对于你所生活的领域，也适用。实际的事例分析以及丰满的人物形象呈现的东西往往更容易让人接受。

杜拉拉 2 华年似水

written by popo 小朋友说

这个话题我从年前就说啊说的，终于要写的时候反倒不知道从哪里讲了。

书是实习生之前告诉我的。我一直没去买，因为对于小说类的书籍我是不轻易下手的，主观上会觉得再看的几率实在很小。

看到一个同事已经买了这本，但也没去借，因为对于不是很熟的人我是不轻易借书的，我总是不好意思跟不熟的人提太多要求。

从网上载了下来，打出来也就 60 面，兴高采烈地抱回家，看一半的时候就想这书是不是薄了点儿啊；快看完的时候这种不祥的预感就更加强烈了，靠，这书，该不会没下全吧！看完 60 面的时候，我彻底歇了。

可是，强烈的好奇心驱使我迅速召唤来一小弟去帮我搞定剩下的事情——借书。借了书来一看我又晕了，还乐呢，其实看到的部分还不足全书的二分之一。

书的主人说她觉得《杜拉拉 2》不好看。立刻还有人说《杜拉拉 1》也不好看，很奇怪为什么还那么多人喜欢看。

这种时候我通常是不表态的。因为我觉得我跟你们说不清楚。

比起《杜拉拉升职记》是在小说的情节中穿插职场心得，《杜拉拉 2 华年似水》则更像是教科书的小说。

如果说《杜拉拉升职记》有两条主线并行：一条是拉拉成长升职的过程；一条是拉拉和王伟的感情，那么《杜拉拉 2》里似乎找不到很清晰的主线——毕竟该升的职在前一部里都升完了，而王伟也淡出了《杜拉拉 2》。所以作者并没有把书名命为《杜拉拉升职记 2》，而是叫《杜拉拉 2 华年似水》。这是很聪明的方法。因为《杜拉拉 2》更加具有现实意义，更为大胆地描绘了职场众生的百态。所以这也必然导致了小说成分的下降和说教成分的上升。而拉拉这个人物在续集里主要成为了有着满腹职场规则心得与法宝的宣讲者。看的时候我就会想，要是身边有这么位朋友该有多好啊。

但还是要承认刚开始看的时候会有点不适应，觉得作者好像有点急功近利，想把所有的经验心得全都一吐为快，可以看到大段大段的一、二、三、四。对于抱着看小说的心态来的同志们，这样的条条框框自然是不爱看的。但是同志们，人家从没说过自己写的是小说，从没有。有限定词的——职场小说。既然有特定的故事环境，环境中也确实有很多需要被条条框框约束的事情存在，那么丁是丁、卯是卯地写下来怎么了。

且先不论小说写的好不好，我觉得能把职场里的大道理写成一点都不难理解的小概念，还有人物、有情节、有故事、有起伏的，我就觉得这种形式特别好，特别成功啊。当然了，杜拉拉这个形象在2里更神了……这个是后话，不讨论不讨论，小说嘛。哈哈哈。

说回来。杜拉拉系列之于我，都更像是一面镜子。特别是《杜拉拉2》，还是有很多可以借鉴的地方。

“使别人愿意教你，是你自己的责任。”“别的员工不亏欠新人，帮助新人不是人家的天职。”看到这两句话我激动了一下，终于明白为什么有些人我就特别爱教，有些人我就懒得搭理。同时也提醒了我自己请教他人要虚心。

“面面俱到很难，但是高潜力的人应该不要严重偏科。”这个话题我今天还和我领导讨论来着。他说我一年考一个证就是神仙了。我说我的目标不是做神仙。他问我的目标是什么。我说是做一个平均分高的人。小说的作者果然水平高，同一个意思人家写出来就不一样嘛。

还有什么样的员工算是好员工，什么样的老板算是好老板，什么叫READY FOR NEXT LEVEL，书里都一一做了解释。

有些章节单是看标题就很有读下去的冲动：“当我们是新人的时候”，“可有可无的人，随时可被替代”，“想做经理的人4——性格极端是最坏的情况”

（我一直很害怕自己性格不好啊，看完之后觉得我不极端，哈哈），“WHY 比 WHAT 更重要”（哈哈，这个观点我也跟我领导说过呢），“高潜力人才的特征——永不满足现状”，“懂事是值钱的”。

除去这些明白写下来的，我自己读和思考到的就更多了，比如什么样的沟通老板会喜欢，什么样的员工老板会留意，什么该说什么不该说……

小说中，作者说拉拉是一个有强烈总结欲望的人。我觉得我也是。所以《杜拉拉 2》在我看来，如果要用一个词来形容，那就是实在，加一个感受来表达，就是受用。

在《杜拉拉 2》里很明显地感觉到其实作者表达的欲望是很强烈的，也许之前的成功可以让她不去顾忌所谓的销量和排名，也不去顾虑情节的安排是否恰当巧妙和合理，因而她有更多的机会借拉拉这个人物说明作者本身在管理上的看法。所以比起《杜拉拉升职记》来说，看《杜拉拉 2》需要费点脑子，要结合自己的经历多想多反省才会有更大的收获。

另外，不同于第一本结尾的草率，《杜拉拉 2》在倒数的章节里安排了拉拉跳槽，没成功但却又不甘心继续留下，而结尾也明显还留了个尾巴，应该是为出第三本做铺垫。这种做法是否讨巧，就见仁见智了。我是觉得没必要太较真，尊重作者。

话说在看最后一章拉拉跳槽无疾而终的时候恰好是我遭遇换岗失败，所以我也用“每个人都会经历这样的时候”来安慰自己。哈哈。题外话题外话。

既然扯远了，就再远一点好了。

听说杜拉拉系列要登陆荧幕了。电视、电影双管齐下。

电视剧是谁执导不知道，据说杜拉拉敲定孙俪出演。额……气质是有的，但是杜拉拉的精明、条理性和对于大局的把握，孙俪好像还是有蛮多距离的啊。

电影方面，据说老徐要执导啊。说实话不是特别惊讶，这位影响了我多年的偶像级人物很少让我失望，只是演员还未选定。不会选来选去最后又是她老人家自己上吧，年龄倒是跟杜拉拉很相符的，自己拍的电影自己演这不还节约成本么。没错。我比较看好电影版。哈哈哈。

无论如何，都要感谢杜拉拉系列的作者，在热闹又寂寞的职场中，用心记录着，努力传播着。

影视全记录

话 剧_上海首演的完美谢幕

电 影_没有理由不期待

电视剧_谜底尚未揭开

4月8日，话剧《杜拉拉》在上海美琪大剧院首演

监制：杨绍林　胡惠民

艺术总监：吕凉　王莉

制作人：王德顺　田园

原著：李可

编剧：舒心　石俊

导演：何念 Ber Ber(李李)

舞美设计：沈力

灯光设计：邢辛

领衔主演：姚晨

主演：龚晓　雷佳音　朱杰　李超　陈赫　刘鹏

特别新人推荐：戴墨　朱晓磊

演出时间：2009 年 4 月 8 日—4 月 19 日 (周一、周二休息) 晚 19：30

演出地点：美琪大戏院 (江宁路 66 号)

◎话 剧_上海首演的完美谢幕_

姚晨个人资料

姓名：姚晨

昵称：晨姐，大姚姚，圆圆（小名），晨晨

性别：女

出生日期：1979 年 10 月 5 日（农历八月十五）

身高：168 厘米

体重：51 公斤

星座：天秤座

血型：O型

籍贯：福建石狮（长于福建南平）

毕业院校：北京电影学院表演系 99 级本科班

姚晨：我演自己的杜拉拉

4 月 8 日，由何念导演、姚晨主演的话剧版《杜拉拉升职记》在上海拉开了全国巡演的序幕。

>>> 话剧版《杜拉拉升职记》什么样

依然是女性职场宝典

如今女性们对成功的渴望，并不亚于男人。所以，你卖给女人的不能仅仅是衣服和首饰，还有并非只装在香水瓶子里的梦想，比如在职场上的必胜宝典。

话剧《杜拉拉升职记》一共传授了七节课，包括“看清自己等级、认清自己目标"、"找家好公司"、"学会把握机会"等课程。如果你是企业家，也许"杜拉拉"可以帮你成功分析员工心理，尤其是女员工；如果你是小白领，那么"杜拉拉"则会告诉你在全球500强企业中生存的必胜法则，帮你达到故事尾声的目标：早日实现退休理想。

它的形式非常"何念"

见识过何念的爆笑《鹿鼎记》，那么《杜拉拉升职记》的热闹场面也就不难想象了：现场乐队、恶搞、五光十色的道具机关、与时俱进的搞笑台词……

《杜拉拉升职记》有各式各样的喜剧元素，比如一开场就是一群穿着毕业服的学生在大声唱歌，接着杜拉拉的男友很"和谐搞笑"地甩了杜拉拉，并且一开场姚晨就以美声歌唱逗笑了观众。再比如，在表现杜拉拉跟同事斗智斗勇的一场戏中，导演何念让姚晨玩起巴西柔术，用搞笑的肢体语言去渲染拼杀斗争；在一段热火朝天的装修场景中，水桶、木工桌、铁盖子、榔头、铁锤频频搬上舞台，演员们汗流浃背地玩起打击乐，像是一场山寨音乐会；在枯燥专业的职场辩论中，演员边舞边唱，有无厘头的戏谑……舞台上还有桑拿房、云霄飞车，最夸张的是最后舞台上出现了一个大大的热气球，姚晨和男主角在热气球上打情骂俏……最后的最后观众还将得到一个小小的惊喜。

这一切都很有何念风范，小聪明不断让台下的观众乐得捧着肚子哈哈大笑。

话剧也有植入式广告了

话剧《杜拉拉的升职记》除了让我们感受了舞台上的职场和何念的搞笑功力，还让我们见识了原来话剧也可以植入广告。全场不下十次地提到"荣威550"轿车，其生硬程度让人无奈，只好当作笑点爆笑一回。除了轿车，什么包包啊，鞋子啊，电脑啊，全都齐上阵。继冯小刚率先让大家在电影里见识了“植入式广告”的名堂，何念把它搬到了舞台上，确实新鲜。

姚晨当初看完了《杜拉拉升职记》就决定出演杜拉拉了，她说她喜欢这个角色，也特别理解杜拉拉。

“人们都说她不是那么好，有心机。我觉得心机分两种，一种是有心眼，那是用来保护自己的；第二种是保护自己之外会伤害别人。书里的杜拉拉都是保护自己的心机。”虽然没坐过办公室，但“有人的地方就是江湖。有等级制度有上下级，不光是职场，什么地方都一样。”姚晨说着认真起来，但一听到有人夸杜拉拉就适合姚晨演，她又立刻招牌大笑起来：“太好啦，我成功占领高地，先入为主喽！”

她对杜拉拉的理解是从一个女人的角度进行的：“每个人心里都有一个杜拉拉，我演自己的杜拉拉，我会从女人的角度理解她，她很强很出色，但她还是女人。”

“做女人该做的事情。”这句话被姚晨说了好几遍。在她看来女人应该时刻铭记自己去追求一件事情的初衷，因为在过程中会有只手把你往上推，像杜拉拉那样最后被欲望左右迷失了自己：“所以我们有了一个比较积极的结局，就是要告诉大家一些美好的东西。”

经济危机没啥可怕

姚晨在之前参加的《头脑风暴》中被要求解答一道题：面对企业的危机，作为员工应该怎么做？她用了两个简单的词回答：本分和机遇。

“每个人的人生态度不同，我们从事文艺工作的可能更多的是感性的东西，但我发现后来其他一些行业的人得出的答案跟我是同一个意思，就是做好自己本分的事情再等待机会接受命运的安排。任何工作都是相通的。”剧中杜拉拉在经济危机之时依然希望辞去经理的职位，姚晨说能理解，但自己不会这样做。经济危机也没啥可怕的，做好自己分内的事情最重要。

话剧《杜拉拉》导演何念个人资料

上海话剧艺术中心导演，2003年毕业于上海戏剧学院导演系。毕业四年，已连续执导了《大于等于情人》《恋人》《人模狗样》《初恋50次》《双面胶》《武林外传》等话剧，被认为是目前上海最年轻高产的话剧导演。

何念的作品有自己独特的风格，大多取材于畅销小说或影视剧，有很好的市场基础，对年轻人的生活和情感也有敏锐的把握，并且往往具有轻松幽默的特点，和单纯追票房的商业剧导演不同，何念的作品在艺术上也有值得称道之处。

何念给你一个温暖的杜拉拉

毛予倩 / 文

何念，上海话剧艺术中心导演，有“话剧票房蜜糖”之称。2003 年毕业于上海戏剧学院导演系。主要导演作品有：话剧《人模狗样》、《恋人》、《初恋 50 次》、《跟我的前妻谈恋爱》、《和空姐同居的日子》、《双面胶》、《武林外传》等，电视剧《男人本色》、《美女愁嫁》、《中国式离婚》、《防火墙 5788》等也给观众们留下了深刻的印象。其中，《人模狗样》参加第 17 届埃及开罗国际实验戏剧节获“评委会最杰出社会成就大奖”。2008 年 03 月获得第十二届佐临话剧艺术奖特别奖——优秀青年人才契约奖。

>>>《杜拉拉》，制造 20%“意料之外”

开始，《杜拉拉》叫做《杜拉拉升职记》，那是一本卖疯了的职场小说；

后来又叫做《杜拉拉》，因为它从小说变成了话剧。何念说："最后我们把剧名改成了《杜拉拉》，现在把这个戏定位成了一部女版的'奋斗'，80%忠实于小说原著，还有20%是我们自己对职场奋斗的思考。"据说，这20%的意料之外出现在结局部分。

刚开始排练的三个星期大家很痛苦，包括何念在内。读小说、谈人物、找主题……《杜拉拉升职记》本身更像一本"攻略书"、"说明书"。要改成话剧，无论是剧情的设置还是表现的形式，都让何念无从下手，他说："我们曾经想过放弃，因为我们不知道在表现了办公室的尔虞我诈、表现了杜拉拉的奋斗过程之后，我们可以给观众留下什么思考？在这个经济寒冬，我们可以给观众带来什么样的安慰？"

何念的作品大部分都以大团圆结局收场，因为他一直坚信戏剧应该给人们带来梦想和希望，"《杜拉拉》可以被视为女版《奋斗》。现实已经够残酷了，我们该给观众一些温暖。因此，话剧将有一个全新的结局，最后，我们将让杜拉拉看清一切功名利禄，在达到职业巅峰后选择辞职。"

>>> 早早抱上儿子的80后

何念算不算80后的成功人士？应该算，虽然一直奋斗在话剧前线，离只管发号施令的"金领"，还有很大差距，但说实话，他过得充实自在。

何念的人生也应该可以作为80后的样板人生吧，小小年纪，该干的几乎都干过，除了做导演，还有结婚，还有生子，什么都没落下。传说何念和他老婆大学毕业后便结了婚，如今宝宝也已经长成了可爱非凡的模样了。记得今年佐临奖的颁奖礼，去上海话剧艺术中心凑热闹，灯光昏暗的时候，看到何念抱着和他一样大头大脑的儿子从侧门走来，更加神奇的是，他的宝宝从头到尾一直看得津津有味。"我儿子从小就有戏剧细胞，只要一看戏，就会变得很安静。"何念很是得意。"我们家在晚上十点前肯定不会有人的。老婆跟着我混，宝宝也跟着我们混，这就是我的育儿经。"

何念很喜欢儿子，这点从他博客总是不时地放上儿子的照片，或者是频繁地为儿子写博文就可以知晓：“夏天，太阳！带着儿子去游泳，看着儿子在水里和我打闹，真是觉得很幸福！这样的幸福感以前从没有过，是那种——你快乐所以我快乐的加强版乘以100。儿子坐在小鸭子的救生圈上面，划着，和其他水里他并不认识的小朋友打招呼，他们有自己的语言，大人无法读懂。现在儿子已经会很清晰地叫爸爸了，然后他每天早上起来都要叫上几十声爸爸，然后用头把我撞醒，我被他撞醒以后只能和他说：“你这样的方式简直太热情了”。就像所有父亲一样，何念也希望：嘟嘟小朋友，祝你健康，快乐！

>>> 选姚晨，看中她的侠女气质

《杜拉拉》的“导”与“演”的组合堪称新颖，何念 + 姚晨的模式透着股新鲜劲儿。何念是话剧版《武林外传》的导演，姚晨是电视版《武林外传》的“郭芙蓉”，再加上《防火墙 5788》里的合作，两人倒也不陌生。

何念对于姚晨的“侠女”气质赞叹不已，既然是女版“奋斗”，当然要找个干劲十足的女主角才行。对于主演姚晨的选择，一向脾气不错的何念，也一如往常地褒扬着：因为去年刚刚合作了电视剧《防火墙 5788》而对姚晨有所了解，何念发现姚晨身上具备一种“侠女”的气质，还有她的亲和力以及执著的心跟杜拉拉一样。

以前，在学校里总是演“大青衣”的姚晨，进入演艺圈却总演些“小花旦”，终于，因为《杜拉拉》，姚晨有了独挑大梁的机会，这也是姚晨毕业 6 年来的第一部话剧作品。“去年年初，我在北京看了何念的话剧《武林外传》，很震撼；后来上海看了《罗密欧与祝英台》，同样非常喜欢。所以，去年 12 月，他（何念）邀请我演出时，我看完小说后立即答应了。”

大家看话剧

话剧《杜拉拉》

written by 断弦瑶琴

首先得隆重感谢偶们的飞鸟美女，因为有她的票票，偶才能看到一直心心念的话剧《杜拉拉》，还是首映。

话说去之前偶还在想为美女老乡带点南翔特产小笼包表示下感谢，不过后来想这要是拎着小笼看话剧，咋就觉得那么怪呢。还好后来没带，不然真要糗了，嘿嘿。

整个话剧的编排、配乐和表演都很棒，演员们夸张的肢体和表情再配上音乐，时不时令人捧腹大笑。刚开始还在担心，短短两个小时的时间，肯定无法将原著中的故事情节讲述明白，又怎么能精确地表达出其中的深刻？但看完整出话剧，发现就是在这短短两小时的时间内，编剧导演和演员们几乎完整地展现了书中的整个故事，情节衔接得特别紧凑，虽然还是感觉表达出来的东西不如书中的那么足够深刻，但基本也能大部分展现了。编剧和导演真厉害。

重点当然要说姚晨了，去的一半的原因就是冲她啦。真人好瘦，身材爆好。不过走下银幕之后，感觉也就是普通人呵。不过明星也都是普通人嘛，无可厚非。开场的时候穿着学士服跟别人一起唱歌，我找了半天都没找着哪个是，还是在飞鸟的提醒下才发现……中间过渡的部分穿插了很多歌舞，发现姚晨唱歌也不错呢，估计以后也要演而优则唱吧。

最初知道姚晨演杜拉拉时，感觉怎么也没办法将两个人联系起来，姚晨的形象咋看咋像个没心没肺的大咧咧，怎么能演出杜拉拉的委婉犀利斗心眼的一面呢，不过实际出来的效果倒是比想象的要好得多，从一开始天真单纯地被玫瑰和李斯特利用还心存幻想，到后来为达目的心狠手辣借机除掉帕米拉也把海伦当了垫脚石，姚晨每一面演得都很到位啊，基本无可挑剔。

除了姚晨，其他的演员也是很赞。狡猾的李斯特、奸诈的玫瑰、傻嗲的海伦、楷模人士王伟，就连那个“台巴子”阿发，都演得出神入化。相比之下，还真属王伟演得不够火候。也许是编剧的原因，感觉王伟这个人物刻画不够丰满，书中和拉拉的密切联系也表现得不够尽然，虽然也有几场对手戏，虽然大结局是两个人的戏，但总是感觉缺少了点什么。

剧里加了不少喜剧和流行元素。歌舞是一大亮点。其中拉拉和王伟练柔道切磋，拉拉和玫瑰 PK 的对戏都是非常精彩，还有李斯特、何好德和王伟三人一起拍杂志封面摆 POSE 的场面，简直太搞笑了……

最后不得不说那个“荣威 550”的广告，真是太强大了，无孔不入啊，竟然也成了一大笑点哈。

PS：还有一点忘了说，真没想到编剧导演等幕后团队都是那么年轻啊，偶和某人一起感叹老矣，现在是 80 后的天下喽，偶们这代前浪还没发挥威力呢就被这强劲的后浪给拍死了啊……

我也是那杜拉拉

written by 米兰小巷

对于今天的话剧~四月十号~期盼已久~

票也是一个多月前就买好的了~

上上上上周便急吼吼地扫完原著《杜拉拉升职记》和《杜拉拉2华年似水》，将人物情节烂熟于胸。

话剧当然是改编的，但框架、细节却仍清晰明朗。

HELEN是可爱的花裙子小美女，嗲得让人欢喜。

玫瑰是靓丽精明的高级白骨精，气质无敌。

杜拉拉努力上进、自强不息，可同时，亲切得让我分不清是拉拉还是姚晨。

特别是当“过河拆桥”换来一句“排山倒海”的一刹那，熟悉的音乐响起，感觉超搞笑，彼时，那句“过河拆桥”的千滋百味，怎一句了得。

萨拉丁说我起笑点低，确实，可是当姚晨出来谢幕的时候，眼眶湿了。

身有同感，是逾越，将心比心，千倍的，体会，

非如临其境，又怎么会懂得那种悲凉。

一笑而过的是舞台之上的风光。

真正一日一日度来，是不敢事先预想的恐惧。

整整三个多小时的话剧貌似很长，但却有多少辛酸在其故事背后。

博得满堂喝彩又岂是笑料充斥的回报。

我相信，是因为有千千百百的杜拉拉产生的共鸣。

◎电影_没有理由不期待_

徐静蕾资料

姓名：徐静蕾 Jing Lei Xu

生日：1974 年 4 月 16 日 (星期二)

血型：O 型

身高：170 厘米

体重：49 公斤

出生地：北京

学历：北京电影学院

最喜欢的颜色：黑、白

徐静蕾的艺术简历：

话剧：1994 年《我爱 XXX》

电影：1997 年《爱情麻辣烫》《风云》《一夜富贵》1998 年《忽然丈夫》2001 年《花眼》《开往春天的地铁》《我爱你》《北雁南飞》

电视剧：1994 年《同桌的你》《新言情时代》1995 年《一场风花雪月的事》1996 年《北京爱情故事》1997 年《霹雳菩萨》1998 年《龙堂》《将爱情进行到底》1999 年《财神到》《情书》2000 年《世纪之战》《让爱作主》《旅“奥”一家人》2001 年《堆积情感》2002 年《我和爸爸》2003 年《最后的爱，最初的爱》《兄弟》2004 年《一个陌生女人的来信》

导演电影：2002 年《我和爸爸》2004 年《一个陌生女人的来信》

编剧电影：2002 年《我和爸爸》2004 年《一个陌生女人的来信》

想八卦，被八卦，抱大腿

From 老徐的博客（2009-05-26 09:55）

职场小说，是被我当作八卦来看的，好奇人家过的是什么样的生活，每天在办公室里是怎么度日的，和我们这种社会半闲散人士有什么区别。接触的第一本就是《杜拉拉升职记》——因为朋友推荐我拍成电影。阔别自己拍电影几年后，上来想拍个轻松的，最好是现代都市戏，因为每每被各种自己不擅长的事情搞得焦头烂额之后，睡前例行的看电影，总是挑些轻松好玩儿的看，被逗乐了，被积极向上的情绪感染了之后，便对该片导演产生感恩之心。

到了自己要拍，便想拍些同样类型的，别无他求。大伙儿每天为生活奔忙，何必再跑去添堵，某谆谆教诲的书说——娱乐至死，娱乐真不是个好东西，但是，就这样吧，总比找不开心强。我们的教育，从来不缺黑脸，不缺日日三省吾身。可是，谢谢你们，鼓励鼓励我吧。

到了每月三度的要履行主编的非常具体义务时间，我企图偷懒让执行主编大人代办，未果，执大人说，不写也行，我采访你。好，您采访。本人最大的优点就是好说话。于是，被问了好多个问题，为什么要拍杜拉拉，喜不喜欢杜拉拉这个人物等等，我一一老实作答，同时琢磨，一个本来是把职场当八卦看的人，终究还是被职场八卦了。这非常符合事物发展的原则，投桃报李。如果大家不明白我上面或者之前博说的话的意思，很正常，谁规定了在博客里非要说连自己都要明白的话。读书的时候老师说了，看看人家鲁迅先生，词，都是人家自己创的。怎么了？妨碍人家什么了？各位看官，这是典型的抱大腿的意思，不要理我，由得我去，反正谁也跑不出200米。

新一期职场杂志又上线了，推动杂志的读者增加，把杂志办得越来越好，是我的事业和义务之一，这个闲话谁也说不得。所以，请看右边的大屏幕，去看看我们特别好的杂志。我的话完了。说的真好。谢谢。

《杜拉拉升职记》幕后

开啦职场4期 职场小说

开啦。职场：决定拍《杜拉拉升职记》的原因是什么？朋友推荐的？

老徐：张一白说看了个小说不错，可以拍成电影，我就让同事去买了《杜拉拉升职记》，后来我才知道这个小说挺火的。

买了之后，一晚上就看完了。小说挺吸引我的，可能也和我对职场的生活比较有兴趣有关，自己从来没有经历过。小说写的感觉也比较真实，但是后面我不喜欢。之后张一白问我愿不愿意拍成电影，他那个时候在一个新的影视公司任职，正在抓项目。我说可以，当时我正好想拍点都市现代题材的电影，觉得这个小说挺符合我的想法的，就决定拍。

开啦。职场：为什么不喜欢后面的情节？

老徐：后面的人物趋于脸谱化，像岱西这种人物我很不喜欢。我相信现实生活中有这样的人，但是她坏的太单一了，太概念了，与她相关的事件也是一样。另外，爱情线也比较单薄。结尾我当时都怀疑是另外一个人写的。但是前面小说写了很多白领生活的细节什么的我觉得还挺真实的。

说实话，是当职场八卦看的。

开啦。职场：小说改编成剧本难度大吗？

老徐：难度比较大。因为小说里面一些东西，不容易用影像来表达，比如360度评估啊之类的。还有，小说内容比较多，20万字，电影只有一个半小时，要剪掉很多东西。但是，很多事件不好剪掉，因为里面有逻辑关系在，所以改动比较大。

开啦。职场：为了这部电影，你都去了哪些企业采访？

老徐：google、可口可乐、邦迪、智联招聘等等。我觉得这些采访非常有用，帮助我了解了很多白领的生活。反正现在的剧本里，很多事情是听他们的讲述写进去的。我后来给他们看还没有完成的稿子，他们都说：“还真都写进去了啊！”

开啦。职场：以女性为主角的职场小说，通常是因为一个男人让自己的事业出现转机；以男性为主角的职场小说，就总是关于个人奋斗，对此，有什么看法？

老徐：《杜拉拉升职记》还不算这样的吧，我倒不觉得小说里有明显的这样的特征，讲的基本还是个人的努力。当然，谁的努力过程当中都会得到别人的帮助，如果非要说的话，当然男性领导在职场里面还是多数的，得到男性领导的提拔也很正常。

开啦。职场：剧本会强调职场还是爱情？

老徐：希望两个并行，希望加强爱情线，也把职场比较准确地表现出来。

现在对剧本的看法也挺不一样的。有的人觉得很外企，有的人觉得不。将来电影也肯定一样。不过剧本还在改，我自己还不够满意。

开啦。职场：到外企采访时，他们对《杜拉拉升职记》这本小说有什么评价？

老徐：大多数小白领都看过，男性读者明显喜欢的少，没有女性那么多。领导级别的看过的比例比较小，有的看过了也不喜欢，还有的认为我们的剧本好好多倍，某个HR。

开啦。职场：在外企采访后，现在回头再看小说，你和当初有什么不一样的想法吗？

老徐：我觉得每个人所在的职场都不一样，经历也不一样，从普遍概况上来说是差不多的，但是每个人都有不同的经历和理解。我觉得这个很正常，不能说明和小说有什么不同的想法。

开啦。职场：你本人喜欢杜拉拉吗？

老徐：谈不上喜欢不喜欢……她独立和努力的方面我喜欢，但是我从来不认为工作和爱情就一定是冲突的，我对她对感情的支支吾吾不是很喜欢。仅是个人观点。

我觉得她作为一个女人来说，有点不全面，工作和生活能兼顾我就更喜欢她了。现在一说起来老师觉得工作和生活都是冲突的，我怎么就那么不相信呢，作为一个心智健全的人，应该都好才对。至少要向那个方向努力。

◎电视剧_谜底尚未揭开_

《杜拉拉升职记》的电视剧版权由中国第二大传媒集团上海文广新闻集团（SMG）早在08年初就重金买下，已将《杜拉拉升职记》与《网球王子2》、刚刚关机的《蜗居》一起作为东方卫视的独家定制三部曲。

SMG即将开拍杜拉拉的消息传出之后，各大广告厂商已开始疯抢“杜拉拉”的植入式广告，国内以及港台知名女演员纷纷自荐想成为杜拉拉，许多海外媒体也悄声打听杜拉拉电视剧制作的情况。据SMG内部人士透露，具有白领气质的男女演员人选以及熟悉外企文化的导演人选是目前最为困扰制片方的问题，如何打造一个打动人心的“杜拉拉”，让我们拭目以待。

杜拉拉
经典语录

1. 真正的外企，富高科技含量的500强跨国企业，不需要背《陋室铭》，更不会有性骚扰，而且老板肯定很忙，没有兴趣让我伺候他吹牛两小时，就算老板吹牛吧，一定也吹得非常有魅力。

2. 谈恋爱和性骚扰有明显区别，谈恋爱就是两个都愿意，性骚扰就是一个愿意另一个不愿意。

3. 单相思也是一个愿意另一个不愿意，单相思可以发展为性骚扰，前提是单相思的一方采取了行动，从而给另一方造成困扰或危害。

4. 经理以下级别叫“小资”，就是“穷人”的意思，一般情况下利用公共交通上下班，不然就会影响还房贷；

经理级别算“中产阶级”，阶级特征是他们买的第一个房子不需要贷款，典型的一线经理私家车是“宝来”；

总监级别是“高产阶级”，“高产”们有不止一处住房，房子得是在好地段的优质房产或者“别墅”，可以自愿享受公司提供的商务车，或同等价格的补贴自己买车，和车相关的所有费用完全由公司负担；

VP和president是“富人”，家里有管家和门房，公司给配着专门的司机，出差坐头等舱。

5. 爱情不是用来考验的，而是用来珍惜的，对女孩而言，青春苦短，守着一份变数太大的爱情是最大的危险。

6. 当痛苦有了一个时限，当事人就有了一个熬出头的指望，每过一天，你都知道你正在离痛苦更远。

7. 多参加集体活动，能增加良性进程。

8. 商业行为准则，就是公司用正式的书面形式，告诉员工什么可以做、什么不可以做，如果非做会受到什么样的处罚等，公司通过这套准则让员工明白，这里的企业文化认为，什么是道德的什么是不道德的。

9. 紧挨着核心业务这棵大树来发展，才不会被边缘化并能最快地发展。

10. 和上司建立一致性。

11. 只要上司的主意不会让自己犯错并成为替罪羊，便决不多嘴，坚决执行；哪些事情是上司不关心的没有价值的小事，就自己处理好而不去烦他；还有些事情是上司要牢牢抓在手里的，但是可以提供自己的建议的，就积极提供些善意的信息，供上司做决定时参考用。

12. 拉拉感到王蔷的逻辑不够好，而且也比较自我：一是在最忙的时候去休了并非马上休不可的病假，且没有对其间的工作做好安排；二是在主管忙的时候拿对主管来说并不重要的事情烦她。

13. “学到东西”当然很重要，可“学到东西”，不就是为了谋得更好的收入和更好的前途吗？假如一个人把这样一个项目干下来，公司应该给这个人什么。

14. EQ在斗争中成长得最快。

15. 忠诚源于满足。入职培训的忠诚教育，这不仅源于洗脑者的需要，也源于被洗脑者的需要。这和婚姻没有什么两样，人们越满意自己的配偶，越为自己的配偶骄傲和自豪，就越愿意忠诚于自己的配偶。

16. 外企HR制度中的越级申诉制度，拉拉总以为更多的是起到预防告诫的作用，让那些做头的人，做到慎独。一旦有人当真踏上那条申诉通道，只是用自己的前途来维护了企业文化的开明形象。

17. 大老板问话的常见规律。有预算吗（有钱吗）？公司流程关于这类项目的花费有什么规定（符合政策吗）？做这件事情的好处是什么（为什么要做）？不做的坏处是什么（可以不做吗）？

18. 干了活还受气该怎么办？

（1）把每一阶段的主要工作任务和安排都做成清晰简明的表格，请老板在某某日期前提意见。

（2）遇到难题拿着解决方案去找老板开会。使老板了解工作中困难的难度和出现的频率，自己的专业素质，以及积极主动解决问题的态度和技巧。

（3）通知老板大项目的重要阶段进程。

（4）与其他部门沟通，尽量考虑周到，避免麻烦。

19. You deserve it！的两层含义——名至实归和罪有应得。

20. 关于培训，只有10%的知识是你能从培训课程中获得的，还有大约20%则来自于向有经验者的学习，剩下的70%都来自于on job training（实践中学习）。

21. 所谓好公司：一是收入，二是环境，三是未来，还有就是无形的福利，比如：和你一起工作的同事都是素质高又专业的人，会让你在工作中更有愉悦感和成就感。

22. 升职前，拉拉打心眼里觉得自己做这个经理是绝对胜任的，到她真正坐到这个位置上才发现，原来这个位置上的很多活，是自己以前并不了解的。

23. 官僚就是该做决定时思考，遇到困难时授权。

24. 面对变化的时候，大局势看清楚，再决定。

25. SMART原则：S–specific，M–measurable，A–attainable，R–relevant，T–time–bounding。

26. SOP（标准操作流程）的多种用途，它不但能提供解决问题的方法和做决定的依据，还能避免人与人之间的不同意见，从而规避个人矛盾和职业风险。

27. 人的精力是有限的，当你的精力花在某些方面，意味着同时你放弃了另一方面。与其花很多精力去把弱项改造成强项，不如把这些精力放在发挥强项上，会有更高的投入产出比。这就“扬长避短”。

28. 人的注意力是有限的，既然做不到面面俱到，就要保证不忽略重点，每个人的业绩是否合格，能力是否优秀，80%甚至更高比例的结论由他的主管直接做出。即使全世界的人都说你好，直接主管认为你有问题，你多半就是有问题了，一言以蔽之，就是你要“保证重点”。

29. 齐浩天的方式：我不撒谎，我相信你也不撒谎；假如你撒谎，只要被我发现一次，你就是个不值得信任的人。我用你我就信你、support（支持）你到底，你要是好，我们一起好；你要是不好，我们一起玩完；我若是足够幸运，在玩完之前发现你辜负我的信任，那我就干掉你。

30. 早日实现退休理想——你需要眼光和资格。

31. 就是因为自己和李斯特沟通不够，遇到事情都是自己默默干了，所以他根本没有意识到发生过多少问题，有多少工作量，难度有多大。于是，他就不认为承担这些职责的人是重要的。鉴于他不认为你是重要的，他就不会对你好，甚至可能对你不好。

32. 不能满足于自己一直在致力于某问题，就糊里糊涂无限期地拖下去；要给自己一个明确的时间限制，就是再复杂的事情，到那个事先定好的时间点，就一定要下一个结论，到底我该往哪个方向去了。

33. MAIL是个好东西，谁说过啥都不能赖，全在服务器上存着呢，公司随时调记录。

34. 认可要及时。认可不及时，鼓励不及时，乃用人管理之大忌。在她最想要的时候给她，才能起到最好的作用，等到她都皮了，你再给她，就不会有现在给的激励效果好了。

35. 谈问题的时候要有star（situation，task，action，result，情景，任务，行动及结果，指完整的事件背景），做主管的应避免评价这个人怎么样，而该把要点放在说这件事是怎么回事。

36. 公司在绩效管理上，有个工具“360度绩效评估”，各级主管可以自主决定抽选部分下属做360度评估。

37. 做为员工，对他们来说什么是最重要的？说得通俗易懂点，就是钱、权二字！任何关系到晋升、加薪的事情，就是员工最关心的事情——

HR在这样的事情上不让员工和相关部门的头感觉到你的存在、感觉到你的重要性，谁还理你？任何一次这样的事情，我们都不能等到下一次，要抓住一切机会，积极主动地去参与，甚至，组织和领导。

38. 明智的跳槽是因为有更好的机会，不仅仅是因为目前的机会不够好，否则就成了为跳而跳。

39. 拉拉又学到一个职场经验，就是关于SOP的多种用途，它不但能提供解决问题的方法和做决定的依据，还能避免人与人之间的不同意见，从而规避个人矛盾和职业风险。

40. 要说大公司的企业文化，见过提倡诚信的，见过提倡创新的，还真就没见过哪个大公司的企业文化提倡要善良的。

41. 我们在大公司做惯了的人，受不了那些处处都要抠着算费用的公司。真落到那样的地方工作，不说别的，单是和你共事的人，都是些素质比现在的同事差很多的人，就要让你郁闷了。

42. 如果你知道你做的某件事情，明天要合法地见报，你会因此感到不安，那么这件事情就是“不道德”的；如果你做的某件事情，你的母亲知道了会感到羞耻，那这件事情就是“不道德”的。

43. 陈丰对拉拉的努力看在眼里，拉拉通过获取小区经理们的反馈，来收集对销售代表任职能力要求的做法，他觉得很机灵也很有效，既保住了杜拉拉本人和HR职能的尊严，又获得了她想要的信息。

陈丰认为，这个捍卫个人和职能尊严的经典案例，充分体现了杜拉拉利用资源的能力。

44. 没有权力的人，是很难有威望的。你说了不算，谁理你?

45. 和漂亮的女人握握手，和深刻的女人谈谈心，和成功的女人多交流，和平凡的女人过一生。

46. SELF REFLECTION，即反思，不论基于时尚的考虑，还是从实用出发，阶段性的及时反思本来是大有好处的。

47. 专业水平未到一定程度的，是连问题也提不出来的。

48. 基于事实沟通，说“你迟到一小时”，不说“你没有时间观念”。

49. 一堆人当中陈丰单和田野碰杯并不奇怪，这叫“给面子”，属于一种常见的简便易行的“激励”手段，还可以起到“区分不同业绩表现”的作用，比如业绩好的，你穿了一条漂亮的裙子，老板会赞美两句以示关注，换了个业绩不够好的，穿十条漂亮裙子都白搭，老板不对你的衣着发表评论，因为你还没有挣到那份“荣耀”或者说“资格”。

50. 我背后讲的应该是我当面也能讲得出口的——每个员工都要签字声明“我读过、理解并且接受上述内容”。

51. 下属遇到任何困难都可以和他谈，但不要到最后一刻才让他SURPRISE。

52. 对应届生来说就是0.5%的胜出率，100个人里面能挑出半个合用的，这就是应届生要想获得一流职位所面临的竞争局面。

53. 活有难度才证明干活的人有价值，相反，可有可无的人，随时可被替代，也必定是个便宜的货色。

54. 对于新人而言，使别人愿意教你，是你的责任。

55. 秘密知道得太多的人，最后的下场往往是被人干掉了。

56. 有一个统一的谈话模板，好处是能控制谈话的主题和涉及的范围，避免关键信息遗漏、跑题或者话题太大。

57. 稳住向下两个级别的重要核心员工，就是我们所谓的TOP10，了解他们的心声，尤其是他们不满意什么？同时激励士气和潜能。稳住了人，就稳住了生意。

58. 一个优秀的销售经理，他区别于一般的销售经理有什么特征呢，他会专注于完成任务，而不过多地强调困难，比如竞争对手的强大、资源的短缺的等等，最重要的是，他不是看着手中的资源和指标来做主意的，他是看市场有多大潜力来做生意的，这样公司才能保持行业的领先地位，他个人也能得到迅速发展。

59. 新老板到任，做下属的就该表决心呀。

60. 第一，客户需求是可被引导和培养的，或者说被制造的；第二，为了引导和培养客户需求，前期的适当投入是合理和必须的。

61. 经理真对员工好，就该明确指出员工的问题，并指导他改进，千万不要回避问题。这样，即使有一天你不得不让对方离开，也能避免他的惊讶和过分的愤怒。

62. 哪怕你招来的是个笨蛋呢，最坏的情况就是招来个性格极端的。

63. 用好昔日的竞争者，稳住重要的核心队员，是新经理要过的第一关。

64. 所谓的二八原则，即80％的产出来自20％最至关重要的行动，所以要清楚哪些事情对你来说是最重要的，一定要保证，千万别跟没头的苍蝇似的，或者像个灭火队，逮到什么做什么。

65. 财富的积累需要假以时日。

66. 做老板的，自己要像个老板，下属才会尊重你，拿你当老板。如果你自己做得不恰当，也就别怪人家想利用你。

67. 首先得想想，为什么要做这个分析，搞清楚做分析的目的后，再考虑分析中要包含哪些内容。WHY比WHAT更重要。

68. 当不了“技术派”，当好“感觉派”也不错。

69. 不用指望抄底，大势看涨就可买入。

70. 高潜力人才的一个典型特征就是永不满足现状、不断挑战更高目标，这可是你们TONY林反复强调的。

71. 70%的人曾因管得太细想跳槽，其中半数付诸了行动。

72. 邮件和面对面说话不同，听不到声音，看不到表情，又可以被转发，所以更要慎重，避免引起误会，感叹号让人感觉到一种强烈的情绪，不利于工作交流，慎用为好。

杜拉拉大事记

2007 年 9 月,《杜拉拉升职记》出版；

2007 年 11 月,《杜拉拉升职记》更换封面、第二版面世；

2007 年 12 月初,《中国图书商报》统计显示《杜杜拉拉升职记》位列“当当网”小说类销量第三名！“卓越网”小说类销量第二名；

2007 年 12 月中旬,《杜拉拉升职记》销量突破十万册；

2007 年 12 月，豆瓣网最受读者关注图书，豆瓣新书榜第一名，并被豆瓣网友评为大学毕业前必读的 10 本书；

2007 年 12 月底，在当当网每日更新的“24 小时小说畅销榜”上，它不声不响地攀上了第一名；

2008 年 1 月，卓越网图书排行榜小说类第一名；

2008 年 2 月，上海文广高价竞得《杜拉拉升职记》电视剧改编权；

2008 年 4 月 2 日—2008 年 5 月 2 日，中央人民广播电台倾情制作同名广播剧；

2008 年 5 月 29 日，日本第二大报《产经新闻》报道，世界发行量最大的报纸《参考消息》全文转载；

2008 年 6 月 23 日 8 点，当选为当当网终身五星书；

2008 年 7 月 4 日，《杜拉拉升职记》坐客中央人民广播电台；

2008 年 7 月 18 日，售出繁体版权；

2008 年 7 月，上海、广东、浙江三地话剧改编权售出；

2008 年 8 月，开卷数据社科类图书销售榜第一名；

2008 年 10 月，繁体版在台湾出版，一出版便登上金石堂文学类图书排行榜第一名，在台湾刮起杜拉拉热；

2008 年 12 月 21 次加印，销量突破 60 万册；

2009 年 1 月，《杜拉拉 2 华年似水》出版；

2009 年 1 月，张一白、徐静蕾策划团队购得《杜拉拉升职记》电影改编权，电影拍摄工作正在筹备中；

2009 年 4 月 10 日，话剧版《杜拉拉》上海首映，主演为因《武林外传》大热的姚晨；

2009 年 5 月，《杜拉拉升职记》销量突破 100 万册，《杜拉拉 2 华年似水》销量突破 50 万册；

精彩还在继续，让我们一起期待……

郑重声明

在本书的编辑过程中，我们在网上精选了很多读者对“杜拉拉系列”的评论。但遗憾的是，由于种种原因，未能与其中一部分评论的原作者及时取得联系。如果您在本书中发现自己的评论，请尽快将详细的联系方式和地址告诉我们，以便我们支付稿费，邮递样书。并在“杜拉拉3”出版后，向您赠送“杜拉拉3”一本。

我们的联系方式：cmf@booky.com.cn

Notes

Another Bill Gates?No!
As a manager of fortune 500 company,
She'll tell you more about survival &success.

Notes

我们的**杜拉拉**

她的故事比比尔·盖茨的更值得参考

WE ALL COULD BE LALA

☐
☐
☐
☐
☐
☐
☐
☐
☐
☐
☐
☐
☐
☐
☐
☐
☐
☐
☐

Notes

Another Bill Gates?No!
As a manager of fortune 500 company,
She'll tell you more about survival &success.

☐
☐
☐
☐
☐

☐
☐
☐
☐
☐
☐
☐
☐

☐
☐
☐
☐
☐
☐

Notes

图书在版编目(CIP)数据

我们的杜拉拉/蔡明菲编著. —西安:陕西师范大学出版社,2009.6
ISBN 978-7-5613-4709-6

Ⅰ. 我… Ⅱ. 蔡… Ⅲ. 成功心理学—通俗读物 Ⅳ. B848.4—49

中国版本图书馆 CIP 数据核字(2009)第 086104 号

图书代号: SK9N0594

我们的杜拉拉

编 著 者: 蔡明菲
责任编辑: 周 宏
特约编辑: wennie
装帧设计: 利 锐
出版发行: 陕西师范大学出版社
(西安市陕西师大 120 信箱 邮编:710062)
印 刷: 三河市南阳印刷有限公司
开 本: 880×1230 1/32
印 张: 9
字 数: 180 千字
版 次: 2009 年 7 月第 1 版
印 次: 2009 年 7 月第 1 次印刷
ISBN 978-7-5613-4709-6
定 价: 22.00 元